संन्यास से पहले का उत्पात

रचनाकार परिचय

नीरज त्रिपाठी

सोलह जनवरी उन्नीस सौ सड़सठ को काशी में जन्मे नीरज कुमार त्रिपाठी के पिताजी रेलवे की नौकरी में थे, व माताजी गृहणी थीं। रेलवे की नौकरी के दरम्यान शिक्षा कई शहरों में हुई। इसी क्रम में बाल्यावस्था कुछ वर्षों के लिए गृह जनपद देवरिया जिले के ओबरी तिवारी नामक ग्राम में बीती। कानपुर विश्वविद्यालय से राजनीतिशास्त्र से परास्नातक की डिग्री प्राप्त करने के बाद स्वरोजगार में लग गये। स्वाध्याय और हिन्दी साहित्य के प्रति आकर्षण निरन्तर बना रहा। प्रारम्भ में हिन्दी कविता लिखने का शौक था, परन्तु बाद में गद्य लेखन की ओर झुकाव हो गया। वर्तमान में स्वरोजगार और कृषि के साथ-साथ अनवरत लेखन में व्यस्त हैं।

प्रकाशित पुस्तकें -

1. अधूरी आशिकी (हास्य व्यंग्य)
2. यंगिस्तान के नौनिहाल (व्यंग्य)

संपर्क : 70 सिधारीपुर, निरंकारी भवन के पीछे, गोरखपुर उ0प्र0
मोबाइल : 09935347408
ईमेल : neerajrajtri@gmail.c

संन्यास से पहले का उत्पात

कहानी संग्रह

नीरज त्रिपाठी

अंजुमन प्रकाशन
इलाहाबाद

ISBN 978-93-86027-75-7

संन्यास से पहले का उत्पात (कहानी संग्रह)

प्रकाशक :
अंजुमन प्रकाशन
942, मुठ्ठीगंज, इलाहाबाद-3 उत्तर प्रदेश, भारत
website - anjumanpublication.com
E-mail : contact@anjumanpublication.com

आवरण व कम्प्यूटर कम्पोजिंग : श्री कम्प्यूटर्स
संस्करण : प्रथम, नवम्बर 2017

यह कृति दिवंगत पुत्र चन्द्रमौलि (गोलू) एवं
दिवंगत अनुज डॉ. संजय सिंह की स्मृतियों को सादर समर्पित है

अपनी बात

हास्य-व्यंग्य पर आधारित तीसरी पुस्तक 'संन्यास से पहले का उत्पात' आपके समक्ष प्रस्तुत करते हुए स्वयं को गौरवान्वित महसूस कर रहा हूँ। हास्य-व्यंग्य, साहित्य की एक महत्त्वपूर्ण विधा है। इसमें, एक विषय का चुनाव करके, उसमें हास्य का पुट भरकर व्यंग्य के बाण छोड़े जाते हैं, जिससे कि वह विषय हँसते हुए अपनी आलोचना को सहन कर सके।

हिन्दी साहित्य में हास्य-व्यंग्य की परिपाटी पुरातन समय से चली आ रही है। हमें जिस समाज के विषय में लिखना है, उस समाज के भीतर जाना ही होगा। समस्या का सजीव चित्रण तो स्वयं के अनुभवों से ही हो पाता है।

पाठको! मैं वर्तमान विषयों को उठाना चाहता हूँ। भूतकाल की कार्यशैली को साहित्य में वर्तमान की तुलनात्मक स्थिति से स्पष्ट करते हुए भविष्य को चिन्तन के लिए छोड़ देता हूँ। स्वयं को गाँव और शहर के बीच रखकर ही मैंने रचनाओं को लिखने का प्रयास किया है। प्रयास तो यही है, कि भाषा सरल और वाक्य ऐसे हों, जो कम शब्दों में अधिक बोलें। मैं स्वयं भी जीवन में सरल और सहज रहने का प्रयास करता हूँ। सरलता ही आपको समाज के प्रत्येक वर्ग के क्रिया-कलाप को समझने की सामर्थ्य प्रदान करती है। एक लेखक के तौर पर मैंने पाठक की व्यस्तता को समझते हुए तात्कालिक विषयों का चुनाव किया है।

'संन्यास से पहले का उत्पात' में आज की डॉक्टरी व्यवस्था पर अच्छा खासा व्यंग्य पढ़ने को मिलेगा। वर्तमान में सरकारी और गैर सरकारी स्वास्थ्य संस्थानो में व्याप्त भ्रष्टाचार को चिन्हित करते हुए, पूर्ण मनोरंजक हास्य-व्यंग्य के पुट का मिश्रण किया गया है; इसके अलावा कुछ पूर्ण व्यंग्यात्मक रचनाएँ रखी गयी हैं, जिनमें लोभ और

अहंकार से उपजे भ्रष्टाचार का उल्लेख किया गया है।

हास्य के विनोद को व्यंग्यात्मक पुट से सजाना ही मेरा उद्देश्य है। इसी क्रम में मैंने 'एक ब्राह्मण की दारुण कथा' भी लिखी है। अन्य रचनाओं में भी समाज को व्यापक दृष्टिकोण से रेखांकित किया गया है। आशा करता हूँ कि आप इस पुस्तक का भरपूर आनन्द उठाएँगे।

20 जुलाई 2017 **– नीरज कुमार त्रिपाठी**

गोरखपुर

अनुक्रम

1

संताप

राम उजागिर भइया, भाइयों में सबसे बड़े थे। हाईस्कूल पास हो गये, तो पिताजी ने अपने साथ ही काम पर लगा लिया, और थोड़े दिन की ट्रेनिंग में राजमिस्त्री बन गये। पिताजी ने अपने दायित्व का निर्वहन कर दिया था। अब ध्यान छोटे भाइयों पर जा टिका।

समय बीता। राम उजागिर ऊपर की सोचने लगे, और काम छोड़कर, शहर आकर एक मेडिकल स्टोर पर नौकरी कर लिए। एक साल बीता, तो गाँव के समीप के कस्बे में मेडिकल स्टोर खोल लिए। संयोग कहिए; उसी समय कस्बे में ही सरकारी अस्पताल खुल गया। बाहर की दवा खूब लिखी जाती थी। डॉ. तिवारी का पहला एप्वाइंटमेंट था। बहुत मेहनती थे। वर्ष में रविवार को छोड़कर दो ही दिन नहीं आते थे; होली और दीपावली, बस।

दो मेहनती और महत्त्वाकांक्षी व्यक्तियों का जैसे मिलन हो

गया हो। दोनों में खूब जमी। कालान्तर में राम उजागिर गाँव के प्रधान भी बने। उसके बाद उनके आगे प्रधान जी सम्बोधन ही रह गया। तीन पुत्र ही पैदा हुए। भाग्य आगे चल रहा था। छोटे भाइयों और उनके परिवार को भी साथ लेकर चलते रहे। कस्बे में जमीन भी ले लिए, मकान भी बन गया। अब पूरा परिवार कस्बे में शिफ्ट हो गया।

देखते -देखते बीस वर्ष का समय बीत गया। डॉ. तिवारी प्रमोट होकर जिला अस्पताल में आ गये, लेकिन दो बजे के बाद वे अपने पुराने कस्बे में आ जाते। प्रधान जी के घर में ही क्लीनिक बन गयी थी, और सड़क के दूसरी ओर प्रधान जी का मेडिकल स्टोर था। वहीं पर डॉ. तिवारी मरीज देखते; अच्छी कमाई हो जाती।

प्रधान जी का बड़ा लड़का बी.फार्मा करके एक कम्पनी में नौकरी पा गया, तो प्रधान जी ने उसका विवाह कर दिया।

प्रधान जी के दो लड़के घर के सामने ही रोड के दूसरी ओर मेडिकल स्टोर और साइबर कैफे चला रहे थे, साथ में पेप्सी आदि भी बेचते थे।

अब प्रधान जी मालिक की भूमिका में ही रहते थे। पूछने पर यही कहते- "देखिए नीरज जी, मैंने जीवन में बहुत किया, अब बालक लोग करें।" बात भी सही थी। प्रधान जी को, एक चार पहिया गाड़ी की चाह थी, सो लड़कों ने वह भी पूरा कर दिया। प्रधान जी की पतोहू गर्भवती थी, सो वे व्याकुल थे, कि कब नाती को गोद में लेकर कथा सुनें और फिर पूरे परिवार के साथ अयोध्या भी जायें।

एक दिन मैं जब डॉ. तिवारी के साथ प्रधान जी की क्लीनिक पहुँचा, तो पता चला कि प्रधान जी की बहू का देहान्त हो गया। सात महीने का गर्भ था। बहुत दुःखद घटना थी। सभी लोग शोक संतप्त

थे। दुकान तो खुल रही थी, परन्तु घर का कोई भी व्यक्ति, सिर उठाकर बात नहीं करता था। डा. तिवारी भी मुझ से कहते - ''नीरज जी, वास्तव में यह घटना बहुत दुःखद है; मैं तो नहीं आता, परन्तु मरीज फोन कर देते हैं, इसलिए आना पड़ता है।''

मैं भी मूक बधिर की तरह सारी बातें सुनता। धीरे-धीरे शोक कम होता गया। प्रधान जी गाड़ी निकलवाकर रिश्तेदारी में घूम-घूमकर कर कार्ड बाँटने लगे... मुँह गिराए हुए। अपने समधी के घर पहुँचे तो; ऐसे रोए, जैसे कोई अबोध बालक। जब समधी ने ढाँढ़स बँधाया, तब जाकर अन्दर का भय और अश्रु दोनों कम हुआ। नई-नई शादी थी, केस तो बनता ही था।

ब्रह्मभोज का निमन्त्रण मुझे भी था। शाम को जब मैं पहुँचा, तो देखा कि प्रधान जी के घर के सामने टेंट लगा है। लोग भोजन कर रहे हैं, और प्रधान जी न न करते हुए लिफाफा बटोर रहे हैं। दूसरा चमत्कार यह था, कि प्रधान जी का मेडिकल स्टोर खुला हुआ था। उस पर लड़का बैठा था, और डॉ. तिवारी साइबर कैफे में बैठकर मरीज देख रहे थे। पहुँचते ही मैंने डॉ. तिवारी से पूछ ही लिया, ''क्यों डॉ. साहब, आज कुछ हुआ?''

डॉ. तिवारी अपने बैग में अपना आला और सुगर मशीन रखते हुए बोले- ''जानते ही हैं नीरज जी, आज तो ऐसी कोई बात नहीं थी, लेकिन संगम जी ने दुकान खोल दिया तो मैं बैठ गया।''

तभी प्रधान जी भी आ गये। मुँह गिराकर अपनी व्यथा का बखान शुरू ही किये थे, कि मेरी वाणी फूट पड़ी - ''प्रधान जी, आपकी बहू मरी है, लड़का नहीं; इसलिए दुकान समय पर खुल गयी।'' प्रधान जी क्षमा की मुद्रा में हाथ जोड़कर कहने लगे, ''ऐसा मत कहिए नीरज जी; ऐसी कोई मंशा नहीं थी हे.हे.हे....।''

2

न्यायाधीश पत्नी

जंगीलाल जी का एक ही लड़का था। पोस्ट-ऑफिस की नौकरी के साथ-साथ जंगीलाल जी ने अपने लड़के पर बहुत ध्यान दिया था। बृजलाल भी स्कूल में मेधावी छात्रों में शुमार होता था। जंगीलाल जी को पोस्ट-ऑफिस की नौकरी में आनन्द नहीं आता था। वे रोब-दाब वाली नौकरी चाहते थे। अपने मातहतों से कहते भी थे, "देखो, एक दरोगा क्या हमसे अधिक तनख्वाह पाता है? लेकिन जहाँ भी चला जाए, सलामी की बौछार हो जाती है; एक हम हैं, कि सबसे ज्यादा पब्लिक की सेवा भी करते हैं, और कोई पहचानता भी नहीं है।"

बृजलाल, जब विज्ञान वर्ग के साथ इंटर प्रथम श्रेणी में पास हुआ, तो जंगीलाल जी की आशाएँ साकार रूप लेने के लिए व्याकुल हो गयीं; परन्तु अभी लम्बा समय था। बृजलाल ने

पी.एम.टी. का फार्म भी भरा था। उसके साथ के लड़के भी पी.एम.टी. की तैयारी कर रहे थे। संयोग ही कहिए कि बृजलाल का एम.बी.बी.एस. में चयन हो गया।

जंगीलाल जी, बेटे को डॉक्टर बनाने के लिए सोचे भी नहीं थे। ऑफिस पहुँचे, तो बड़े साहब से परामर्श लेने चले गये। बड़े साहब ने जंगीलाल जी का उत्साहवर्धन कर दिया। जंगीलाल जी बेटे का दाखिला मेडिकल कॉलेज में करा आए।

बृजलाल, जब कॉलेज से पढ़ लिखकर निकला, तो उसी वर्ष उसकी नौकरी भी लग गयी, पी.एम.एस में। बृजलाल, अब डॉ. बृजलाल बन गया था। नये प्राथमिक स्वास्थ्य केन्द्र पर पहली पोस्टिंग हो गयी। डॉ0 बृजलाल अस्पताल पर ही रहने लगे। दो महीने में ही डा. बृजलाल सरकारी कम प्राइवेट प्रैक्टिस में जम गये। इधर जंगीलाल जी के पास विवाह के प्रस्ताव आने लगे। रिश्ते तो कई प्रकार के आए; जैसे डॉक्टर लड़की, घरेलू लड़की, पी.एच.डी. लड़की, शिक्षिका आदि कई प्रकार के प्रपोजल आए, परन्तु जंगीलाल जी का मन जमा नहीं।

डॉ. बृजलाल अब प्राइवेट प्रैक्टिस भी अपने आवास पर करने लगे थे। फार्मेसिस्ट साहब तो शहर से अप-डाउन करते थे, परन्तु वार्डब्वाय अब्दुल, परिवार के साथ अस्पताल में ही रहता था। अब्दुल, डॉ. साहब के साथ सहयोगी की भूमिका में रहता था... जैसे सुई लगाना, मरीज को दवा समझाना आदि। अब्दुल से प्रेम बढ़ा, तो डॉ. बृजलाल का भोजन भी अब्दुल के घर से आने लगा।

इसी बीच एक रिश्ता आ गया। जंगीलाल जी उसी पर मंथन करने लगे। लड़की न्यायाधीश की ट्रेनिंग में थी। जंगीलाल जी ऐसी ही बहू चाहते थे, सो बात आगे बढ़ गयी। लड़की का बाप बड़ा दरियादिल था; भरपूर दहेज भी दे रहा था। डॉ. बृजलाल भी मन ही मन प्रसन्न थे। समस्या यह थी, कि होने वाली भार्या से कांटैक्ट नहीं

हो पा रहा था। जब चन्द्रमा सही जगह पर आया, तभी डॉ. बृजलाल का भाग्य जाग गया। एक दिन रात को बृजलाल के मोबाइल की घंटी बजी। अन्जान नम्बर से फोन था। डॉ. बृजलाल उस समय शौच जाने का मन बना रहे थे, परन्तु फोन उठा लिए। दूसरी ओर से आवाज आयी, "डाक्टर साहब क्या हो रहा है? मैं शालिनी।" इसके बाद तो डॉ. बृजलाल के शौच का प्रेशर ही खत्म हो गया।

विवाह की तिथि शालिनी की ट्रेनिंग के बाद निश्चित हो गयी। डॉ. बृजलाल, शालिनी के प्यार में ऐसे डूबे, कि पोस्ट ग्रेजुएशन का आइडिया ड्राप कर दिये। डॉ. बृजलाल और शालिनी विवाह बन्धन में भी बँध गये। डॉ. बृजलाल अपने ढेर सारे डॉक्टर मित्रों को निमन्त्रित किये, परन्तु उनमें से आए दो-चार ही।

शालिनी की पहली पोस्टिंग कानपुर हो गयी, तो डॉ. बृजलाल भी साथ ही कानपुर चले आये। जाने के पहले सी.एम.ओ. साहब से मिल लिए थे। महीने में एक दिन अस्पताल पर जाना पड़ेगा, और पोलियो प्रोग्राम में तो अवश्य। दस हजार महीने में मामला सेट हो गया था। दस हजार वाली बात उन्होंने अपनी पत्नी को नहीं बताया था, बाकी सारी शेखी उन्होंने बघार दिया था।

नई पत्नी का साथ कुछ समय के लिए उत्तेजना पैदा कर देता है। समय बीता तो स्थितियाँ बदलने लगीं, और बृजलाल जी की प्रतिभा की लौ धीमी पड़ने लगी। इसी बीच डॉ. बृजलाल की पत्नी को एक पुत्री भी पैदा हो गयी। घर से डॉ. बृजलाल ने अम्मा को बुला लिया था, पत्नी की सेवा के लिए।

प्रसव के अन्तिम दिनों में तो शालिनी बिस्तर से उठती भी नहीं थी। डॉ. बृजलाल और माताजी ही घर का सभी कार्य कर देते थे। माताजी घर पर पिताजी को अकेला ही छोड़कर आयी थीं, परन्तु क्या करें; पुत्र की बेबसी देखी नहीं जाती। माँ तो माँ ही होती है... त्यागमयी माँ।

प्रसव के बाद शालिनी के माता-पिता भी आए थे। डॉ. बृजलाल ने उनकी भी बहुत सेवा की। एक दिन डॉ. बृजलाल को बहुत बेचैनी महसूस होने लगी तो मेडिकल कॉलेज चले गये; शायद कोई पुराना मिल जाये। सभी विभाग घूमने लगे। घूमते-घूमते एक जाना-पहचाना चेहरा दिख गया। साहस करके कमरे में झाँके, तो सामने डॉ. विनीत था। एम.बी.बी.एस. साथ किये थे। विनीत आगे की पढ़ाई के लिए दिल्ली चला गया, और बृजलाल राज्य स्वास्थ्य सेवा की नौकरी कर लिए।

डॉ. विनीत ने पुराने साथी को सामने कुर्सी पर बिठाया और पूछ बैठा- "कहो बृजलाल, यहाँ कैसे आए हो?" डॉ. बृजलाल ने अपनी पूरी कहानी बक डाली; यहाँ तक कि, पत्नी मातृत्व अवकाश पर है, ये भी।

डॉ. विनीत की पत्नी भी डॉक्टर थी, और कानपुर में ही पी.एम.एस. संवर्ग में पोस्टेड थी; सो डॉ. विनीत थोड़े गरमी में रहते थे, इसीलिए डॉ. बृजलाल की पत्नी के महत्त्व को समझ नहीं पाए।

चाय-पानी के बाद डॉ. बृजलाल पुनः मिलने का आश्वासन देकर विदा लिए। डॉ. बृजलाल तो विनीत के घर पर दो बार आ चुके थे, परन्तु डॉ. विनीत ने कई बार के आमन्त्रण को भी स्वीकार नहीं किया था। कारण अपनी व्यस्तता को बताते रहे, और डॉ. बृजलाल अपनी पुरानी मित्रता को सँभालने का प्रयत्न करते रहे।

समय बीतते-बीतते आठ महीने हो गये। शालिनी जी नौकरी पर वापस आ गयी थीं। वैसे तो शालिनी जी को कोर्ट आने-जाने के लिए सरकारी गाड़ी मिली थी, परन्तु डॉ. बृजलाल ने उसे मना कर दिया था। डॉ. बृजलाल स्वयं गाड़ी में पत्नी और बच्ची को लेकर कोर्ट पहुँचाने जाते, और लौटते समय बच्ची को गाड़ी की अगली सीट पर सीट बेल्ट से बाँधकर घर चले आते।

डॉ. विनीत की पत्नी डॉ. विनीता को एक दिन कोर्ट का एक सम्मन मिला। कोई पुराना मेडिको लीगल था। सो डॉ. विनीता अकेले ही ड्राइवर के साथ कोर्ट चली गयीं। वहाँ पर दोपहर बाद तीन बजे डॉ. विनीता हाजिर हुईं। सामने जज की कुर्सी पर शालिनी थी, परन्तु परिचय का अभाव था। शालिनी ने मेडिको लीगल को देखकर डॉ. विनीता से कई सवाल कर दिये। डॉ. विनीता कुछ घबड़ा सी गयीं। खैर, किसी तरह शाम को घर पहुँचीं। डॉ. विनीत को जब उन्होंने पूरा हाल सुनाया, तो डॉ. विनीत को लगा, जैसे उनसे कुछ गलती हो गयी हो। उन्होंने तुरन्त डॉ. बृजलाल को फोन मिलाया। कुशलक्षेम पूछने के बाद दूसरे दिन डॉ. बृजलाल के घर जाने का आमन्त्रण ले लिए। डॉ. विनीता ने आगामी परेशानियों से बचने के लिए अपने पतिदेव को मिलने की सलाह दी थी।

दूसरे दिन डॉ. विनीत, सपत्नी, डॉ. बृजलाल के बँगले पर पहुँच गये। डॉ. बृजलाल ने ही दरवाजा खोला; बच्ची को गोद में लिए हुए। आसन ग्रहण करने के बाद हाल-चाल होने लगा, परन्तु जज साहिबा दिखाई नहीं दे रही थीं, इसलिए डॉ. विनीता कुछ निराशा का भाव लिए हुए थीं। तभी जज साहिबा गाड़ी से उतरकर कमरे में दाखिल हुईं। जज साहिबा अभी समझ ही रही थीं, कि उसके पहले ही डॉ. विनीत और डॉ. विनीता ने हाथ जोड़कर शालिनी को नमस्कार कर लिया। शालिनी जी भीतर चली गयीं, और उनके पीछे-पीछे डॉ. बृजलाल भी चले गये; बच्ची को लिए हुए। शालिनी, डॉ. बृजलाल से पूछ बैठीं, "क्यों, इस लेडी को तो मैंने कहीं देखा है।"

बृजलाल कुछ समझ नहीं पाए; बस अपने मित्र का परिचय देते रहे, और साथ में यह भी कहते रहे, कि देखो भाई, आप चाय-पानी पिला दीजिए; थोड़ा समझने की कोशिश कीजिए...। क्षमायाचना की मुद्रा में डॉ. बृजलाल बोले जा रहे थे। शालिनी ने डॉ. बृजलाल को घूरकर देखा, फिर मुस्करा दी, और किचेन में चली गयी।

डॉ. बृजलाल, बच्ची को गोद में लेकर बैठक में चले आए। डॉ. विनीत और डॉ. विनीता से बात-चीत का दौर आगे बढ़ ही रहा था, कि शालिनी पानी, चाय लेकर एक कुशल गृहिणी की भाँति चली आई। डॉ. बृजलाल ने मन ही मन में गणेश जी का ध्यान किया, और धन्यवाद भी दिया कि - 'हे प्रभु! भक्ति कभी व्यर्थ नहीं जाती... आपने लाज बचा ली।'

शालिनी, डॉ. विनीत और डॉ. विनीता में आत्म-परिचय प्रारम्भ हो गया था। उसके बाद शालिनी ने ध्यान करके बोल ही दिया, कि आप तो कल कोर्ट में आई थीं!

डॉ. विनीता ने हाँ में सिर हिला दिया। इसी बीच डॉ. विनीत ने डॉ. बृजलाल की बच्ची को गोद में ले लिया, और उसे प्यार करते-करते बैठक से बाहर चले गये, और एक चॉकलेट का पूरा पैकेट ही खरीद लाए; मिठाई तो वे पहले ही ला चुके थे। जब डॉ. विनीत बैठक में प्रविष्ट हुए, तब तक शालिनी और डॉ. विनीता फ्रेंड बन चुकी थीं, यह देखकर डॉ. विनीत राहत की साँस लिए। डॉ. बृजलाल ने डॉ. विनीत को टोक दिया, "यार, अभी यह चॉकलेट थोड़े ही खाती है।" डॉ. विनीत तो केवल मुस्करा भर दिये।

खैर, डॉ. विनीत भले ही इस मित्रता को पूरा नहीं समझ पाए, परन्तु डॉ. विनीता इस मित्रता को खूब समझ रही थीं। डॉ. विनीत ने भी सभी पुराने मित्रों को फोन करके, डॉ. बृजलाल के महात्म्य को समझा दिया था। जो दूरदर्शी थे, वे डॉ. बृजलाल को फोन करके हाल-चाल लेने लगे थे।

डॉ. सुबोध, प्रसूति रोग विशेषज्ञ थे, और डॉ. बृजलाल के पुराने मित्र भी। पैसा बहुत कमाए थे। नॉर्मल डिलीवरी तो वे कराना ही भूल चुके थे, और साथ में बी.पी.एल. कार्ड भी ले रखे थे। सुबह एक बजे तक ओ.पी.डी. करते; उसके बाद ओ.टी. में चले जाते, और रात ग्यारह बजे ही बाहर निकलते। डॉ. सुबोध की पत्नी घरेलू

महिला थीं। उनके पिता जी पुलिस अधिकारी थे। वे भी रात को ग्यारह बजे ही घर में घुसती थीं, खाना पैक कराकर। मैडम समझदार थीं, कई क्लबों की सदस्य थीं, रुतबे में पली बढ़ी थीं।

डा. सुबोध से, एक दिन एक महिला की सर्जरी करते समय कोई नस कट गयी। ब्लीडिंग रोक नहीं पाए, और महिला स्वर्ग सिधार गयी। हॉस्पिटल पर बवाल हो गया; पत्थर बाजी भी हुई, और थाने में एफ.आई.आर. भी। महिला किसी कद्दावर नेता की बहू थी।

डॉ. सुबोध पर गिरफ्तारी का संकट मँडराने लगा था। डॉ. विनीत को फोन मिलाए। सारा हाल जानने के बाद विनीत पूछ बैठा "यार, तुम्हारे ससुर क्या कर रहे हैं?"

डॉ. सुबोध झल्लाकर बोल पड़े, "यार, ससुर जी रिटायर हो चुके हैं, वे मेरे लिए थोड़े ही कुछ करेंगे; अपनी लड़की के लिए भले ही कर दें।" डॉ. विनीत ने दूसरे दिन सुबह बात करने की बात कहकर फोन काट दिया। दूसरे दिन सुबह सात बजे ही डॉ. सुबोध का फोन आ गया। डॉ. विनीत रात में ही डॉ. बृजलाल से बात कर चुका था, सो उसने डॉ. बृजलाल की न्यायाधीश पत्नी से मिलवाने का जिम्मा ले लिया। डॉ. सुबोध को उन्नाव से आना था, सो तुरन्त गाड़ी में बैठ गये, और स्वयं ड्राइव करते हुए डॉ. विनीत को साथ लेकर डॉ. बृजलाल के बँगले पर ठीक नौ बजे पहुँच गये। पूरी गाड़ी की डिक्की फल, ड्राइफ्रूट, मिठाई और पेय पदार्थों से भरी पड़ी थी। खैर... शालिनी जी से भेंट हो गयी। शालिनी जी भी बहुत समय नहीं दे पायीं, और केवल इतना बता पायीं कि, "डॉ. साहब, आप भी एक एन.सी.आर लिखवा दीजिए; यदि गिरफ्तारी होती है तो बाहर से जमानत की कोशिश की जाएगी।"

इस वाक्य के सुनते ही डॉ. सुबोध, शालिनी जी के पैरों पर गिर पड़े। शालिनी जी ऐसे पीछे हटीं, कि पीछे खड़े बृजलाल की

गोद में गिरीं। इस घटना के बाद डॉ. विनीत, डॉ. बृजलाल और शालिनी जी कुछ देर तक अवाक खड़े रहे, और डॉ. सुबोध गाड़ी के भीतर से सारा सामान ढोकर बृजलाल के बैठक में रखने लगे।

इस घटना के बाद शालिनी जी अन्दर कमरे में चली गयीं, और डॉ. सुबोध और डॉ. विनीत भी चले गये। रास्ते भर वे फोन पर अपने अस्पताल के स्टाफ से बात करते रहे। बाद में डॉ. सुबोध ने भी थाने में एन.सी.आर. लिखवा दिया और, गिरफ्तारी से बच भी गये। इस पूरे प्रकरण में डॉ. सुबोध ने पैसे का मुँह नहीं देखा। केस खुलने के पहले ही नेता जी और डॉ. सुबोध में समझौता हो गया। अन्दर की बात यह थी कि समझौते की राशि दस लाख थी।

अब डॉ. बृजलाल भी कानपुर स्थानान्तरण कराना चाहते थे; सो उन्होंने प्रयत्न प्रारम्भ कर दिया। यह बात जब शालिनी जी को पता चली, तो उन्होंने सीधे लखनऊ में किसी अधिकारी को फोन किया, और एक महीने बाद डॉ. बृजलाल का ट्रांसफर हो गया। जब डॉ. बृजलाल सी.एम.ओ. ऑफिस ज्वाइन करने पहुँचे, तो लगा, जैसे कि सी.एम.ओ. ऑफिस ज्वाइन करने पहुँचे हों। सी.एम.ओ. साहब उन्हीं की प्रतीक्षा कर रहे थे। सी.एम.ओ. साहब के ऊपर भी गबन के दो केस चल रहे थे, इसलिए सी.एम.ओ. साहब के लिए एक जज के पति से मित्रता, महत्त्वपूर्ण विषय था। उन्होंने अपने स्टेनो बाबू को बुलवाया, और रिक्त जगहों की जानकारी लेने लगे। तभी डॉ. बृजलाल बोल पड़े - "सर कोई! डेड न्यू पी.एच.सी. दे दीजिए।"

सी.एम.ओ. साहब इस आग्रह के भावार्थ को समझते हुए बोले- "डॉ. साहब, आपकी ही व्यवस्था में लगा हूँ।" डॉ. बृजलाल को मनचाही पोस्टिंग मिल गयी और आश्वासन भी, कि अपने हिसाब से जाइएगा; मेरी ओर से निश्चित होकर रहिए - सी.एम.ओ. साहब हँसते हुए बोले।

दूसरे दिन जब डॉ. बृजलाल, सी.एम.ओ. ऑफिस में तैनात बाबू के पास अपना कागज लेने पहुँचे, तो उसने एक हजार माँग लिया, और डॉ. बृजलाल ने भी तुरन्त दे दिया। डॉ. बृजलाल भी व्यवस्था में व्यवधान डालना नहीं चाह रहे थे। परन्तु सी.एम.ओ. साहब की दरियादिली को बृजलाल समझ नहीं पाए; बाद में पता चला कि सी.एम.ओ. साहब का केस खुलने वाला है।

छह महीने बीत गये। डॉ. बृजलाल, अस्पताल पर कुल ग्यारह दिन गये थे। तीन महीने पहले नये डिप्टी सी.एम.ओ. डॉ. एस. प्रसाद आए थे। एक दिन डॉ. बृजलाल जी के अस्पताल पहुँच गये, और हाजिरी रजिस्टर पर लाल पेन लगा दिये। डॉ. बृजलाल सीधे सी.एम.ओ. साहब के पास गये। सी.एम.ओ. ने डॉ. एस. प्रसाद को सीधे कमरे में बुला लिया। डॉ. एस. प्रसाद को डॉ. बृजलाल ने नमस्ते किया। तभी सी.एम.ओ. साहब बोल पड़े- "देखो, ये डॉ. बृजलाल जी हैं; इनके अस्पताल पर मैं नहीं जाता, तुम क्या करने चले गये। इनको पहचान लो, और दोबारा ऐसी गलती नहीं होनी चाहिए।"

डॉ. एस. प्रसाद कुछ समझ नहीं पा रहे थे। चाय समाप्त होने के बाद डॉ. बृजलाल चले गये, तब सी.एम.ओ. साहब ने डॉ. एस. प्रसाद को समझाया, "जानते हैं, डॉ. साहब; डॉ. बृजलाल की पत्नी इसी शहर में न्यायाधीश हैं; एक दिन डॉ. बृजलाल के घर चलना है।" डॉ. एस. प्रसाद भी जननी सुरक्षा मामले में इन्क्वारी झेल रहे थे, सो, सी.एम.ओ. साहब की बात पर सहमति जता दिये।

एक दिन सी. एम. ओ. साहब ने डॉ. बृजलाल को फोन मिलाया, और रविवार को घर आने की अनुमति माँगे। डॉ. बृजलाल ने भी शालिनी जी से पूछकर आग्रह को स्वीकार कर लिया। रविवार को सुबह ग्यारह बजे सी.एम.ओ. साहब और डॉ. एस. प्रसाद एक बुके, फल और मिठाई के साथ न्यायाधीश शालिनी जी के आवास

पर पहुँच गये। डॉ. बृजलाल ने दरवाजा खोला, और स्वागत भाव से बैठक कक्ष में बिठाया। डॉ. बृजलाल ने सी.एम.ओ. साहब के हाथ से बुके लेना चाहा, परन्तु सी.एम.ओ. साहब ने हाथ को दूसरी ओर घुमा दिया। जब शालिनी जी कमरे में दाखिल हुईं, तब सी.एम.ओ. साहब एक मातहत की भाँति उठे, और शालिनी जी को बुके भेंट किये।

शालिनी जी को भी अपने पद और पावर का एहसास अब होने लगा था, सो सी.एम.ओ. साहब को टाइट करते हुए बोलीं- "हमारे डॉ. साहब को भी किसी ने अनुपस्थित कर दिया था, आपके रहते; इसलिए मैं स्वास्थ्य विभाग के मुकदमों में खास दिलचस्पी लेने लगी हूँ।" इतना सुनना था कि डॉ. एस. प्रसाद गाड़ी में से फल और मिठाई लाने के बहाने बाहर चले गये। थोड़ी देर के आत्म-परिचय और चाय-नाश्ते के बाद सी.एम.ओ. साहब और डॉ. एस. प्रसाद विदा लिए।

शालिनी जी एक ईमानदार महिला थीं; उनको यह फल, मिठाई आदि सुहाता नहीं था, न ही इन भ्रष्टों से मिलना; परन्तु पति की लाज तो रखनी पड़ती थी। एक दिन शालिनी जी, डॉ. बृजलाल से पूछ बैठीं- "क्यों डॉक्टर साहब, क्या आपके परिचित बगैर स्वार्थ के नहीं मिलते? जो यह सब आप करवा रहे हैं, इससे एक दिन मेरी प्रतिष्ठा और नौकरी दोनों ही दाँव पर लग जाएगी।"

किसी तरह दो वर्ष का समय बीत गया। शालिनी जी की पदोन्नति हो गयी। वे सी.जे.एम. होकर लखनऊ चली आयीं; साथ में बृजलाल भी। एक दिन शालिनी जी घर पर आयीं, तो डॉ. बृजलाल जी पर आग बबूला हो गयीं। कारण यह था, कि दिन में डॉ. विनीत और डॉ. विनीता कोर्ट में मिलने आए थे। उन्हें लखनऊ में कोई जमीन रजिस्ट्री करानी थी; सो रजिस्ट्रार से एप्रोच लगाना था, सो भरी सभा में उन्होंने शालिनी जी को मिठाई का डिब्बा भी दे

दिया था।

डॉ. बृजलाल और शालिनी के बीच रिश्ता खराब होने लगा था। शालिनी अपने काम और ईमानदारी के साथ आगे बढ़ती चली गयीं, और डॉ. बृजलाल अपनी डॉक्टरी भूलते चले गये। बाद में पता चला कि दोनों में तलाक हो गया। बच्ची शालिनी जी के पास थी और दिल्ली के किसी स्कूल में हॉस्टल में रह रही थी; और बृजलाल अपनी पहली पोस्टिंग वाले अस्पताल पर वापस आ गये थे। अस्पताल के उसी पुराने आवास पर पुनः जम गये थे। अब्दुल अभी रिटायर नहीं हुआ था।

3

एक ब्राह्मण की दारुण कथा

मेरे मित्र बृजेश पाठक राजनीति शास्त्र से एम.ए. पास थे। पांडित्य और ज्योतिष का ज्ञान उन्हें खानदानी विरासत में मिला था। चार भाइयों में बृजेश सबसे छोटे थे। पिताजी ने पुत्रों को संस्कृत पाठशाला नहीं भेजा। सो बृजेश भी परास्नातक की पढ़ाई के बाद स्वरोजगार में लग गये। आर्थिक कमजोरी ने जीवन में संघर्ष दे दिया। बृजेश भाई, सर्वप्रथम सन् 1990ई0 में लॉटरी का धन्धा प्रारम्भ कर दिये। इसी बीच उनका विवाह भी एक घरेलू कन्या से हो गया। कन्या के पिताजी भी पांडित्य कार्य ही करते थे, और ब्राह्मण धर्म का पालन कर रहे थे; सो उनकी कन्या भी ब्राह्मण धर्म के निर्वहन में ही विश्वास करती थी।

लॉटरी के धन्धे में पाठक जी बहुत पैसा कमाए, और गाहे-बगाहे थोड़ा बहुत पांडित्य कार्य भी कर लेते थे। पत्नी, पतिव्रता और

धर्मनिष्ठ महिला थी। मंगलवार और एकादशी का व्रत अवश्य रहती। किस दिन साबुन, तेल शरीर में लगाना है, इसका भी पालन किया जाता था। पत्नी नवरात्रि का व्रत भी रखती थी; अर्थात पिता द्वारा मिले व्यवहारिक ज्ञान को सँजोए हुई थी।

बृजेश भाई के भागीरथ प्रयास से, पाँच वर्षों के वैवाहिक जीवन में दो पुत्र और एक पुत्री हो गये। परिवार तो लगभग संतृप्त हो गया, परन्तु मन असंतृप्त ही रहा। बृजेश भाई पत्नी के ब्रह्मचर्य जीवन को ध्यान में रखकर पत्नी सानिध्य का शुभ मुहुर्त, पंचांग देखकर निकालना प्रारम्भ कर दिये थे। जैसे, बृहस्पतिवार को सिर के बाल नहीं धुले जाते हैं, तो बुद्धवार को सानिध्य नहीं हो सकता था, क्योंकि पत्नी की माताजी ने उन्हे समझा रखा था, कि पति के साथ सहवास के बाद सिर धुलना आवश्यक होता है। सो बृजेश भाई पूरे वर्ष की निषेध तिथियों पर निशान लगा दिये थे। यह एक गम्भीर समस्या थी।

पत्नी को यदि मासिक आ गया, तो फिर क्या पूछना। बृजेश भाई को स्वयं ही खाना बनाकर खाना पड़ता, और पत्नी बच्चों को भी खिलाना पड़ता। पत्नी के इस आचरण से व्यथित मन, विद्रोही होता जा रहा था। पाठक जी को व्यापारी मित्र समझाते हुए कहते - "पाठक जी, यह क्या घास-फूस खाते हो; थोड़ा मुर्गा मीट भी चखा कीजिए।" बृजेश पाठक इसी क्रम में मांसाहारी भी हो गये। पत्नी को जब यह बात पता चली, तो पति से बात ही करना बन्द कर दी। अब पाठक जी आर-पार की लड़ाई के मूड में थे, सो पत्नी को उलाहना देने लगे, कि स्वयं को देखो; पैंतीस किलो की हो; अपने खाओ कुट्टू का आटा और बकला की दाल... तुम्हारी ही तरह बच्चे भी हो जाएँगे, मरियल जैसे... समाज हँसेगा, समझी।

अन्त में पत्नी को समर्पण करना पड़ा, और बृजेश पाठक के मांसाहार पर से पाबन्दी हटा ली गयी। पाठक जी, जिस मकान में

किराए पर रहते थे, उस मकान की मालकिन भी बड़ी खड़ूस महिला थी। नित्य, पाठक जी की पत्नी को जोग-टोन बताती रहती थी। पाठक जी रोज सुबह उठकर यही सोचते, कि आज कौन सा व्रत होगा।

अब पाठक जी धर्म-परायण होने के बावजूद इन व्रत, त्यौहारों और पूजा-पाठ का विरोध करने लगे थे, क्योंकि पत्नी द्वारा किये जा रहे अत्याचार के कारण पाठक जी को गृहस्थ आश्रम का बोध ही नहीं हो पा रहा था। पाठक जी को ऐसा आभास होने लगा था, कि वे गृहस्थ आश्रम में वानप्रस्थ जीवन व्यतीत कर रहे हैं। बृजेश पाठक स्वयं पर हो रहे इस अत्याचार का वर्णन भी किसी से नहीं कर पाते थे।

बृजेश पाठक के एक नए मित्र बन गये थे, तिवारी जी। सो तिवारी जी से थोड़ा बहुत विचार-विमर्श कर लेते थे; परन्तु इसमें एक दुविधा यह थी, कि तिवारी जी अभी अविवाहित थे, सो अन्तः पुर के व्याख्यान तक तो पाठक जी जा ही नहीं पाते थे। समय बीता। लॉटरी का धन्धा बन्द हो गया। पाठक जी, विकास प्राधिकरण का एक छोटा सा मकान खरीद लिए, ओर जीवकोपार्जन के लिए एक टेम्पो खरीद लिए। साथी कारोबारी मित्रों ने भी ऐसा ही किया था। यह कार्य पाठक जी के आचरण के विपरीत था, परन्तु पापी पेट, एक ब्राह्मण को भटका रहा था। अब पाठक जी और तिवारी जी के आवास की दूरी आठ किलोमीटर की हो गयी थी, सो मिलन कम ही हो पाता था।

नये मकान में जाने के बाद पत्नी ने घर में लहसुन, प्याज भी वर्जित कर दिया था, और कई व्रत और उठा लिए... जैसे - छठ, गोधन और बृहस्पतिवार का व्रत। पत्नी की धार्मिकता बढ़ती जा रही थी, और बृजेश भाई ब्राह्मण धर्म से दूर होते जा रहे थे। बृजेश पाठक अब मांसाहार के साथ शराब भी पीने लगे थे। पांडित्य कर्म

तो अब बन्द ही हो गया था; पत्नी-सानिध्य की अपेक्षा भी न के बराबर रह गयी थी। जब भी पाठक जी पत्नी से सानिध्य के लिए आग्रह करते, तो पत्नी ऐसे समझाती कि आपको इस पाप से दूर रहना चाहिए। इस तरह के व्यवहार से पाठक जी, नित्य मदिरा का सेवन करने लगे, और स्वयं को बरबाद कर लिए, जिसके फलस्वरूप पत्नी को बच्चों समेत अपने पिताजी के घर जाना पड़ा, और पाठक जी अकेला निर्वासित जीवन जीने लगे। इसी बीच तिवारी जी का भी विवाह हो गया। एक दिन पाठक जी तिवारी जी से मिल गये। पाठक जी आज खुलकर अपने अन्तःपुर की घटनाओं की भी व्याख्या कर दिये। बहुत मार्मिक वर्णन था। तिवारी जी इस मार्मिक वर्णन से स्वयं मानसिक संताप में चले गये, क्योंकि उनकी भी पत्नी धार्मिक प्रवृत्ति की ही थी; सो दोनों मित्र आपसी मिलन के बाद थोड़े हल्के हो गये थे।

पाठक जी की आर्थिक स्थिति दिन-ब-दिन कमजोर होती गयी। ठीक अठारह महीने बाद पाठक जी स्वयं तिवारी जी के घर पर आए। तिवारी जी अपने मित्र को गुड़ पानी के स्वागत के साथ बरामदे में बिठाए और पूछ बैठे- ''कहो मित्र, क्या हाल है?'' पाठक जी पुनः बोले - ''अश्विनी शास्त्री का साथ कैसा रहेगा?'' (अश्विनी शास्त्री पाठक जी के साढ़ू थे' और शहर के प्रसिद्ध ब्राह्मणों में गिने जाते थे; पांडित्य में निपुण व्यक्ति थे)

तिवारी जी ने अब बृजेश पाठक से पूरा हाल जानना प्रारम्भ किया। बातों ही बातों में पता चला कि पत्नी और बच्चे पिछले छह महीने से मामा के घर पर हैं। अब तिवारी जी गम्भीरता से सभी बातों पर मंथन करने लगे। पाठक जी को जब भी कभी गम्भीर सलाह लेना होता था, तो तिवारी जी से मंत्रणा अवश्य करते। तिवारी जी ने पाठक जी से पूछा, ''कौन सी महादशा चल रही है?'' बृजेश पाठक ने उत्तर दिया - ''राहु की।''

फिर क्या था... तिवारी जी ने उपदेशात्मक भाव में बोलना प्रारम्भ किया - "मित्र! अब आप तुरन्त अश्विनी शास्त्री का साथ पकड़ लीजिए, और खाली समय में टेम्पो भी चला लिया कीजिए; इस तरह दोनों कार्यों से धनोपार्जन हो जाएगा... फिर परिवार लाने की सोचिएगा... राहु प्रारम्भ में बहुत परेशान करता है।"

इस तथ्य को बृजेश पाठक भली-भाँति समझ गये, और अक्षरशः तिवारी जी के निर्देशों का पालन करने लगे। इस प्रवचन को धारण करने के बाद पाठक जी का मांस-मदिरा छूट गया, और शास्त्री जी के सानिध्य ने समाज के संभ्रान्त लोगों के बीच पहुँच बना दिया। इस कार्य में शास्त्रीजी की पत्नी भी भरपूर सहयोगी थीं।

इसी बीच शास्त्रीजी ने जोखन मिश्रा नामक व्यक्ति के घर पर एक वैदिक अनुष्ठान का जिम्मा ले लिया। जोखन मिश्रा धार्मिक व्यक्ति थे। मांस-मदिरा को कभी हाथ भी नहीं लगाए थे। जोखन जी हाईस्कूल पास थे, परन्तु लक्ष्मी जैसे उनके द्वार पर खड़ी रहती थीं। जोखन जी ज्यों-ज्यों बुढ़ा रहे थे, त्यों-त्यों अपनी पत्नी से दूर होते जा रहे थे। जोखन जी मृदुभाषी व्यक्ति थे, और अहंकार तो उनसे कोसों दूर था; सम्भवतः उनकी प्रगति का यही कारण था। जोखन मिश्रा जमीन की खरीद-फरोख्त करते थे। जोखन जी का प्रताप कुछ इस प्रकार था, कि जिस भूमि, खेत पर उनका पाँव पड़ गया, वह खेत, जमीन उन्हीं का हो गया। जोखन जी के प्रताप से सभी लोग अभिभूत थे। अनुष्ठान में अश्विनी शास्त्री ने बृजेश पाठक का परिचय जोखन जी से विधिवत् करवाया।

अनुष्ठान के बाद जोखन जी ने शास्त्री जी के समक्ष एक प्रस्ताव रख दिया। प्रस्ताव उनके ऑफिस (कार्यालय) में सुबह शाम आरती का था, सो अश्विनी जी, पाठक जी को परोस दिए। बृजेश पाठक ने इस प्रस्ताव को सहर्ष स्वीकार भी कर लिया, बिना पारिश्रमिक पूछे। जब एक महीना बीत गया, तो जोखन मिश्रा जी ने

बृजेश पाठक को पंद्रह सौ रुपया दिया, और हाथ जोड़कर बोले- "बाबा, कुछ कहना होगा तो कह दीजिएगा।" इसके बाद बृजेश पाठक बिना कुछ बोले, मुस्कराते हुए राशि को रख लिए।

इसी बीच एक घटना घटित हो गयी। जोखन मिश्रा की भाभी की तबियत खराब हो गयी, और उन्हें लखनऊ जाना पड़ा। डॉक्टरों ने ऑपरेशन की सलाह दे दी, और खून कम होने की वजह से चार बोतल खून की व्यवस्था करने के लिए कहा। जब यह बात लोगों को मालूम पड़ी, तो सभी लोग वहाँ से खिसकने लगे; यहाँ तक कि उस महिला के पति भी अपनी सुगर की बीमारी का हवाला देने लगे। (हमारे समाज में रक्त देना काफी खतरनाक माना जाता है, परन्तु वास्तव में यह सबसे आसान कार्य है।)

स्थिति को भाँपते हुए जोखन जी ने अपने सभी परिचितों को फोन किया; परन्तु कुछ ही जगहों से संतोषजनक उत्तर मिला। इसी क्रम में बृजेश पाठक भी थे। बृजेश पाठक ने ठीक एक घंटे के भीतर ही अपना ब्लड ग्रुप जाँच करवाकर, जोखन भइया को फोन किया, कि मैं लखनऊ आ रहा हूँ, हॉस्पिटल का पता बताइए।

पाठक जी के इस साहस से जोखन जी बहुत प्रभावित हुए, और बोले कि तैयार रहिएगा, जब आवश्यकता पड़ेगी तो बात करूँगा। बाद में लखनऊ में सफल इलाज हो गया, और जोखन जी वापस गृह जनपद आ गये। पाठक जी जोखन जी का चरण स्पर्श करते थे; इसके दो कारण थे; एक तो जोखन जी आयु में बड़े थे और दूसरे ब्राह्मण थे। समय व्यतीत होने लगा। जोखन जी और बृजेश पाठक में माधुर्य बढ़ता ही गया। पाठक जी का आवास जोखन जी के कार्यालय से बहुत दूर था, सो जोखन जी के आग्रह पर पाठक जी कार्यालय में ही रहने लगे, और छह महीने बाद मकान को बेच दिये; परन्तु टेम्पो साथ लेकर आए, और कार्यालय पर ही खड़ा कर दिये। थोड़े समय बाद ही पाठक जी अपने मृदुल स्वभाव और चातुर्य के

बल पर जोखन जी के कार्यालय के मुख्य लोगों में से हो गये। अब बृजेश पाठक जमीन के सौदों में भी हाथ बँटाने लगे थे, और अच्छा पैसा भी कमाने लगे थे। जोखन मिश्रा ने जितनी भी कॉलोनी बनवायी थी, उन सभी घरों में पांडित्य कार्य का जिम्मा भी बृजेश पाठक ही सँभाल रखे थे।

ठीक आठ महीने बाद, बृजेश पाठक परिवार को पुनः शहर में लाए, और कार्यालय के समीप ही दो कमरे का किराए का मकान ले लिए, और बच्चों का स्कूल में दाखिला करा दिये। अब बृजेश भइया कार्यालय में नहीं रहते थे, परन्तु जोखन मिश्रा के साथ साये की तरह साथ रहते थे, जिससे स्टाफ के अन्य लोग उनसे थोड़ी ईर्ष्या भी करने लगे थी; इसके बावजूद बृजेश पाठक का कद ऊँचा ही होता गया।

एक दिन बृजेश पाठक ने जोखन भइया और कार्यालय स्टाफ को अपने बच्चे के जन्मदिन पर भोजन पर निमन्त्रित किया। पत्नी ने ही भोजन बनाया था; बगैर लहसुन-प्याज का। उसी दिन पाठक जी की पत्नी ने जोखन भइया का चरण स्पर्श किया। जोखन मिश्रा पारखी आदमी थे। पाठक जी की पत्नी को देखते ही वे समझ गये कि यह पूर्ण धर्म-परायण स्त्री है... क्योंकि घर के बाहर गमले की तुलसी जी पर खूब सिन्दूर लगा था। जोखन भइया के कार्यालय आने-जाने का रास्ता भी पाठक जी के घर से होकर जाता था, सो जोखन भइया सुबह आते, तो कभी पाठक जी की पत्नी सूर्य भगवान को जल देते मिल जाती, और शाम को वापस जाते, तो पाठक जी के घर से घंटी बजने की आवाज आती। सो एक दिन जोखन भइया ने बृजेश पाठक को एकान्त में ले जाकर समझाया। "बाबा, अब इनको छोड़िए; ई बाल-बच्चों को पालें पोसें, समझे! हमारे साथ चलिए और मौज मस्ती कीजिए; इस जीवन में और क्या रखा है।"

बृजेश पाठक मुस्कराकर रह गये; क्योंकि जोखन जी की पत्नी

ने अपनी सारी व्यथा पाठक जी को बता रखी थी, सो जोखन जी की बातों का भावार्थ समझने में देर नहीं लगा। धीरे-धीरे जोखन मिश्रा पाठक जी को अपने साथ घुमाने ले जाने लगे। वहाँ पर जोखन जी नित नई लड़कियों को बुलवा लेते, और उन्हीं के साथ समय गुजारते। पाठक जी (बाबा) को सौ-दो सौ देकर कहते, "जाइए बाबा घूमकर आइए।" पाठक जी भी दरबान की भाँति घूमने चले जाते। वापस आने के बाद जोखन जी, पाठक जी से भी रसास्वादन का आग्रह करते, परन्तु पाठक जी के पास इतना साहस ही नहीं था, सो हाथ जोड़कर खड़े हो जाते। एक दिन पाठक जी की पत्नी जोखन भइया से मिल गई, और चरण स्पर्श करने के बाद बोली, कि भइया हम लोग जिन्दगी भर किराये के मकान में ही रहेंगे? एक छोटा सा मकान था, वह भी बिक गया।

जोखन भइया ने हाथ जोड़कर आश्वासन दिया, कि आपका मकान बहुत जल्दी बन जाएगा; और कार्यालय आकर बृजेश पाठक को पाँच डेसिमल जमीन दान में दे दिया, और बोले कि बाबा! जमीन की लिखा-पढ़ी करा लीजिए। पाठक जी ने भी जोखन भइया के आदेश का पालन किया, और जमीन अपने नाम लिखवा लिए। धीरे-धीरे उस जमीन पर मकान भी बन गया। बच्चे भी बड़े होने लगे थे। पाठक जी को राहु अब देने लगे थे। पाठक जी का टेम्पो भी बिक चुका था। पाठक जी, जीवन में वे सभी भौतिक वस्तुएँ अर्जित करते जा रहे थे, जिसे आज के वर्तमान समाज में अपरिहार्य माना जाता है; परन्तु पत्नी सानिध्य अभी भी प्रतीकात्मक ही बना रहा। हालाँकि पत्नी पूर्णतः पतिव्रता स्त्री थी और, सुबह उठकर सर्वप्रथम पति का ही चरण स्पर्श करती... परन्तु बृजेश भइया इस पत्नी के उस महात्म्य से ऊब चुके थे। इधर जोखन भइया का आमन्त्रण घुटन और रोमांच दोनों ही पैदा करता था। घुटन यह, कि उच्च शिक्षा विचारवान बना देती है, और नैतिकता का भी बोध कराती है। रोमांच तब पैदा होता था, जब जोखन भइया भोग का निमन्त्रण देते थे।

क्योंकि पाठक जी अपनी गोपनीयता को बनाए रखना चाहते थे। यह बात जोखन भइया का ड्राइवर समझता था; इसलिए उस ड्राइवर ने पाठक जी को एक मोबाइल नम्बर दिया था, जब वह जोखन भइया की नौकरी छोड़कर मुम्बई जाने वाला था। सो पाठक जी उस नम्बर को सँजोकर रख लिए। दो महीने बाद साहस कर बृजेश पाठक ने उस पर फोन किया, तो अपरिचित स्त्री ने फोन उठाया, और उन्हें अपने घर पर निमन्त्रित किया। पाठक जी उसके घर भी चले गये। एक खूबसूरत स्त्री ने दरवाजा खोलकर पाठक जी को एक वातानुकूलित कमरे में बिठाया। पाँच मिनट बाद एक सुन्दर लड़की, पानी और बर्फी के साथ कमरे में दाखिल हुई, और मुस्कराते हुए पाठक जी के बगल में बैठ गई। पाठक जी पसीने-पसीने हो गये; आत्मबल भी जवाब दे गया, परन्तु वह स्त्री उनसे लगातार बतियाए जा रही थी, और उस लड़की की खासियत और रेट भी बता रही थी। साथ में जो रियायत वह पाठक जी को देने वाली थी, उसका बखान भी। पाठक जी ने साहस बटोरकर उस स्त्री से ए.टी.एम. का पता पूछा, और उसके घर से निकले और, अपने घर पर ही आकर रुके।

एक दिन बृजेश पाठक जोखन भइया के कार्यालय पर बैठे थे, तभी वह स्त्री आ गयी, और आते ही पाठक जी को पहचान गयी। पाठक जी को जैसे काटो तो खून नहीं। वह स्त्री उनसे पूछ बैठी - "यहाँ कैसे?" पाठक जी ने उत्तर दिया - "जोखन जी बड़े भाई हैं।" स्त्री कार्यालय के भीतर वाले कमरे में चली गई, पाठक जी बाहर ही बैठे रहे तभी एक स्त्री और आ गयी। वह थोड़ी जवान थी। आज जोखन जी उस पहली स्त्री को डाँट रहे थे और कह रहे थे कि बुढ़िया लेकर आयी हो और दूसरी औरत जोखन जी से एक बार अवसर देने का निवेदन कर रही थी। जोखन जी अब पच्चीस वर्ष के नीचे ही रहते हैं। इसी वाद-विवाद में बृजेश पाठक वहाँ से खिसक लिए।

एक दिन तिवारी जी, बृजेश भइया से मिलने उनके घर गये, तो बृजेश पाठक एक नई समस्या लेकर बैठ गये। मामला यह था, कि उनका चौदह वर्षीय छोटा बेटा अपनी माँ की गोद में ही सोता था। उसके इस कृत्य, से जो थोड़ा बहुत मौका मिलता था, वह भी समाप्त हो गया। तिवारी जी क्या कहते? उनकी भी समस्या कुछ इसी तरह की थी। उनकी भी दस वर्षीया बेटी अपने माँ की गोद में ही सोती थी; सो तिवारी जी निरुत्तर, गम्भीर बने रहे।

इस घटना को पाँच वर्ष बीत गये। पाठक जी मधुमेह से ग्रसित हो गये। बच्चे बड़े हो गये। बड़ा लड़का इंजीनियरिंग की पढ़ाई पूर्ण करके नौकरी भी करने लगा। बृजेश पाठक अब लड़की की शादी खोज रहे थे।

उम्र के पचासवें वर्ष में दोनों पति-पत्नी मोटर साइकिल से जा रहे थे, तभी तिवारी जी सामने आ गये, तो पाठक जी की पत्नी ने झट से पति की कमर पर से हाथ हटा लिया, और मुस्कराने लगी। आज बृजेश पाठक भी मुस्करा रहे थे, जैसे खोया हुआ सानिध्य मिल गया हो।

4

हमारे सामुदायिक स्वास्थ्य केन्द्र

सरकारी अस्पताल के डॉ. देवल आए, तो ईमानदारी का झण्डा गाड़ दिये। न मरीज देखते, न दवा बेचने वालों से कमीशन लेते, न पैथोलॉजी से। उनके साथ के डॉक्टर चौधरी, और डॉ. कृष्ण प्रसाद, मरीज देखने के लिए झगड़ा तक कर बैठते थे।

अस्पताल के ओ.पी.डी. के सामने ही दो कमरे सीधे दिखाई देते थे, सो दोनों कमरों में ही डॉ. साहब लोग बैठते थे। दाँत वाले डॉ. साहब थोड़ा अन्दर वाले कमरे में बैठते थे, और आँख वाले आप्ट्रेमिस्ट भी; क्योंकि इनके मरीज सेट थे। दाँत और आँख के मरीजों के इधर-उधर जाने का भय नहीं रहता था। डॉ. कृष्ण प्रसाद अपने आपको मॉडीफाई करते रहते थे। उन्होंने अपने नाम के साथ बड़ा प्रयोग किया था। प्रसाद वाले शब्द का पहला अक्षर पी. था, जिसे उन्होंने आगे कर दिया, और कृष्ण को पीछे। अब वे डॉ. पी.

कृष्ण बन गये थे। समाज में भ्रम फैल गया था। लोग पूछते, डॉ. साहब किस जाति के हैं? वे तो अपनी जाति किसी को बताना नहीं चाहते थे, परन्तु उनका ड्राइवर सुनील, जो उनके गाँव का ही था, और चौबीसों घंटे उन्हीं के साथ रहता था; वाहवाही में, अस्पताल के बाहर के दवा दुकानदारों से अपनी जाति, और डॉ. पी. कृष्ण से अपने रिश्ते को बता बैठा।

अस्पताल के बाहर तो जैसे हाहाकार सा मच गया। "डॉक्टर तो बड़ा नाटकी है।" एक बूढ़े दुकानदार ने हँसते हुए कहा। डॉ.पी. कृष्ण, टी.बी. एण्ड चेस्ट से एम.डी. थे, सो अस्पताल में उन्हें ही सबसे होनहार माना जाता था। थोड़ा सुपरलेटिव डिग्री में ही बात भी करते थे। नये-नये आए थे, तो कुछ दिन गरिमा को मेंटेन करने की बात करते थे; परन्तु थोड़े ही समय बाद अस्पताल के आवास पर प्राइवेट प्रैक्टिस प्रारम्भ कर दिये। फिर थोड़े दिन बाद ई.सी.जी मशीन भी खरीद लाए। अस्पताल से दूर वाले पैथालॉजिस्ट से अनबन हो गया, तो अस्पताल गेट के सामने ही दूसरी पैथालॉजी खोलवा दिये। समय बीता, तो अस्पताल की आशाओं में गहरी पैठ बना लिए। जितनी भी आशा बहुएँ थीं, वे अपने गाँव के मरीजों को लेकर डॉ. पी. कृष्ण के पास ही आती थीं।

यह सब डॉ. चौधरी और डॉ. देवल भी देख रहे थे। डॉ. देवल तो शान्त थे; कोई पूछता तो कहते, "मैं तो शाहजहाँपुर का रहने वाला हूँ; कुछ दिन के लिए यहाँ हूँ।" परन्तु डॉ. चौधरी, केवल एम.बी.बी.एस. थे, और डॉ. पी. कृष्ण को पूरी टक्कर दे रहे थे। उन्होंने पर्ची बनाने वाले बाबू को सेट कर लिया था। वह सभी मरीजों को डॉ. चौधरी का कमरा ही बताता था।

सरकारी अस्पताल बड़े अस्पताल में शुमार था। उसे सरकारी भाषा में सामुदायिक स्वास्थ्य केन्द्र कहा जाता था। वहाँ पर सर्जन और प्रसूति रोग विशेषज्ञ के साथ-साथ हड्डी रोग विशेषज्ञ की

पोस्ट खाली पड़ी थी। दो साल में हड्डी रोग वाले डॉ. साहब प्रमोट होकर दूसरे जिले के प्रभारी बना दिये गये थे, तभी से वह कमरा खाली है; परन्तु हड्डी का प्लास्टर वहाँ के वार्डब्वाय और चीफ फार्मेसिस्ट साहब मिलकर कर देते हैं। दोनों की ठीक-ठाक आमदनी हो जाती है।

यह बात डॉ. चौधरी को बहुत सालती थी। धीरे-धीरे डॉ. चौधरी भी प्लास्टर रूम में जाने लगे। यह बात चीफ फार्मेसिस्ट साहब को बहुत बुरी लगती थी। उनका रिटायरमेंट भी केवल एक वर्ष ही बचा था, सो कुछ कमा लेते। एक दिन चीफ साहब ने डॉ. चौधरी से अपनी नाराजगी व्यक्त कर ही दिया- अरे डॉ. साहब, हमें भी कुछ कमा लेने दीजिए; मेरा तो रिटायरमेन्ट ही केवल बारह महीने बचा है। वार्ड ब्वाय हरिश्चन्द्र, डॉ. साहब के पक्ष में था। वह चीफ साहब को समझाने लगा साहब! यदि कुछ गड़बड़ होगा तो डॉ. साहब समझेंगे, समझे! परन्तु चीफ साहब कुछ समझने को तैयार नहीं थे। वे हरिश्चन्द्र से यही कहते - यार, डॉ. चौधरी हम लोगों का हक मार रहे हैं; प्लास्टर में क्या गड़बड़ होगा? आज तक कुछ हुआ है क्या? चीफ साहब चिल्लाते हुए बोल रहे थे।

बढ़ते बवाल को देखते हुए डॉ. चौधरी प्लास्टर रूम में जाना बन्द कर दिये। यदि कोई हड्डी का मरीज आता भी था, तो उसे सीधे जिला अस्पताल रेफर कर देते थे। एक दिन एक छोटे बच्चे को लेकर उसके परिजन अस्पताल आए, तो पर्ची बाबू ने सीधे कमरा नम्बर नौ का रास्ता बता दिया। डॉ. चौधरी ने बच्चे के टूटे पैर को देखा, और उसके पिता को समझाने लगे, कि यहाँ पर कोई हड्डी का डॉक्टर नही है, इसलिए इस बच्चे को जिला अस्पताल ले जाइए; इधर-उधर मत भटकिएगा, नहीं तो बच्चे का पैर खराब हो जाएगा।

इतना समझाने के बाद डॉ. चौधरी दूसरे मरीजों को देखने

लगे। थोड़ी देर बाद जब डॉ. चौधरी कमरे से बाहर निकलकर अधीक्षक साहब के कमरे में जा रहे थे, तो देखे कि बच्चे के परिजन बच्चे को गोद में लेकर जा रहे हैं, और बच्चे को प्लास्टर लग चुका है।

डॉ. चौधरी, जहर का घूँट पीकर रह गये।

दूसरे दिन फार्मेसिस्ट, डॉ. जे.के. सिंह, प्राइवेट मेडिको लीगल के दो केस लेकर पहुँच गये। डॉ. चौधरी मेडिको लीगल बहुत मन से करते थे। तभी वहाँ वार्डब्वाय हरिश्चन्द्र भी पहुँच गया, डा. साहब नमस्ते! कहता हुआ। मेडिको लीगल में हरिश्चन्द्र भी हिस्सा पाता था। चतुर वार्ड ब्वाय था। मूँछें को हमेशा कलर करता, और मुर्रा भैंस की सींग के आकार में ऐंठकर रखता था। डॉ. चौधरी हरिश्चन्द्र को देखते ही बोले- "क्यों बेटा! खूब कमा रहे हो; रेफर केस को भी नहीं छोड़ रहे हो।"

हरिश्चन्द्र हाथ जोड़ते हुए बोला - "साहब! हम क्या करें; चीफ साहब ही उसे पकड़ लिए... हमें तो कुल पचास रुपये दिये साहब; आप भी प्लास्टर रूम में आया करिए... सभी लोग कमा रहे हैं, आप भी कमाइए।"

डॉ. चौधरी का गुस्सा थोड़ा कम हो गया था। फार्मेसिस्ट डॉ. जे.के. सिंह, इंच पटरी हाथ में लेकर खड़े थे। डॉ. चौधरी ने फार्मेसिस्ट की और देखकर इशारों में पूछा, इनका हो गया है? फार्मेसिस्ट डॉ. जे.के. सिंह मुस्कराते हुए बोला- हाँ डाक्टर साहब। डॉ. साहब के साथ में खड़ा हरिश्चन्द्र मुस्कराने लगा। फार्मेसिस्ट डॉ. जे.के. सिंह, इंच पटरी से वादी का पीछे से गला नापने लगे, और डॉ. चौधरी लिखने लगे। तभी किसी काम से फार्मेसिस्ट डॉ. जे.के. सिंह अपने कमरे में चले गये, तो डॉ. चौधरी ने मरीज से पूछ लिया- "कितना दिये हो?" मरीज से जवाब पाकर थोड़ा निश्चिन्त हो गये।

दो बजे जब ओ.पी.डी. बन्द हो गयी, तो डॉ. चौधरी ने आवाज लगाया, "डॉ. जे.के. सिंह, कहा हो?" डॉ. जे.के. सिंह पैंट के पाकेट में हाथ डाले, जी डाक्टर साहब कहते हुए आ गये। डॉ. साहब का हिस्सा वे अलग करके रखते थे। डॉ. चौधरी मुस्कराते हुए बोले- "कितना है डॉ. जे.के. सिंह?" पैसा जानने के बाद डॉ. चौधरी, जे.के. सिंह से बोले- "हरिश्चन्द्र का हिस्सा बन्द कर दीजिए, ये बहुत कमा रहा है।" तभी हरिश्चन्द्र भी आ गया, और डॉ. चौधरी का पैर पकड़कर बोलने लगा- "सर, गरीब पर जुल्म मत करिए; आप ही लोगों के भरोसे लड़के का एडमिशन बी.टेक में करवाया है... प्राइवेट कॉलेज की फीस बहुत है साहब; गरीब का बच्चा पढ़-लिख जाएगा, तो आपको बहुत आशीर्वाद लगेगा।"

डॉ. चौधरी को हरिश्चन्द्र प्रसन्न करके ही रखता था। तभी दवाई बेचने वाले (मेडिकल रिप्रेजेन्टेटिव) श्रीवास्तव जी, लिफाफा लिए चले आए। डॉ. चौधरी, मुस्कराते हुए श्रीवास्तव जी से पूछ बैठे- "और श्रीवास्तव जी क्या हाल? कुछ हुआ है?" श्रीवास्तव मृदुभाषी व्यक्ति थे; क्रोध तो शायद उन्हें कभी आता ही नहीं था।

श्रीवास्तव ने लिफाफा धीरे से डॉ. चौधरी के टेबुल पर रख दिया। इसी बीच डॉ. देवल उठे, और बोले- "बॉस मैं निकल रहा हूँ।" और उँगली में मोटरसाइकिल की चाबी नचाते हुए बाहर निकल गये। डॉ. चौधरी लिफाफे की मोटाई को भाँप गये थे, तभी श्रीवास्तव से बोल पड़े, "आपकी एन्टीबायटिक काम नहीं कर रही है।" इस वाक्य का अर्थ समझते श्रीवास्तव जी को देर न लगी। श्रीवास्तव तुरन्त बोल पड़े- सर, शुभम मेडिकल का हिसाब इसमें जुड़ नहीं पाया है, उसको भी कम्पलीट कर दूँगा। श्रीवास्तव जी का मुँह उतर गया था, और कोने में खड़े हो गये। तभी डॉ. चौधरी, अपने हाथों को ऊपर उठाते हुए बोले- "आज सुबह से चाय भी नहीं मिली।"

कमरे में रमेश चायवाला केतली लिए, और दूसरे हाथ में नमकीन के साथ कमरे में दाखिल हुआ। डॉ. चौधरी समझ गये कि श्री राम पैथालॉजी वाले सिंह साहब आ रहे हैं। रमेश अपनी चाय कुल्हड़ में निकाल रहा था, कि सिंह साहब मुँह में पान दबाए पधारे, और विनम्रता से एक लिफाफा डॉ. चौधरी के सामने रख दिये। डॉ. चौधरी ने लिफाफे को सीधे अपने पाकेट के हवाले किया और चाय पीने लगे। उदास श्रीवास्तव ने धीरे से विदा ले लिया।

सिंह साहब डॉ. चौधरी को समझाने लगे, "सर, वो थायराइड वाले, जिनको आपने भेजा था, वह नहीं कराई हैं; बाकी का हिसाब है।" "ठीक है, ठीक है!" कहते हुए डॉ. चौधरी ने, सिंह साहब को शाबासी दिया- "एक आप ही तो हैं, जो मेरी परेशानियों को समझते हैं।" सिंह साहब ने अपनी बत्तीसी डॉ. साहब के सामने परोस दी।

शाम के चार बजे गये, लेकिन डॉ. चौधरी की दुकान बन्द नहीं हो पायी थी। तभी डॉ. चौधरी के घर से फोन आ गया। मैडम जल्दी आने के लिए कह रही थीं। डॉ. चौधरी, सिंह साहब को आदेश देते हुए बोले- "जरा बाहर से पिन्टुआ को बुला लाइएगा, रोज देर करता है।" सिंह साहब भागे-भागे बाहर गये और पिन्टू को पकड़ लाए। पिन्टू आते ही बोला- "सर, आपका ही मरीज है; लास्ट अल्ट्रासाउण्ड कर रहा था। सर दस मिनट का समय दीजिए, मैं अभी हिसाब बनाकर आ रहा हूँ।

डॉ. चौधरी थोड़े भयभीत मुद्रा में थे, सो बोले "ठीक है, तुम चलो, हम लोग तुम्हारे यहाँ ही आ रहा हैं। डॉ. चौधरी सिंह साहब के साथ पिन्टू के अल्ट्रासाउंड एण्ड एक्सरे सेन्टर पर पहुँच गये। पिन्टू ने तुरन्त दो-दो अण्डे का आमलेट मँगवाया; फिर ठण्डा, फिर हिसाब का लिफाफा। उसके बाद सिंह साहब ने; उन्हें टेम्पो तक छोड़ा। तब डॉ. चौधरी घर पहुँचे।

डॉ. चौधरी को, डॉ.पी. कृष्ण का एम.डी. होना बहुत टीस

पैदा करता था। डॉ. पी. कृष्ण के मरीज, उनके एम.डी. के नाम पर सेट हो गये थे, और डॉ. पी. कृष्ण दोनों हाथ से पैसा बटोर रहे थे। सो, डॉ. चौधरी ने सरकारी कोटे से डिप्लोमा इन पोस्ट ग्रेजुएशन करने का मन बना लिया। यह बात जब डॉ. देवल को पता चली, तो वे प्रैक्टिस पर हाथ आजमाना शुरू कर दिये। दो महीने बाद डॉ. चौधरी आगरा चले गये, रेडियोलॉजी का कोर्स करने। अब डॉ. देवल, कमरा नं. नौ में अकेले थे। एक साल उन्होंने बगुले की तरह ध्यान लगाकर डॉ. पी.कृष्ण और डॉ. चौधरी से पैसा पकड़ने की कला सीखी थी, सो अब बारी डॉ. देवल की थी।

जिसको पचास रुपये की दवा की जरूरत थी, उसे दो सौ की दवा खरीदवाते थे। सरकारी दवा बेकार होती है, वह सभी मरीजों को समझाते थे। जितनी पर्ची पर, दवा लिखते थे, उसकी एम.आर.पी. से रेट जोड़ लेते थे; फिर मोटा-मोटी कमीशन का रेट भी। जोड़ने-घटाने की विद्या में दुकानदार भी उनसे पीछे थे।

समय बीता तो डॉ. देवल ने ऐसे भक्त पैदा कर लिए, जिसकी कल्पना भी किसी ने नहीं कर रखी थी। कस्बे के सारे लखेरे लड़के उनके दोस्त हो गये थे। ब्लू फिल्म का कैसेट तुरन्त उपलब्ध करा देते। जिस दिन डॉ. देवल की इमरजेन्सी होती, उस दिन उनके कमरे पर मटन बनता, दारू आती, ब्लूफिल्म चलती; बस अभी लड़की लाना बाकी था। डॉ. देवल शादीशुदा थे, सो बहुत डरते थे।

कालान्तर में उन्हें एक ऐसा भक्त मिला, जिसने उनको देवता की तरह पूज लिया। उसका नाम राकेश तिवारी था; बी.ए. पास। नौकरी नहीं मिली, तो दवाई बेचने का काम करने लगा। राकेश भी बहुत होशियार था। वह सभी डाक्टरों से नहीं मिलता था। इस मिशन में उसने डॉ. देवल का चुनाव कर लिया। फिर क्या था। राकेश सुबह आठ बजे झोले में दवा लेकर सभी दुकानदारों को वितरित कर देता था, उसके बाद कमरा नं. नौ में डॉ. देवल की

कुर्सी-टेबल साफ कर देता। एक बोतल पानी भी खरीदकर टेबुल पर रख देता था उसके बाद डॉ. देवल भी आ जाते थे। राकेश की इस अदा पर डॉ. देवल प्रसन्न तो बहुत होते, लेकिन शो नहीं करते। डॉ. देवल, एक दो टॉनिक भर लिख दिया करते थे। राकेश भी पूरा हनुमान भक्त था। उसने भी डॉ. देवल को भगवान राम मानने का हठ कर लिया था। करते-करते वह डॉ. देवल का सिर भी दबा देता था, और दो बजे के बाद एक-एक रुपया गिनकर पूरा हिसाब, डॉ. देवल को दे देता था। धीरे-धीरे लगभग सभी दवा के कारोबारी हटते चले गये। डॉ. देवल के इमरजेन्सी के दिन तो राकेश भी रात में अस्पताल पर ही रुक जाता था। डॉ. देवल का कपड़ा साफ करना, उनके कमरे में झाड़ू लगाना, खाना बनाना; फिर सोते समय डॉ. साहब का पैर दबाना। जो सुख डॉ. देवल कभी पत्नी से भी नहीं पाए थे, वह सारा सुख उन्हें राकेश तिवारी दे रहा था।

अब तो डॉ. देवल, राकेश से अपनी कुछ पर्सनल बातें भी साझा कर लेते थे। राकेश ने पूरा होल्ड बना लिया। ठीक आठ महीने बाद एक बिलकुल नया लड़का डॉक्टरी पढ़कर आया। नये डॉक्टर साहब का नाम गणेश गुप्ता था। डॉ. गुप्ता भी कमरा नं0 नौ में ही बैठने लगे। डॉ. गुप्ता के बड़े भाई दवा के पुराने कारोबारी थे, सो छोटे भाई के ज्वाइन करने के ठीक चौथे दिन दवाई से भरा झोला लेकर अस्पताल के दुकानदारों के काउण्टर पर धरना दे दिये। दुकानदारों ने भी बड़े भइया का सम्मान पूरे उत्साह के साथ किया।

कमरा नं0 नौ की पूरी व्यवस्था तो राकेश ही करता था। डॉ. गुप्ता भी उसमें हिस्सेदार हो जाते थे; जैसे बोतल का पानी, समय-समय पर चाय-नमकीन आदि।

एक दिन राकेश ने डॉ. गुप्ता से दवा लिखने की विनती की। डॉ. गुप्ता भी बनिया आदमी ठहरे। अपनी मजबूरियों की दास्तान सुना दिया। राकेश ने सारी बात सुन तो ली, पर हिम्मत नहीं हारा।

एक दिन इमरजेन्सी की रात में वह डॉ. देवल से बोल बैठा- "सर आप ही बताइए; गुप्ता जी मेरी दवा नहीं लिख रहे हैं... मेरा पचास रुपया रोज उनके ऊपर खर्च है; आप देख ही रहे है... थोड़ा आप ही समझाइए।" डॉ. देवल हाँ में सिर हिलाते हुए सो गये।

दूसरे दिन डॉ. देवल ने गुप्ता जी से राकेश के बारे में बात की, परन्तु गुप्ता जी टस से मस नहीं हुए। धीरे-धीरे चार महीना बीत गया। राकेश तिवारी, अब डॉ. गुप्ता का ट्रांसफर कराने की सोचने लगा। इस घड़ी में उसे अस्पताल के बड़े बाबू मिल गये। वो भी सजातीय थे। लोग उन्हें तिवारी जी कहते थे। तिवारी जी से राकेश ने पूरी व्यथा कह दिया। राकेश की आँखों से बहते आँसू ने बड़े बाबू के हृदय को पिघला दिया। तिवारी जी ने राकेश के सिर पर हाथ फेरते हुए सोमवार को मिलने को कहा।

इस बीच बड़े बाबू ने डॉक्टर विहीन एक नये प्राथमिक स्वास्थ्य केन्द्र की खोज कर ली। नदी के किनारे, शहर से पचास किलोमीटर दूर, यह अस्पताल अभी एक वर्ष पहले बना है। तिवारी जी ने सी.एम.ओ. साहब के पी.ए. से बात भी कर लिया। सात हजार में बात फाइनल हो गई। सोमवार को राकेश बड़े भ्राता, तिवारी जी से मिला। तिवारी जी राकेश के स्वागत की मुद्रा में खड़े हो गये। तिवारी जी, राकेश के कन्धे पर हाथ रखकर उसे बाहर लाए, और कान में बोले, "दस हजार में बात हो गई है; जिस दिन पैसा दे दोगे, गुप्ता जी का बोरिया बिस्तर बँध जाएगा... और एक बात और सुनो; इस बात की किसी से चर्चा मत करना; जाओ ओर पैसे का प्रबन्ध करो।

दूसरे दिन राकेश ने बड़े भ्राता तिवारी जी को दस हजार रुपया दे दिया। तिवारी जी राकेश से बोले- "सी.एम.ओ. साहब लखनऊ गये हैं, दो दिन बाद आ जाएँगे; बस उसके बाद ऑर्डर निकल जाएगा।" ठीक पाँचवें दिन, ऑर्डर डॉ. गुप्ता के हाथ में था। डॉ.

गुप्ता को तो जैसे चक्कर आ गया था। किसी को कुछ समझ में नहीं आ रहा था। डॉ. गुप्ता सीधे अधीक्षक के कमरे में पहुँचे, और ऑर्डर की प्रति दिखाने लगे, और साथ ही साथ बोले जा रहे थे- "सर, आखिर मुझसे कौन सी गलती हो गयी है, जो मुझे यह दण्ड मिल रहा है? अभी ठीक चार महीने पहले ही मैंने बीस हजार खर्च कर, यहाँ पर पहली पोस्टिंग कराई थी; अब आप ही बताइए सर, किसके ऊपर विश्वास किया जाए।" अधीक्षक साहब की भी समझ में कुछ नहीं आ रहा था। वह डॉ. गुप्ता को लगातार सफाई दे रहे थे- "नहीं यार, मैंने कुछ नहीं लिखा है; विश्वास न हो तो बड़े बाबू से पूछ लो।"

तभी बड़े बाबू, तिवारी जी भी आ गये। डा. गुप्ता ने उन्हें भी ऑर्डर की प्रति दिखाया। बड़े बाबू भावशून्य की तरह खड़े रहे, फिर बोले- "डॉ. साहब, आप समझते नहीं है; डाक्टर विहीन अस्पतालों को भरने का शासन से आदेश आया है, उसी के तहत आपका ट्रांसफर हुआ है; छह महीना रहिए, फिर आ जाइएगा।

डॉ. गुप्ता पगला से गये थे। बाद में डॉ. गुप्ता ने बहुत प्रयास किया, लेकिन सभी ने छह महीने बाद की बात की। डॉ. गुप्ता को ज्वाइन करना पड़ा। हफ्ते में तीन दिन जाते थे।

डॉ. गुप्ता के बड़े भइया की दवाई भी दुकानों में पड़ी थी, उसे बेचवाने के लिए उन्होंने बहुत प्रयास किया, परन्तु सफलता नहीं मिली। डॉ. गुप्ता, ने डॉ. देवल से बड़े भइया के विषय में बात किया, परन्तु बात नहीं बनी। डॉ. देवल टस से मस नहीं हुए। अन्त में डॉ. गुप्ता के बड़े भइया को सारी दवा वापस ले जाना पड़ा।

इधर डॉ. पी. कृष्ण चटके थे। उन्हें अपने एम.डी. होने का गरूर बहुत था। आशा बहुएँ उन्हें हमेशा घेरे रहती थीं। किसी जासूस ने यह बात उनके घर तक पहुँचा दी थी, इसलिए उनकी पत्नी उन्हें दिन भर फोन करती रहती थी... 'ताजा स्थिति' की जानकारी के

लिए। उन्होंने डा. पी. कृष्ण के ड्राइवर को भी अपने फेवर में कर लिया था। डॉ. साहब की दिनचर्या का पता लगाने के लिए एक दिन अस्पताल पर में करीब बारह बजे दिन में हंगामा हो गया। एक औरत, फार्मासिस्ट जे.के. सिंह को जूते से पीटते हुए ओ.पी.डी. की ओर आ रही थी। जे.के. सिंह केवल इतना बोल रहे थे, "अरे हो गया मैडम, बस करिए, आपको हाई बी.पी. है।" और वह औरत उन्हें पीटती जा रही थी। पिटते-पिटते जे.के. सिंह अपने कक्ष तक आ गये। डॉ. पी.कृष्ण भी निकलकर उस औरत तक पहुँच गये। औरत को देखते ही समझ गये, कि दो दिन पहले तो उन्होंने ही उसे इंजेक्शन लिखा था। सो वह बोल पड़े, "आइए मैडम, आपको फिर से देखता हूँ, छोड़िए यह सब।" इतना सुनना था, कि वह औरत डॉ. पी.कृष्ण की ओर घूमी, और चिल्लायी- "हरामी कहीं का! तुम भी इससे मिले हुए हो।" इतना सुनते ही डॉ. पी. कृष्ण, सीधे अपने कमरे की ओर भागे, और आशा बहुओं से उस औरत को समझाने की गुहार लगाने लगे।

तभी उस औरत ने चिल्लाते हुए, जे.के. सिंह से पूछा- "रे हरामी, वह मुच्छण्डवा कहाँ है? यानि हरिश्चन्द्र।" जब जे.के. सिंह को पहला जूता पड़ा था, उसी समय हरिश्चन्द्र ने उसे देख लिया था, और गमछे को अपने मुँह पर लपेटे गेट के बाहर चला गया था। श्रीराम पैथोलॉजी वाले सिंह साहब उसे पीछे वाले कमरे में बैठा दिये थे।

आशा बहुएँ उस औरत को पहचान गयीं, और दीदी-दीदी कहते हुए वह सब उसे बाहर लायीं। जूते को उसने फिर अपने झोले में रख लिया। आशा बहुओं ने कहा- "जूता फेंक दीजिए।" तो उस औरत ने न में सिर हिलाया और बोली- "वह मुच्छण्डवा अभी बाकी है।" आशा बहुएँ सहम सी गयीं, फिर उससे इस क्रोध का कारण पूछने लगीं। पता चला, कि दो दिन पहले वह अकेले, अस्पताल पर एम.डी. साहब को अपना पेट दिखाने आई थी। एम.डी. साहब ने

उसे सुई लिख दिया, और फार्मेसिस्ट, से लगवाने के लिए कह दिया। जे.के. सिंह फार्मेसिस्ट और हरिश्चन्द्र, उसे जे.के. सिंह के खाली पड़े आवास पर चले गये। सुई कमर पर लगना था, सो उन दोनों ने उसकी साड़ी पैर की ओर से उठाकर, उसके नितम्ब पर इंजेक्शन लगाया और अपने हाथों से खूब मला भी, और हँसी ठिठोली साथ में। औरत शर्म से कुछ बोल नहीं पाई। सोची, शायद यह सुई ऐसे ही लगती है। परन्तु अपनी एक सखी से पूछने पर पता चला, कि यह सुई कमर से थोड़ा साड़ी के नीचे करके लगाया जाता है।

उन दोनों ने बदमाशी की है; सो, यह जूता, जो उसके आदमी ने फेंक दिया था, उसे झोले में लेकर आयी थी। आशा बहुएँ भी जे.के. सिंह और हरिश्चन्द्र को कोसने लगीं, और उस औरत को उसके घर तक छोड़ आयीं।

दूसरे दिन आशा बहुओं से हरिश्चन्द्र मिल गया। आशा बहुएँ हरिश्चन्द्र को देखते ही बोलीं; "जूता झोले में लेकर गयी है, अब आपकी बारी है।" हरिश्चन्द्र सीधे नाई की दुकान पर गया, और मूँछ दाढ़ी सब साफ कराकर आ गया। चार दिन बाद फिर हल्ला हो गया कि वही औरत जूता लेकर आ रही है। हरिश्चन्द्र छुट्टी का प्रार्थना पत्र लेकर अधीक्षक के कमरे में गया, और दस दिन की सी.एल. ले लिया। जे.के. सिंह निश्चिंत थे, क्योंकि वह तो अब पिट चुके थे, सो हरिश्चन्द्र को देखते ही बोले-सरऊ, उस दिन तो भाग लिए, अब बचो।" खैर, वह औरत आयी नहीं, परन्तु हरिश्चन्द्र ने अपना ट्रान्सफर दूसरे अस्पताल पर करा लिया।

एम.डी. साहब, यानि डॉ. पी. कृष्ण को विधायक बनने का शौक भी जाग उठा था। विधायक बनने के लिए ढेर सारा पैसा चाहिए, यह बात उनके शुभचिन्तकों ने उन्हें समझा दिया था, सो डॉ. पी. कृष्ण अपने छोटे भाई को दवा के बिजनेस में लगा दिये।

अब सारी दवा वह छोटे भाई के कम्पनी की लिखने लगे। डॉ. पी.कृष्ण पैथालॉजी और पिन्टू से रोज का हिसाब नहीं लेते थे। वे हफ्ते का हिसाब लेते थे। उनका हिसाब भी ज्यादा बनता था। शनीचर की शाम को जब पैथालॉजी वाले सिंह साहब लिफाफा लेकर आते, तो एम.डी. साहब पहले हड़काते, फिर प्रेमपूर्वक समझाते। एम.डी. साहब बोलते- "देखिए सिंह साहब! यदि हिसाब में गड़बड़ी हुई तो जान लीजिए, गेट पर सामने दूसरी पैथालॉजी खोलवा दूँगा।"

सिंह साहब ही ही करते रह जाते। मुँह से पान की पीक शर्ट पर गिरते-गिरते बचती। अल्ट्रासाउण्ड एवं एक्स-रे वाला पिन्टू भी इसी दिन हिसाब देता था। पिन्टू से डॉ. पी. कृष्ण ज्यादा नहीं बोलते थे, क्योंकि पिन्टू का आशा बहुओं पर एकाधिकार था। इस बात से डॉ. पी. कृष्ण भयभीत रहते थे। एक दिन पिन्टू ने डॉ. पी.कृष्ण के ड्राइवर से कह दिया कि - "डाक्टर साहब को समझा दो, आशाओं के चक्कर में बहुत न रहें, नहीं तो जे.के. सिंह का हाल हो जाएगा।" यह बात ड्राइवर ने जाकर एम.डी. साहब की पत्नी से कह दी। बात धीरे-धीरे डॉक्टर साहब तक पहुँच गयी। तब से डाक्टर साहब थोड़े एलर्ट रहने लगे; खास कर पिन्टू से।

डॉ. पी.कृष्ण का छोटा भाई गोपाल, दवा के धन्धे में पूरी तरह रम गया था। उसने डॉ. साहब के गाँव पर भी क्लीनिक खोलवा दिया। वहाँ पर भी डॉ. साहब रविवार को जाने लगे। फिर दूसरी क्लीनिक भी खुल गयी। अब डॉ. पी.कृष्ण मंगलवार को भी दो बजे के बाद गाड़ी से चले जाते थे। व्यस्तता का आलम यह था, कि एम.डी. साहब सुबह आठ बजे निकलते, और रात नौ बजे घर पहुँचते।

इसी बीच एक दिन सी.एम.ओ. साहब आ गये। सी.एम.ओ. सीधे अधीक्षक कक्ष में जाकर बैठ गये। अधीक्षक जी के कमरे में

इन्वर्टर लगा था; पंखा भी चल रहा था। डॉ. पी. कृष्ण और अन्य चिकित्सकों के कक्ष में लाइट रहती, तभी पंखा चलता। हालाँकि हास्पिटल में दो जेनरेटर थे, परन्तु वे केवल कागज पर चलते थे, और उनके रख-रखाव और तेल का पैसा अधीक्षक और सी.एम.ओ. साहब बाँट लेते थे। डॉ. पी.कृष्ण कई बार अधीक्षक साहब से जेनरेटर चलवाने के लिए कह चुके थे, परन्तु वे आश्वासन भर दे देते थे, परन्तु जेनरेटर चला कभी नहीं।

उसी गर्मी में सभी डॉक्टर पसीना पोंछते रहते और दवा, टेस्ट लिखते रहते। डॉ. पी. कृष्ण आज निश्चित कर लिए थे, कि जेनरेटर की शिकायत सी.एम.ओ. साहब से करेंगे, सो ओ.पी.डी से निकलकर अधीक्षक के कमरे में पहुँच गये, और बैठने से पहले ही बोल पड़े - "सर, आप ही देख लीजिए, कि हमलोग किस परिस्थिति में मरीज देख रहे हैं। बिजली रहती नहीं, और दो-दो जेनरेटर होने के बावजूद चलता नहीं है।

डॉ. पी.कृष्ण की बात को सुनते ही सी.एम.ओ. साहब गुस्से में आ गये और बोले- "तो डॉ. साहब, आप लोग रिजाइन क्यों नहीं कर देते हैं? मैं सब जानता हूँ, समझे।" अधीक्षक साहब मन्द-मन्द मुस्करा रहे थे। डॉ. पी.कृष्ण अपनी कमजोरियों को भाँपते हुए वापस चले आये। अधीक्षक जी ने कोल्डड्रिंक की बोतल सी.एम.ओ. साहब के सामने रख दी। चलते समय अधीक्षक जी सी.एम.ओ. साहब को एक लिफाफा देते हुए बोले - "सर, इस डॉ. पी.कृष्ण को नेतागिरी का चस्का लग गया है।" दो महीने बाद डॉ. पी. कृष्ण का स्थानान्तरण शहर से साठ किमी दूर एक नये प्राथमिक स्वास्थ्य केन्द्र पर हो गया।

5

बागबान

सामुदायिक स्वास्थ्य केन्द्र बाहर ब्लाक की ओर से चार दुकानें बनवाई गयी थीं। सरोज सिंह, लो जाति के कुर्मी थे, जो लुधियाना कमाने गये थे। वहाँ किसी ब्राह्मण ने हाथ देखकर कह दिया, कि बेटा तुम्हारा गुजारा घर पर है; बाहर कमाने के लिए तुम नहीं बने हो। सो ब्राह्मण की भविष्यवाणी को साकार रूप देने गाँव चले आए, सन 1990 में। तब अस्पताल, प्राथमिक स्वास्थ्य केन्द्र ही था। ब्लाक की दुकानों का आवंटन कराने वाला भी कोई नहीं था, सो सरोज सिंह (कुर्मी) ने पहली दुकान पर मोहर लगा दिया। मेहनती आदमी थे। उनका गाँव भी अस्पताल से महज पाँच किलोमीटर पर ही था, सो गाँव से ही आना-जाना होता था। विवाह भी हो गया था। पत्नी गरीब घर से आई थी, परन्तु रूपवती थी; सो सरोज भइया पत्नी पर मुग्ध रहते थे। सरोज भइया तीन भाई थे। वही

सबसे बड़े थे। पिता जी कृषक थे। कष्ट सहते हुए भी पिताजी ने बच्चों को शिक्षा देने में कोताही नहीं बरती, इसलिए सरोज भइया इण्टर तक पढ़ लिए। दूसरा भाई हाईस्कूल के बाद पॉलिटेक्निक करके मेरठ में एक प्राइवेट फैक्टरी में नौकरी कर लिया। सबसे छोटा भाई विकलांग था। उसे पोलियो हो गया था, इसलिए पिता जी ने गाँव में उसके लिए एक किराना स्टोर खोल दिया था।

सरोज भइया दुकान बहुत मेहनत से चलाते थे। डॉ. ओ.पी. पाण्डेय का सुबह शाम चरण स्पर्श करते थे; बाद में उन्हें भला-बुरा भी कहते थे। उनके मन में ब्राह्मण शब्द से ही नफरत घर कर गई थी। बचपन में ही उनके गाँव में ब्राह्मण टोला से उनका झगड़ा हो गया था, और उसमें उनका टोला हार गया था, इसलिए सरोज भइया आज तक अपने को पराजित महसूस करते थे। सरोज भइया कम पढ़े-लिखे थे, परन्तु सीखने की प्रक्रिया में सदैव तत्पर रहते थे। निःसन्देह एक मेधावी एवं महत्त्वाकांक्षी व्यक्ति थे। जीवन में उन्होंने उस प्रत्येक वस्तु का त्याग कर दिया, जिससे उनको लाभ नहीं था। इस श्रेणी में उनके पिताजी और माताजी भी थे।

दो वर्ष का समय बीता, तो कुछ पैसा बटोरकर अस्पताल के पास थोड़ी सी जमीन भी खरीद लिए। धीरे-धीरे उस पर भवन भी बन गया। उनकी पत्नी भी उसी मकान में आ गयी। भाग्यशाली स्त्री थीं, जो उनके तीन लड़के ही थे। सो सरोज भइया लड़की के खर्च से मुक्त थे।

सरोज भइया की ससुराल एक गरीब घर से थी। उनकी पत्नी के पिताजी, खेती और मजदूरी करते थे। दो साले थे; वे भी हैदराबाद में पेन्टिंग का काम करते थे, इसलिए सरोज भइया के लिए कोई आकर्षण ससुराल में नहीं था। हाँ, साले जब हैदराबाद से आते थे, तो डिस्टेम्पर की बीस लीटर वाली बाल्टी अवश्य लाते थे। प्रेम में, साले, बहनोई को भी एक बाल्टी प्रत्येक वर्ष दे देते थे। डिस्टेम्पर

की खाली बाल्टी बहुत मजबूत होती है; कई वर्षों तक टूटती नहीं है। कई बाल्टियाँ सरोज भइया के पास हो गयी थीं। रही बात उनकी पत्नी की... तो उन बाल्टियों को सँभालकर कर रख देती थी; बस दो बाल्टी बाहर निकालती थी।

सरोज भइया का अपनी ससुराल से प्रेम बाल्टी भर का ही था। संयोग देखिए, कि पत्नी के मौसी के लड़के अच्छी नौकरियों में थे, और धनाढ्य भी थे; सो सरोज भइया का झुकाव भी उन्हीं की ओर हो गया, और सभी परिचित लोगों को अपनी ससुराल, पकड़ी बताने लगे। पत्नी के मौसी का घर पकड़ी भी सरोज भइया के घर से नौ किलोमीटर पर ही था। सरोज भइया शाम को दुकान बन्द करके पत्नी के साथ अक्सर पकड़ी चले जाते थे, रामा की दुकान से आधा किलो लड्डू लेकर। सरोज भइया का गाँव जाना तो शायद ही कभी होता होगा। कभी छोटा भाई मेरठ से आता था, तो चले भी जाएँ; नहीं तो पिताजी की आलोचना ही करते रहते। सरोज भइया के बच्चे बड़े होने लगे थे। लड़का लप्पू, हाईस्कूल पास हो गया, तो उसको पढ़ने के लिए शहर भेज दिये। लड़का पढ़ने में मेधावी था। दुकान भी खूब बढ़िया चल रही थी। रात में भी यदि किसी को दवा की जरूरत पड़ती, तो शटर उठाकर दवा दे देते थे।

दवा कम्पनियों के लोग भी अब बहुत आते थे। एक तिवारी जी भी आते थे। तिवारी जी अस्पताल पर जम से गये थे। जो भी डॉक्टर आता, तिवारी पैठ बना ही लेते थे। सरोज भइया के हलक में फँस गये थे तिवारी जी; न उगले बने न घोटते। सरोज भइया के लिए तिवारी जी फायदे के आदमी थे. सो बर्दाश्त करना ही पड़ता था; बाकी, बिरादरी के नाम पर तिवारी जी बिलकुल ग्राह्य नहीं थे।

समय बीतता चला गया। सरोज भइया का बड़ा लड़का लप्पू इण्टर प्रथम श्रेणी में पास हो गया। उसी वर्ष दिनेश यादव भी बेरोजगारी से ऊबकर, दवा की दुकान सरोज भइया के सामने खोल

लिए। लड़के के परीक्षा परिणाम से उत्साहित होकर लप्पू का इंजीनियरिंग की कोचिंग में नाम लिखवा दिये। सरोज भइया बहुत महत्त्वाकांक्षी व्यक्ति थे। अस्पताल की नर्स रागिनी पाण्डेय के परम् भक्त बन गये थे। तीज पर रागिनी के मायके से भले तीज न आए, परन्तु सरोज भइया, पत्नी के साथ साड़ी और मिठाई लेकर रागिनी दीदी के पास अवश्य जाते थे। रागिनी दीदी का लड़का भी अब जवान हो गया था, और बेरोजगार था। सरोज भइया की प्रेरणा ने उसे दवा के धन्धे में ला दिया, और वह भी अस्पताल से कमीशन पर दवा लिखवाने लगा। मामा-भांजे का रिश्ता खूब चला। सरोज भइया को उसने शहर में जमीन तक दिला दिया। रागिनी दीदी रिटायर हो गयीं। उसके बाद सरोज भइया ने रागिनी दीदी को कभी नमस्ते भी नहीं किया, और रिश्ते के भांजे को भी खरी-खोटी सुनाकर भगा दिया।

पहले साल की कोचिंग से तो कोई खास लाभ नहीं हुआ, परन्तु दूसरे वर्ष मेरिट थोड़ी ठीक-ठाक थी, तो तिवारी जी से परामर्श ले लिए। तिवारी जी ने थोड़ी मदद कर दी; अपने एक रिश्तेदार जो कि गवर्नमेन्ट इंजीनियरिंग कॉलेज के प्रोफेसर थे, उनसे मिलवा दिया। एक ऊँचे दर्जे के इन्जिनियरिंग कालेज में दाखिला हो गया। इसी क्रम में दूसरा लड़का भी तीन साल बाद प्राइवेट इन्जिनियरिंग कालेज में दाखिला ले लिया। बचा छोटा वाला; तो वह अभी हाईस्कूल में पढ़ रहा था। छोटे लड़के को सरोज भइया घर पर ही रखना चाहते थे, और बुढ़ापे की लाठी मानते थे।

बड़ा लड़का बी.टेक करके एक कम्पनी में नौकरी पा गया। अच्छी सैलरी थी। सरोज भइया को लगा कि अब वृक्ष पर फल लग गये हैं, सो अहंकार से और भर गये। इसी क्रम में पोस्टिंग पर आए नये-नये डॉक्टर से शेखी बघार आए, तो डॉक्टर साहब ने भी मरीजों को दूसरे मेडिकल स्टोर पर भेजना प्रारम्भ कर दिया। सरोज भइया बौखला से गये थे। परन्तु भाग्य के धनी सरोज भइया का

भाग्य पलटा, और डॉक्टर साहब का ट्रान्सफर हो गया; तब जाकर सरोज भइया चैन की साँस ले पाए।

इसी बीच लप्पू के विवाह के लिए भी सजातीय लोग आने लगे, परन्तु सरोज भइया को तो बी.टेक. लड़की चाहिए थी, और भरपूर दहेज भी; सो अभी इलाके की बिरादरी में कोई इतना सबल प्रत्याशी नहीं था, इसलिए सरोज भइया सभी लड़की वालों का इण्टरव्यू दूकान पर ही ले लेते थे, और विदा कर देते थे। लप्पू भी काफी गम्भीर था। इसी बीच सरोज भइया को लप्पू ने हवाई जहाज का टिकट भेजकर मैसूर बुला लिया, और पूरी आवभगत किया। लप्पू ने पापाजी और मम्मी जी को लगभग पूरा दक्षिण भारत घुमा दिया। वैसे तो सरोज भइया ब्राह्मणों के ढोंग और पूजा-पाठ से दूर ही रहते थे, परन्तु बालाजी का दर्शन लप्पू से कहकर किये। इस आवभगत के पीछे लप्पू का एक स्वार्थ था। लप्पू, एक सहकर्मी लड़की से, जो सजातीय थी, शादी करना चाहता था, सो पापा जी और मम्मीजी के सामने बात रख दी। सरोज भइया इसके लिए तैयार थे। आमदनी दुगुना होने का स्वार्थ भी था। लप्पू ने मम्मी-पापा के अलावा भाइयों के लिए भी कपड़ा, जूता इत्यादि खरीदकर दे दिया। लप्पू का प्रयास सराहनीय था।

सरोज भइया लौटकर जब घर आए, तो बस जो भी मिल जाता, बस उससे अपनी यात्रा का बखान बतियाते। हवाई जहाज कैसे उड़ता है और कैसे उतरता है, इसका वर्णन तो वह सभी से करते थे।

एक दिन लप्पू ने फोन करके बताया, कि जो शादी वह करने वाला था, अब उस लड़की से विवाह नहीं करेगा। सरोज भइया इतना सुनते ही आग-बबूला हो गये, और प्रश्न पर प्रश्न दाग बैठे। लप्पू ने समझाया, कि आप से जब मिलूँगा तो डिटेल बताऊँगा।

तब सरोज भइया पूछ बैठे- "तो क्या हम तुम्हारा विवाह तय

कर दें?'' लप्पू घबड़ाकर बोलने लगा- ''नहीं नहीं पापाजी! मैं होली में आऊँगा, तब तक आप शान्त रहिए... ठीक है रखता हूँ, प्रणाम; मम्मी को भी।

सरोज भइया थोड़े उदास रहने लगे, तो बगल के दुकानदारों ने व्यंग्यात्मक अन्दाज में पूछ लिया- क्यों भइया, आजकल आपका हवाई जहाज नहीं उड़ रहा है? ''सरोज भइया केवल आँख दिखाकर रह जाते थे। तभी अस्पताल पर एक नये डॉक्टर साहब आ गये, और उनके साथ कई दवा व्यापारी भी आ गये। उन दवा व्यापारियों में जो सबसे ज्यादा प्रभावशाली थे, उनका नाम छत्रपाल सिंह श्रीनेत था। सरोज भइया इस बार पिछली गलती से सीख ले चुके थे, सो छत्रपाल जी से मधुर सम्बन्ध बनाने लगे; फिर डॉक्टर साहब से भी। वैसे भी सरोज भइया ने अपने नाम का सरनाम 'पटेल' से 'सिंह' कर लिया था। प्रारम्भ से ही वे अपना प्रमोशन राजपूत बिरादरी में करना चाहते थे। छत्रपाल जी से प्रेम बढ़ाने का एक मुख्य कारण यह भी था। डॉक्टर साहब की कृपा भी छत्रपाल जी पर अधिक थी सो दिनेश यादव भी छत्रपाल जी के निकट आना चाहते थे। यादव जी ने कई बार छत्रपाल जी से कहा कि, ''देखिए छत्रपाल जी, यदुवंशी और रघुवंशी एक ही हैं, इसको तो आप भी मानते होंगे?'' परन्तु छत्रपाल जी मुँह फेर लेते थे।

तिवारी जी भी किसी तरह नये वाले डॉक्टर साहब के पास तक पहुँच गये, और अपना काम बना लिए। सरोज भइया को यह बात अच्छी नहीं लगी, सो छत्रपाल जी से तिवारी जी को भगाने की गुहार लगाने लगे। परन्तु तिवारी जी का सिक्का जमता ही गया, और सरोज भइया और छत्रपाल जी की बैठक भी खूब जमने लगी। छत्रपाल भइया हफ्ते में दो बार आते थे, और सारा काम निबटाकर सरोज भइया की दुकान में बैठते, और बर्फी मँगाते, फिर चाय नमकीन। उसके बाद ही बैग उठाते थे। कभी-कभी तिवारी जी भी उस नाश्ते में शरीक हो जाते। इसी बीच, अब तिवारी जी ने अपने

प्रिय, श्रीवास्तव जी को भी डॉक्टर साहब के पास पहुँचा दिया। यह बात छत्रपाल भइया को अच्छी नहीं लगी। श्रीवास्तव जी का व्यवहार ऐसा था, कि वे अपने कर्मों से सभी के प्रिय हो जाते थे। क्रोध उनको आता ही नहीं था, और सदैव स्वार्थ में लगे रहते थे।

रागिनी पाण्डेय के बेटे ने सरोज भइया को एक गैस का कनेक्शन अपने शहर वाले मकान के पते पर दिलवा रखा था, सो सरोज भइया को गैस मिल जाती थी। परन्तु तथाकथित भांजे से बिगाड़ के बाद गैस को किसी शहरी पते पर ट्रान्सफर कराना था। एक दिन सरोज भइया ने इस प्रसंग को अपनी दुकान पर छेड़ दिया। संयोग से उस दिन वहाँ पर लगभग सभी लोग थे। सरोज भइया यह भी कह रहे थे, कि हमको तो साल भर में केवल पाँच सिलिन्डर चाहिए, बाकी जो चाहे ले ले। बस, श्रीवास्तव जी को स्वार्थ समझ में आ गया, और अपने मकान के पते पर गैस ट्रान्सफर के लिए हामी भर दिये।

एक सप्ताह बाद श्रीवास्तव जी ट्रान्सफर फार्म लेकर आए। फार्म अंग्रेजी में था, सो तिवारी जी को बुलाया गया। संयोग से तिवारी जी उस दिन आए थे। तिवारी जी ने फार्म भरकर दे दिया, और गैस कनेक्शन का ट्रान्सफर भी हो गया।

पहला सिलिन्डर, श्रीवास्तव जी अपनी मोटर साइकिल पर बाँधकर सीधे सरोज भइया के दुकान पर पहुँचे, और मोटर साइकिल पर बैठे-बैठे ही सरोज भइया को जोरदार नमस्कार दाग दिये, और इशारे से ही सिलिन्डर उतारने का इशारा किये। सरोज भइया तुरन्त साइकिल बनाने वाले कलाम को बुलाए और श्रीवास्तव जी को घर पर सिलिन्डर उतारने का इशारा कर दिये। श्रीवास्तव जी आगे बढ़ लिए, और कलाम के साथ वापस लौटे। सरोज भइया ने रमेश चाय वाले को आवाज लगाकर दो चाय का इशारा कर दिया। श्रीवास्तव जी चाय पीकर काफी संतुष्ट थे। फिर श्रीवास्तव जी ने

अपना लेजर दे दिया। सरोज भइया ने उसमें दो हजार रकम चढ़ाकर वापस दे दिया और मरीजों को दवा देने लगे। बीच-बीच में श्रीवास्तव जी, सिलिन्डर को पाने के लिए किये गये प्रयास और सिलिन्डर को सरोज भइया के घर तक पहुँचाने में जिस पुरुषार्थ का प्रदर्शन करना पड़ा, उसका वर्णन भी करते चले जा रहे थे। ठीक एक घंटे बाद सरोज भइया ने पैसा दिया, तब श्रीवास्तव जी बोल पड़े, "और सिलिन्डर वाला?" सरोज भइया भी अफसोस जताते हुए श्रीवास्तव जी को सिलिन्डर का पैसा दे दिये। श्रीवास्तव जी जानते थे, कि यदि पहले ही सिलिन्डर का पैसा माँग लेते, तो यह दो हजार नहीं मिलता; सो बुद्धिमानी से काम करते हुए एक घण्टा बैठे रह गये थे।

इसी बीच गर्मी में लप्पू ने मम्मी-पापा को दिल्ली बुला लिया, क्योंकि अब लप्पू नोएडा आ गया था। लप्पू ने वैष्णो देवी का प्रोग्राम बना लिया था, सो उसने सरोज भइया और मम्मी जी को वैष्णो देवी का दर्शन करा दिया; उसके उपरान्त हरिद्वार और ऋषिकेश भी। चलते-चलते लप्पू ने अपने विवाह का प्रसंग भी छेड़ दिया, और पापाजी से उसने प्रिया बंसल नामक लड़की का कीर्ति वर्णन कर दिया। प्रिया उसी के साथ पढ़ी थी, और एक कम्पनी में पचास हजार रुपया प्रतिमाह की नौकरी भी कर रही थी। उसका पूरा परिवार दिल्ली में ही सेट था। लप्पू भी अपने पिता जी के पद चिन्हों पर ही चल रहा था। पिता जी का उपयोग एक समय तक किया जाता है, फिर आगे जिन्दगी अपनी-अपनी अलग-अलग होती है। सरोज भइया करें भी तो क्या करें, क्योंकि अब लप्पू के विवाह के लिए उनके द्वार पर कोई आता नहीं है; सो पुत्र मोह कहें या पराजित भाव में ही सही, लप्पू का प्रत्येक निर्णय उन्हें स्वीकार्य था।

जब से लप्पू बी.टेक. करके नौकरी करने लगा, उसका अहंकार भी परवान चढ़ने लगा। अब जब वह घर आता, तो अपने माता-पिता के अलावा किसी को भी नमस्कार नहीं करता था। बंसल

परिवार के निकट आते ही लप्पू ने भी अपने पिताजी से फोन पर बात करने की अवधि को घटा दिया। सरोज भइया भी अब अपनी होने वाली बहू का बखान बतियाने लगे, लेकिन लप्पू की माता जी बहुत दुःखी थीं। यह सब उन्हें अच्छा नहीं लग रहा था। बगल वाले यादव जी के घर नारायण जी की कथा सुनने गयीं। पंडित जी ने कथा के बीच में ही बोल दिया, कि जो पुत्र अपने माता-पिता की अवहेलना करते हैं, उन्हें नरक में भी स्थान नहीं मिलता है। इसके बाद लप्पू की माताजी फफक-फफककर रोने लगीं। सरोज भइया दुकान पर थे। यादव जी की पत्नी उन्हें समझाने लगीं। शाम को सरोज भइया घर पर पहुँचकर पत्नी को बहुत ढाँढ़स धराए, परन्तु पत्नी के आँसू और तेजी से निकलने लगते। किसी तरह रात का भोजन हुआ। सरोज भइया ने लप्पू को फोन करके सारी बात विस्तार से बताई। सुबह, सरोज जब भोजन करके दुकान पर जाने लगे, तो पत्नी से तेज स्वर में बोले- "इस इलाके में किस साले की बहू पचास हजार महीने में कमाती है, किसका लड़का अपने माँ-बाप को हवाई जहाज में घुमाया होगा? मेरा बेटा घुमाया है, समझी! यह सब रोना-धोना बन्द करो।" और दुकान को चल दिये।

अगले ही रविवार को लप्पू दिल्ली से चला आया। प्रिया की ढेर सारी फोटो, और माता-पिताजी के कपड़ों के साथ। दिनभर के प्रयास में उसने माताजी को सामान्य कर दिया, और शाम को चलते समय माता जी के हाथ में दस हजार रुपया रख दिया। लप्पू, फिर एक बार आज्ञाकारी होने का प्रमाण दे गया।

दो महीने का समय बीत गया। इस बीच प्रिया के पापा से सरोज भइया की पाँच बार बात भी हो गयी थी। सरोज भइया के पास कोई बात तो होती नहीं थी; हाँ, लप्पू जो निर्देश दिल्ली से दे देता था, उसी निर्देशानुसार सरोज भइया बंसल साहब से बात करते थे। एक दिन बंसल साहब ने सरोज भइया से दिल्ली आने के लिए कहा, तो सरोज भइया उन्हें पहले अपने घर बुलाना चाहते थे। सो

बंसल साहब ने एक महीने बाद आने का प्रोग्राम दे दिया। इधर सरोज भइया और लप्पू, मकान में आधुनिकता लाने का प्रयास करने लगे। सवाल बंसल साहब के सामने प्रतिष्ठा का था, सो लप्पू ने सरोज भइया के पास एक लाख रुपया भेज दिया। सरोज भइया ने तीसरी मंजिल पर दो कमरे ओर वेस्टर्न कमोड के साथ अटैच बाथरूम बनवा दिया। कमोड में शौच को साफ करने वाली मशीन भी लगवा दिया। पानी की टंकी भी पाँच सौ लीटर की थी, सो एक टंकी और लगवा दिये। पूरा दो लाख रुपया खर्च हो गया। बंसल साहब सपरिवार आए तो, परन्तु होटल में ही रुक गये। सरोज भइया ने इसी बीच एक सेकेन्ड हैण्ड कार भी खरीद लिया। वे किसी भी तरह से बंसल साहब के सामने कमजोर नहीं पड़ना चाहते थे।

बंसल साहब ने सरोज भइया की किसी सेवा को ग्रहण नहीं किया। वे होटल से नहा-धोकर, और भोजन करके सरोज भइया के घर आए; ढेर सारे उपहारों के साथ अच्छी-अच्छी बातें किये, और मुस्कराते रहे, और शाम को होटल चले गये। दो दिन बाद दिल्ली पहुँचकर उन्होंने लड़की देखने के लिए सरोज भइया को सपरिवार आमन्त्रित कर दिया। सरोज भइया ने लप्पू से बात किया। लप्पू के निर्देशानुसार सरोज भइया पत्नी के साथ दिल्ली पहुँच गये। लप्पू के दोनों छोटे भाई भी दिल्ली के आस-पास ही थे, सो उन्हें भी सूचना भेज दी गयी। सरोज भइया दो दिन पहले ही पहुँच गये थे। बंसल साहब ने लप्पू और सरोज भइया को सपत्नी एक शोरूम में बुला लिया था। वहीं पर बंसल साहब भी प्रिया और पत्नी के साथ पहुँच गये। प्रिया भी अब तक सरोज भइया और उनकी पत्नी से अपरिचित नहीं रह गयी थी।

नये फैशन के अनुसार, सरोज भइया लप्पू के निर्देशानुसार प्रिया के लिए अँगूठी और कपड़े खरीद दिये; बिना पत्नी की स्वीकृति के, और बंसल साहब ने भी प्रिया की पसन्द के हिसाब से लप्पू के लिए...। फिर बंसल साहब ने एक होटल में शाम को सभी

को भोजन कराया और एक दिन बाद छेकाई की रस्म के लिए आमन्त्रित करते हुए विदा लिये।

इस पूरे प्रकरण में लप्पू की माता जी न हँसी न बोलीं। उनकी समझ में कुछ नहीं आ रहा था। न तो उन्होंने कभी ऐसा देखा था, और न ही कभी ऐसा सोचा था। रोएँ भी तो किसके सामने? पति भी तो कठपुतली की तरह नाच रहा था।

बंसल साहब ने सरोज भइया के परिवार का स्वागत करके मन मोह लिया था। सरोज भइया गदगद थे, परन्तु उनकी पत्नी का मुँह सीधा नहीं था। यह सब चाल-चलन उन्हें मान्य नहीं था। जिस तरह से प्रिया उनके बगल में बैठकर चपर-चपर करके खा रही थी, ऐसा भी कहीं होता है? हम तो कभी अपनी सास के बराबर नहीं बैठे। उलाहना देते हुए सरोज भइया से बोल दीं। सरोज भईया चुप रहे। इस तर्क का कोई जवाब उनके पास नहीं था। सरोज भईया तो स्वयं को बंसल साहब के साँचे में ढालने का प्रयत्न कर रहे थे, परन्तु उनकी पत्नी तो बिलकुल भी नहीं।

खैर, विवाह का दिन भी निश्चित हो गया। सरोज भइया ने अपने काबिल रिश्तेदारों ओर मित्रों को, जिनके पास अच्छे कपड़े थे, और साथ में शारीरिक रूप से भी ठीक-ठीक थे उन्हीं लोगों को बारात में ले जाने का निश्चय किये। तिवारी जी की वाक़्पटुता से सरोज भइया प्रभावित तो रहते थे परन्तु कभी भी उन्हें हृदय से स्वीकार नहीं कर पाए, सो चाहते हुए भी उन्हें दिल्ली नहीं ले गये।

कुल मिलाकर पैंतीस लोग जुट पाए। बंसल साहब ने खूब धूम-धाम से विवाह किया और सरोज भइया को सम्मान भी भरपूर दिये। बारात के साथ ही बहू भी सरोज भइया के घर पर आ गयी, क्योंकि दो दिन बाद घर पर बहू भोज का आयोजन था। प्रिया को बहू के रूप में गांव के लोग देखना चाहते थे, परन्तु सबको यह कहकर लौटा दिया गया, कि बहूभोज के दिन ही सभी लोग प्रिया से मिलेंगे;

सो गाँव देहात के लोग भी लौट गये। एक बात बता दूँ, कि अभी तक प्रिया और प्रिया के घरवाले, सरोज भइया के माता-पिता से नहीं मिल पाए थे।

बहू भोज के दिन सभी लोग एकत्रित हुए। तिवारी जी, छत्रपाल जी, श्रीवास्तव जी। स्टेज पर तो कोई नहीं गया। थोड़ी देर बाद सभी लोग सरोज भइया के साथ खड़े थे, तो लप्पू, स्टेज से उतरकर सरोज भइया के पास आया, परन्तु उसने किसी को भी नमस्कार नहीं किया। सो तिवारी जी ने बुद्धिमत्ता का परिचय देते हुए कहा- "बधाई, बहुत-बहुत बधाई लप्पू!" और लिफाफा लप्पू को पकड़ा दिये। देखा- देखी सभी ने वैसा ही किया। किसी तरह सभी लोगों की प्रतिष्ठा रह गयी; नहीं तो लप्पू के तिरस्कार से सभी लोग भयभीत थे। सरोज भइया भी उस दिन तिवारी जी की बुद्धिमत्ता पर प्रसन्न थे, नहीं तो लिफाफा अपने हाथ में ही पकड़ना पड़ता। वैसे सभी लोग यह अनुमान लगा रहे थे, कि आज के दिन तो लप्पू अपने से बड़े लोगों को अभिवादन कर ही लेगा, परन्तु लप्पू तनिक भर नहीं झुका। उसके बाद लप्पू वापस जाकर प्रिया और अपने साले के साथ मशगूल हो गया। सरोज भइया की पत्नी घर जाकर सो गयी थी... परिचय की औरतों के प्रश्नों का जवाब देते-देते थक सी गयी थी, सो घर पर ही खाना मँगा ली थी। लप्पू के दोनों छोटे भाई भी स्टेज के आस-पास मँडरा रहे थे। दूसरे दिन प्रिया और उसका साला, तीनों दिल्ली चले गये। सरोज भइया के छोटे भाई, दिल्ली बारात में तो गये थे, परन्तु बहू-भोज में नहीं आए थे।

समय बीतता चला गया। पहली होली भी आ गयी। लप्पू ने बहुत साहस करके प्रिया को घर चलने के लिए मना लिया। सरोज भइया का पूरा परिवार इकट्ठा हो गया। होली के एक दिन पहले से ही अपने दोनों छोटे भाइयों को लप्पू, रंग के प्रयोग से होने वाली एलर्जी के बारे में बता रहा था; क्योंकि प्रिया इसी शर्त पर आयी थी कि उसको कोई भी रंग नहीं लगाएगा। उसकी नजर में होली बहुत

गंदा त्यौहार है। सो दोनों देवर, भाभी जी की प्रतिष्ठा में रंग को हाथ से छुए तक नहीं।

होली के दिन लप्पू की मम्मी, पकवान आदि बनाने में व्यस्त थीं, और उम्मीद कर रही थीं कि बहू हाथ बँटाएगी, परन्तु यह क्या...! उसने तो सहायता के लिए पूछा तक नहीं; बस रसोंईघर में चाय बनाने आती थी। बाद में पता चला कि प्रिया को चाय बनाना, आमलेट और पराठा बनाना आता था, बशर्ते कोई आटा गूँथकर दे दे। प्रिया सबके साथ ही टेबुल पर बैठकर भोजन भी करती थी। लप्पू की मम्मी अब टेबुल पर बैठना बन्द कर दी थीं।

होली के दूसरे दिन, लप्पू जब प्रिया के साथ वापस जाने के लिए तैयारी कर रहा था, तभी लप्पू की मम्मी के सब्र का बाँध टूट गया और चिल्लाने लगीं- "ऐसी औरतें घर में आ जाएँ तो हँसता हुआ घर मरनी का घर बन जाए। हमारे भी देवर थे; हमने कभी रंग खेलने से मना नहीं किया, सास के साथ बराबरी में कभी नहीं बैठे; और एक ये औरत है, कि जैसे कोई संस्कार ही नहीं मिला है बस खाना, खाना जानती है, बनाना नहीं; ठूँसने में सबसे आगे है।"

पूरे घर को जैसे साँप सूँघ गया। सरोज भइया दुकान पर थे। सुने, तो भागे-भागे आए। पत्नी को समझाने लगे, लेकिन पत्नी तो पूरे फार्म में थी। सब्र का बाँध टूट गया था। आज पहली बार उन्होंने सरोज भइया को भी नहीं बख्शा, और फिर से चिल्लाने लगीं- "पता होता कि इतना प्रसव पीड़ा सहकर ऐसा कुपात्र बच्चा पैदा होगा, तो मर जाना ही अच्छा होता। बताइए, इस औरत को आटा गूँथना नहीं आता है... और ये आपका लड़का हमको समझा रहा है।" और हाँफते हुए ऊपर वाले कमरे में जाकर सो गयीं। सरोज भइया ने लप्पू और उसकी पत्नी को धीरे से चले जाने को कहा, और लप्पू प्रिया के साथ मम्मी जी का बगैर चरण-स्पर्श किये ही रेलवे स्टेशन चला आया।

सरोज भइया ने दोनों छोटे लड़कों को मम्मी के पास जाकर बैठने के लिए कहा। दोनों लड़के जाकर मम्मी के पास बैठ गये। मम्मीजी की जब आँख खुली, तो दोनों लड़को को सम्बोधित करते हुए बोलीं- "तुम लोग भी ऐसी लड़की लाना... बड़का शहरी बने हैं; फिर मेरा मरा हुआ मुँह देखना।" दोनों लड़के मुँह लटकाकर मम्मी जी की बात सुन रहे थे।

मम्मी जी बोलीं- "खबरदार! जो तुम दोनों कभी लप्पू से बात भी किये; अपने पापा को रिश्ता निभाने दो।" रात में मम्मी जी ने खाना नहीं बनाया। दिन का ढेर सारा खाना बचा हुआ था। शाम को होली मिलन के लिए जो भी आया, आज मम्मी जी ने खुलकर अपने दुःख को बयां किया। जिस परदे को सरोज भइया लगातार फैला-फैलाकर जिस सत्य को छुपा रहे थे, उस परदे को उनकी पत्नी ने उतारकर धुलने के लिए रख दिया था।

अब लप्पू का फोन केवल सरोज भइया के पास ही आता था। सरोज भइया का दूसरा लड़का भी बी.टेक पास करके, एक छोटी सी नौकरी करने लगा था। सरोज भइया अब दूसरे लड़के की महिमा का बखान प्रारम्भ कर दिये थे। उसकी शादी तो वह अपने इलाके में करना चाहते थे, क्योंकि पत्नी का सख्त निर्देश था, कि दोनों लड़कों का विवाह पारम्परिक ढंग से और अपनी बिरादरी में ही करना है। हालाँकि सरोज भइया ने पिताजी के पटेल उपनाम को छोड़ दिया था, और वे सिंह उपनाम लिखने लगे थे; उनके बच्चे भी सिंह उपनाम लिखते थे। सरोज भइया ने ऊँचाई प्राप्त करने के चक्कर में, किसी भी बच्चे का आरक्षण प्रमाण-पत्र भी नहीं बनवाया था

सरोज भइया ने लप्पू के विवाह के लिए जितने भी सजातीय और इलाकाई रिश्ते आए थे, उन सभी को दुत्कार दिया था; इसलिए क्षेत्र में कोई भी व्यक्ति उनके प्रति आशान्वित नहीं था। बहुत प्रयास करने पर भी कोई रिश्ता नहीं आ रहा था, सो सरोज भइया छत्रपाल

जी से चर्चा करने लगे। पहले तो छत्रपाल जी समझे नहीं, लेकिन जब एक दिन सरोज भइया ने इशारे-इशारे में छत्रपाल जी से यह कहा, कि ''क्यों छत्रपाल जी, आपकी बिरादरी में भी तो गरीब लोगों की लड़किया होंगी, जिनकी शादी नहीं हो रही होगी; मुझे दहेज का पैसा तो चाहिए नहीं।'' इतना सुनना था कि छत्रपाल जी अपना लेजर अपने बैग में रखते हुए बाहर निकल आए। आज छत्रपाल जी पेमेन्ट भी नहीं लिए, और चाय भी छोड़कर बाहर आ गये।

सरोज भइया अपने क़ाउण्टर से आवाज देते रह गये, परन्तु छत्रपाल जी कुछ बुदबुदाते हुए मोटर साइकिल स्टार्ट कर दिये। यह सब दिनेश यादव देख रहे थे, और छत्रपाल जी के पास जाकर बोल ही पड़े, ''पहले ही हम समझा रहे थे... यदवंशी रघुवंशी...।''

तभी बुढ़ऊ राय साहब आ गये। पूरा माजरा जानने के बाद, सरोज भइया की ओर इशारा करके बोले- ''यह बागबान फिल्म का अमिताभ बच्चन बनेगा।'' सरोज भइया के दूसरे लड़के की शादी उनके साले ने कराई। लड़की इण्टर पास थी, और लड़की के कोई भाई नहीं था; तीन एकड़ जमीन भी लड़की के हिस्से में थी, सो सरोज भइया की पत्नी की इच्छा पूरी हो गयी। इस शादी में लप्पू ही दिल्ली से अकेला आया था। सरोज भइया ने बंसल साहब को फोन तो किया था, परन्तु बंसल साहब ने हाँ-हाँ करके फोन स्विच ऑफ कर दिया। विवाह हो गया। माता जी ने बहू की अगवानी की। इस बार वे काफी उत्साहित थीं। माता जी ने लप्पू से बात तक नहीं किया।

एक वर्ष तक तो बहू सरोज भइया के साथ रही, और एक पुत्र रत्न भी प्राप्त हो गया। उसके बाद वह अपने मायके चली गयी, और फिर वह कभी ससुराल नहीं आयी। पता चला कि सरोज भइया का दूसरा लड़का भी ससुराल आता है, परन्तु घर पर नहीं आता। ससुराल में एक छोटी साली भी थी। वहीं से वह अपने परिवार को

लेकर नोएडा चला गया। सेवा के लिए अपनी छोटी साली को भी लेता गया। उसने अपना मोबाइल नम्बर भी बदल दिया था, सो सरोज भइया के इंफारमेशन सेन्टर, उनके साले जी ही रह गये थे।

सरोज भइया जैसे ठगे से रह गये थे। इस जमाने से विश्वास उठ गया था। सरोज भइया ने लप्पू और पत्नी के साथ मिलकर दिल्ली में घर बनवाने का सपना देखा था। उनकी योजना थी, कि जब तीनों लड़के कमाने लगेंगे, तो सभी लोग दिल्ली में ही साथ-साथ रहेंगे; यहाँ की दुकान भी किराए पर दे देंगे। परन्तु सपने को पक्षाघात लग गया था। सरोज भइया अभी भी तीसरे लड़के से आशान्वित थे। तीसरा लड़का भी बी.टेक पास कर लिया था। एक वर्ष तक नौकरी के लिए घूमा, परन्तु काम की नौकरी नहीं मिली। वह जिस कॉलेज से पास किया था, वह कॉलेज भी बन्द हो गया, सो वह हमेशा अपने पापा को कोसता रहता। उसका तर्क था, कि पापा ने पैसा बचाने के लिए उसका दाखिला खराब कॉलेज में करा दिया, जिसका परिणाम उसे भुगतना पड़ रहा है।

अन्त में उसने पासपोर्ट बनवा लिया और दुबई चला गया। वहाँ पर उसने जी-तोड़ मेहनत किया, और अच्छी पगार की नौकरी पा लिया। चार साल तक कमाने के बाद उसने वहीं पर अपनी सहकर्मी से विवाह भी कर लिया। सरोज भइया के तीसरे लड़के के विवाह की बात उसके एक पुराने मित्र ने बताई। सरोज भइया के पैर के नीचे से जमीन खिसक गयी। घर पर जाकर अपनी पत्नी के सामने बैठकर बहुत रोए। पत्नी ने भी बराबर का साथ निभाया। कहा जाता है कि आँसू बह जाने के बाद व्यक्ति हल्का महसूस करता है।

सरोज भइया की सारी योजना समाप्त हो गयी थी। दिल्ली में जिस आशियाने की उन्होंने कल्पना की थी, वह निर्माण के पहले ही धराशायी हो गया था। एक बाप के, अपने लड़कों से बिछुड़ने का संताप आज उन्हें महसूस हो रहा था। शास्त्रों में समभाव शब्द का

बड़ा बखान किया गया है। जो व्यक्ति जीवन में समभाव शब्द की धारणा को आत्मसात करके चलता है, उसके कष्ट स्वयं ही समाप्त हो जाते हैं। सरोज भइया की पत्नी के कानों में पंडित जी के वे शब्द गूँज रहे थे- "जो पुत्र अपने माता-पिता की...

दो महीने का समय बीत गया। सरोज भइया थोड़े नॉर्मल हुए, तो थोड़ा ऊर्जा का संचार हुआ। निःसन्देह सरोज भइया एक महत्त्वाकांक्षी व्यक्ति थे। सरोज भइया ने जिस गृहस्थी को बसाया था, उसे बहुत अच्छी तरह से सिंचित किया था। सभी लड़कों को उच्च शिक्षा दिये; अच्छे रहन-सहन के साथ जीवन जिए, यही क्या कम है... परन्तु, आज पुनः एक बार अपने जीवन को लेकर वे चिन्तित हो गये थे।

उम्र के तिरपनवें वर्ष में प्रवेश कर गये थे, और अब शरीर भी थकने लगा था। जीवन जीने के लिए सहारे की आवश्यकता तो होती ही है। अपने तीनों लड़कों से तो अब कोई आस ही नहीं बची थी, सो तनहाई में छोटी बहन याद आ गयी।

सरोज भइया की एक ही बहन थी, वह भी दोनों भाइयों से छोटी। उसकी शादी पास के ही गाँव में हुई थी। उसके पति भी लुधियाना में किसी कारखाने में काम करते थे। घर की आर्थिक स्थिति बहुत अच्छी नहीं थी। छोटी बहन रक्षाबन्धन के दिन सरोज भइया के घर अवश्य आती थी। सरोज भइया पहले तो उसे सौ रुपया देते थे, परन्तु बाद में पाँच सौ देने लेगे थे। छोटी बहन के दो लड़के थे। बड़ा लड़का तो गाँव में ही सफाईकर्मी हो गया था, सो सुखी था। छोटा वाला बी.ए. की पढ़ाई कर रहा था। कभी-कभी सरोज भइया की दुकान पर आता था, तो सरोज भइया सौ दो सौ रुपया चलते समय दे देते थे, और चाय पकौड़ी भी खिला देते।

अब सरोज भइया के जीवन में नयी-नयी समस्याएँ आ गयी थीं। सरोज भइया ने बुढ़ापे के लिए तीन लाठियों को तेल पिला-

पिलाकर मजबूत बनाया था; वे लाठियाँ तो दूसरों की हो गईं। बुढ़ापे के लिए एक लाठी की आवश्यकता तो होगी ही, इसी उधेड़बुन में एक रविवार को सरोज भइया अपनी पत्नी को मोटरसाइकिल पर बिठाकर छोटी बहन के घर पहुँच गये। संयोग से बहनोई साहब भी आज ही सुबह लुधियाना से पधारे थे।

बहन ने जब भइया और भाभी को एक साथ देखा, तो उसकी खुशी का ठिकाना न रहा। यह तो आश्चर्य ही था। सरोज भइया आज तीसरी बार उसके घर आए थे; और भाभी तो कभी ठीक से उसे पहचान भी नहीं सकी थीं। बहना ने तुरन्त अपने पतिदेव को भी बुला लिया। दोनों लड़के, धीरज और पंकज भी आ गये। औपचारिक प्रणाम होने के बाद चाय भी आ गयी। आज पहली बार सरोज भइया ने अपने बहनोई से उनका हाल-चाल पूछा। सरोज भइया की बहन अभी भी भइया-भाभी के अकस्मात पधारने का प्रयोजन जानने में व्यस्त थी। आखिरकार, सरोज भइया ने अपनी बात रख दी, और बोले- "देख बहिना! मेरे तीन लड़के; तीनों के तीनों बाहर हैं; और मैं तो बाहर जाऊँगा नहीं। चली चलायी दुकान है... जो बैठेगा, वही जीवन भर मौज करेगा। अब मेरे लड़के तो दुकान पर आएँगे नहीं; सो हमने यह निर्णय किया है, कि यदि पंकज हमारी दुकान को सँभाल ले तो बहुत अच्छा होगा; पूरा मकान भी खाली पड़ा है... वहीं रहे, और दुकान चलाए।

इस पूरे समय में सरोज भइया की पत्नी खामोश रहीं। थोड़ी देर तक इधर-उधर की बात होती रही, फिर सरोज भइया उठे, और चल दिये। चलते समय उन्होंने पंकज को दुलारते हुए पूछ लिया, "परीक्षा कब समाप्त हो रही है?" पंकज ने उत्तर दिया - "मई में।"

फिर सरोज भइया पत्नी के साथ चल दिये। एक दिन लप्पू का फोन आया। प्रिया ने पुत्री को जन्म दिया है, आप लोग दिल्ली चले आइए। सरोज भइया ने पत्नी को सारी बात बताई, तो पत्नी ने कह

दिया, कि आप हो आइये, परन्तु सरोज भइया यह साहस नहीं कर पाए। एक महीने बाद लप्पू का फिर फोन आया, जिसमें उसने अपनी व्यथा के विषय में बात किया। उसका सार यह था, कि प्रिया का मातृत्व अवकाश दो महीने बाद समाप्त हो जाएगा, इसलिए बच्ची की देखभाल के लिए कोई महिला चाहिए। छोटे बच्चों को किसी नौकरानी के भरोसे नहीं छोड़ा जा सकता है, इसलिए मम्मी जी यदि आकर रह जातीं, तो बड़ी कृपा होती।

इस व्यथा पर माँ की ममता जाग गई। सरोज भइया तो किंकर्तव्यविमूढ़ थे। सरोज भइया इसी उधड़ेबुन में थे, कि यदि पत्नी चली गयी, तो मेरा खाना-पीना कैसे होगा। पत्नी ने तो जीवन भर उनको अपने हाथ से पानी भी नहीं पीने दिया था। इतनी सुलभ महिला, और इस उम्र में विछोह! कुछ समझ में नहीं आ रहा था; सो तुरन्त पंकज को बुलाने, छोटी बहन के घर चल दिये। पंकज भी परीक्षा देकर घर पर ही था, और जैसे मामा के बुलावे के इन्तजार में ही बैठा था। पंकज के हाँ के बाद सरोज भइया चल दिये, पंकज से यह कहते हुए कि खाना बनाना सीख लो; तुम्हारी भाभी दिल्ली जा रही हैं।

लप्पू से बात किये, तो लप्पू ने चौथे दिन मम्मी और पापा का टिकट कराकर भेज दिया। दूसरे हफ्ते, सरोज भइया, पत्नी के साथ चल दिये, और पंकज को फोन कर दिये, कि चार दिन बाद मैं दिल्ली से लौट आऊँगा, तभी आ जाना।

सरोज भइया, पत्नी को दिल्ली छोड़कर वापस चले आए। आते ही पंकज को फोन किया। पंकज भी आ गया। दूसरे दिन से मामा-भांजे की जोड़ी जम गई। पंकज, दुकान के प्रत्येक कार्य को मन लगाकर सीखने लगा, साथ ही साथ मामा की सेवा में भी लीन हो गया। पंकज की कर्मठता और व्यवहार से सरोज भइया बहुत प्रसन्न थे।

दिल्ली की कहानी कुछ यों थी, कि सासू माँ के पहुँचने के ठीक तीसरे दिन से ही प्रिया अपने ऑफिस जाने लगी। बच्ची की देख -रेख अब सासू जी के जिम्मे थी। प्रारम्भ के तीन दिन तो प्रिया सुबह रसोई घर में गयी, परन्तु चौथे दिन ही उसने कहना प्रारम्भ कर दिया, कि मुझे ऑफिस पहुँचने में विलम्ब हो जाता है; हमारे बॉस बहुत नाराज हो रहे थे। अब सरोज भइया की पत्नी, जो शाम की रसोई सँभाल ही रही थीं, सुबह का नाश्ता भी तैयार करने लगीं।

शाम को प्रिया, छह बजे घर पर आ जाती थी, और तभी बच्ची को स्तनपान कराने अपने कमरे में आती थी, और साथ ही साथ अपनी मम्मी को फोन कर देती थी। थोड़े ही समय बाद उसकी मम्मी भी आ जातीं, और प्रिया के कमरे में जाकर बैठ जातीं। उसके बाद लप्पू भी आ जाता। तब जाकर सरोज भइया की पत्नी को आराम महसूस होता। माताजी, पुत्र के बहाने ही सही, रसोईघर में जातीं, और चाय नाश्ता बना देती थीं।

जब चाय बन जाती, तो प्रिया अपने कमरे में से मुस्कराते हुए निकलती, और अपना और मम्मी जी का चाय नाश्ता लेकर कमरे में चली जाती। लप्पू की स्थिति बिना मैदान के फुटबाल जैसी थी। कभी प्रिया के कमरे में जाकर सासू को प्रसन्न करने का प्रयत्न करता, तो कभी माँ को। लप्पू की सासू माँ, रात के नौ बजे अपने घर जातीं। यह कार्यक्रम नित्य का था।

सरोज भइया की पत्नी, पुत्र मोह में यह सब सह रही थीं, परन्तु एक दिन उनका क्रोध भड़क गया, और लप्पू को खूब लताड़ा। तभी लप्पू की सास भी घर में आ गयी, सो बाकी का गुस्सा उनके ऊपर। स्थिति बिगड़ चुकी थी। लप्पू ने घर के बाहर जाकर पापाजी से बात किया, और स्थिति को नियन्त्रण में करने की गुहार लगाने लगा। सरोज भइया लप्पू को मार्गदर्शन देकर फोन अभी रखे ही थे, कि पुनः घण्टी बज गयी। अबकी बार पत्नी का फोन था। बिना हाल-

चाल पूछे ही वे सरोज भइया पर भड़क उठीं, और बोलने लगीं- "ई तुम्हारा लड़का सारा तमाशा फैलाकर रखा है... हमको क्यों बुलाया, जबकि इसकी सास पाँच घण्टा इसके घर में ही रहती है; हमको तो नौकर बनाकर रख दिया है... हम कुछ सुनना नहीं चाहती हूँ; आइए, और हमको ले जाइए, नहीं तो मैं अकेले ही ट्रेन पकड़कर चली आऊँगी।"

सरोज भइया भी फोन पर पत्नी को सान्त्वना देने लगे, परन्तु पत्नी कुछ सुनने को तैयार नहीं थी। दूसरे दिन सरोज भइया की पत्नी ने अपने वास्तविक भाई को फोन मिला दिया, और अपनी सारी व्यथा व्यक्त कर दिया। भाई ने भी बहना के दर्द को समझते हुए अपने साले को फोन मिला दिया, जो गुड़गाँव में ही रहकर कारपेन्टर का काम करता था। सरोज भइया के साले ने लप्पू का पता और फोन नम्बर अपने साले को बताते हुए साफ निर्देश दिया, कि तुरन्त दिल्ली जाकर बहना का टिकट कटाकर गोरखपुर जाने वाली जनसेवा एक्सप्रेस में बैठा दो। साले ने भी आज्ञा का पालन तुरन्त किया। दूसरे दिन वह सुबह ही लप्पू के घर पहुँच गया। प्रिया और लप्पू ऑफिस जाने की तैयारी ही कर रहे थे, तभी मम्मी जी भी अपना बैग सँभालते हुए घर के बाहर निकल गयीं, और कारपेन्टर साले के साथ जाकर अकेले ही जनसेवा एक्सप्रेस में बैठ गयीं। सरोज भइया को फोन पर सारी कहानी पता चल गई थी। स्टेशन पर जाकर सरोज भइया ने पत्नी को रिसीव भी कर लिया। रास्ते भर सरोज भइया पत्नी की प्रताड़ना को सहते हुए घर पहुँचे।

घर पर पहुँचते ही पंकज ने दरवाजा खोला, और मामी का चरण-स्पर्श करने के बाद लड्डू पानी लेकर आ गया। थोड़ी देर बाद चाय भी आ गई। सरोज भइया की पत्नी को घर पहुँचकर राहत महसूस हो रहा था; जैसे जेल में बन्द कैदी आजाद हो गया हो। चाय पीते हुए ही वे बोले जा रही थीं- "वह डाइन प्रिया, अपने बच्ची का टट्टी भी साफ नहीं करती है; लप्पू उसका टट्टी धोता है, और

उसकी पत्नी और सास बैठकर टीवी देखती हैं।

सरोज भइया का दिमाग काम नहीं कर रहा था। सरोज भइया अपने बेटे की त्रासदी सुनकर उसे ग्रहण नहीं कर पा रहे थे, परन्तु क्या करते। ऐसे ही क्रूर समय में व्यक्ति ईश्वर की शरण में चला जाता है, और वही हुआ भी। अब सरोज भइया को केवल ईश्वर से ही आस रह गयी थी, सो सुबह उठकर, नहा धोकर शिव मन्दिर जाने लगे।

अपनों के बिछुड़ने का संताप सहते हुए, पति-पत्नी का जीवन अब भक्तिमय हो गया था। पंकज ने सरोज भइया की गृहस्थी को भली-भाँति सँभाल लिया था। तीन वर्ष का समय बीत चुका था। सरोज भइया की बहन अब पंकज का विवाह कर देना चाहती थी। सरोज भइया ने हामी भर दी। पंकज का विवाह भी हो गया। पहले साल तो पंकज की पत्नी सरोज, भइया के बहन के घर ही रही; पंकज अपने घर आता-जाता रहता था। दूसरे वर्ष सरोज भइया ने पंकज की पत्नी को भी बुला लिया। पंकज की पत्नी भी कर्मठ और स्नेही महिला थी; वह सरोज भइया की पत्नी की बहुत सेवा करती थी।

समय बीतता चला गया। पंकज के दो पुत्र भी हो गये। सरोज भइया की नई गृहस्थी तैयार हो चुकी थी; परन्तु इसके बावजूद पति-पत्नी सदैव अतृप्त आत्मा बने रहते थे... जाएँ तो जाएँ कहाँ वाली स्थिति हो गयी थी।

एक दिन सरोज भइया ने निश्चय किया, कि क्यों न पत्नी के साथ हरिद्वार के आश्रम में चले जाएँ; सो इस विषय पर मंथन प्रारम्भ कर दिये। पाँच वर्ष तक इस विषय पर मन्थन करने के बाद योजना ने साकार रूप ले लिया, और सारी सम्पत्ति का एक वसीयतनामा पंकज के नाम तैयार करके रजिस्टर्ड करा दिये, और अपनी बहन को देकर आ गये; और सख्त हिदायत भी दिये, कि यह बात किसी

को भी मालूम नहीं होना चाहिए।

इसके बाद, हरिद्वार के आश्रम के नाम पाँच लाख रुपए का डिमाण्ड ड्राफ्ट बनवा लिए; फिर हरिद्वार को कूच कर गये। दिल्ली के जिस आशियाने की परिकल्पना की गयी थी, उसकी आधारशिला भी नहीं रखी जा सकी।

६

हमारे होम्योपैथिक डॉक्टर

पाठकों! आपको जानकारी होगी, कि भारतवर्ष में चार ही पैथियों को सरकारी मान्यता मिल पाई है। 1. एलोपैथी 2. होम्योपैथी 3. आयुर्वेद 4. यूनानी पद्धति। इसके अलावा भी कई पैथियाँ हैं; जैसे नेचुरोपैथी, झाड़-फूँक पैथी, पीटन पद्धति आदि।

आज पैथियों में, बेचारी पैथी होम्योपैथी पर विचार किया जाएगा। होम्योपैथ का डाक्टर क्या करे? अपने को संतुष्ट करने के लिए कहते-फिरते हैं, कि जहाँ एलोपैथ समाप्त हो जाता है, वहाँ से होम्योपैथ प्रारम्भ हो जाता है। हैनिमैन साहब, पहले एलोपैथ के डॉक्टर थे। होम्यौपैथ के पास तो केवल एक ही प्रकार की मीठी गोली थी; सो इस पैथी को सस्ती पैथी मान लिया गया। होम्योपैथ का डॉक्टर अपनी गरीबी को दूर नहीं कर पा रहा था। शुक्रिया अदा कीजिए डॉ. शुसलर का, जिन्होंने बायोकेमिक को होम्योपैथ के साथ

जोड़ दिया। उन्होंने होम्योपैथी को तो समृद्ध कर दिया, परन्तु होम्योपैथिक डॉक्टर, अपने आप को समृद्धशाली नहीं बना पाए। मेरी समझ से इसका मूल कारण ज्ञान है। होम्योपैथ के डॉक्टर, ज्ञानी की तरह बात करते हैं कि एक ही मूल किताब है, मैटेरिया मेडिका...बस, मोक्ष का रास्ता मिल गया है।

होम्योपैथ के डाक्टरों का एक मुख्य कार्य होता है, मरीज से एलोपैथ की आलोचना करना। खैर, मैं इस प्रकरण को लम्बा खींचने के पक्ष में नहीं हूँ; मैं तो बस आपको होम्योपैथ के डाक्टरों के विभिन्न प्रकारों से परिचित कराना चाहता हूँ। हमारे शहर में तो पहले बंगालियों का ही होल्ड था। सन अस्सी से नब्बे तक, होम्योपैथ का बंगाली डॉक्टर, पाँच रुपये में मीठी गोली की शीशी दे दे देता था। तब कलकत्ता से ही सारा सामान आता था... बस शीशी इधर बन जाती थी।

बंगाल प्रान्त प्रारम्भ से ही नयी विधाओं को भारत लाने में अग्रणी रहा है- जैसे फुटबाल क्लब, होम्योपैथ इत्यादि। एक डॉक्टर बलिया में डा.सी के. चटर्जी थे... गजब के आदर्शवान डॉक्टर; कहते थे, हैनिमैन साहब सिंगिल डाइलूशन देते थे। वे मरीज को एक ही शीशी देते थे, मरीज चाहे जितने भी कष्ट में हो, वे बातों से उसका कष्ट हर लेते थे। सन नब्बे में वे पाँच रुपये लेते थे।

डॉ. चटर्जी कहते हैं - "मित्र। होम्योपैथ में डाइग्नोसिस नहीं बनती; इसमें सिम्टम्स पर इलाज किया जाता है, इसलिए मरीज का पूरे खानदान का ब्यौरा... और भी कई जानकारियाँ ले लेते थे, तब जाकर दवा मिलती थी। जिसके पास समय ज्यादा हो, पैसा कम हो, और सहनशक्ति भी ज्यादा हो, वही व्यक्ति डॉ. चटर्जी का मरीज बन पाता था। मरीज भी क्या करे; पाँच रुपये की शीशी की दो मीठी गोली भी उसको मानसिक रूप से तो सुकून पहुँचा ही देती थी... चलो इलाज तो हो रहा है।

डॉ. चटर्जी के पास कोई डिग्री नहीं थी। इस बात से न तो कोई मतलब था, न ही कोई जानना चाहता था। हाँ, यह बात अवश्य पता चल गयी थी, कि चटर्जी, कलकत्ता की एक होम्योपैथ फैक्टरी में कई वर्षों तक काम किये थे। फैक्टरी के उसी अनुभव ने उन्हें डाक्टर बना दिया था। डॉ. चटर्जी का दवाखाना, एक अँधेरी कोठरी की तरह था। डॉ. चटर्जी, वर्ष के आठ महीने तो पैजामा और बाँह वाली बनियान में गुजार देते थे। जाड़े के चार महीने, वे एक विशेष प्रकार के कोट को धारण करते थे। कोट का कपड़ा देखने में कम्बल के कपड़े से मेल खाता था; शायद कलकत्ता से साथ में लाए थे... और सर पर एक बन्दर वाली टोपी। नीचे पैजामा, अपने अस्तित्व को बचाए हुए था।

डॉ. चटर्जी ने खपरैल का एक पुराना मकान खरीद लिया था, उसी में परिवार रहता था। हफ्ते में दो दिन मछली खाते थे; यह परमानन्द की अनुभूति थी। चौक बाजार से इतवार और बुधवार दो दिन मछली लाते थे। एक लड़का था। इण्टर पास कर लिया तो मुजफ्फरपुर भेज दिये, वी.एच.एम.एस. करने... वहाँ से आसानी से हो जाता था। परीक्षा के समय ही जाना पड़ता था। बलिया के ही कई डॉक्टरों के लड़के वहाँ पढ़ रहे थे।

लड़का, जब डॉक्टरी में एडमिशन कराकर आ गया, तो पिताजी के साथ दवाखाने में बैठने लगा। डॉ. चटर्जी, लड़के को डॉक्टरी के गुण सिखाने लगे। पाँच वर्ष बाद लड़का डाक्टर की डिग्री लाया, तो मार्केट में हैनिमैन फॉर्मेसी के नाम से दुकान खोल लिया, और अलग से प्रैक्टिस करने लगा। पापा के ठीक उलट, कम से कम पचास रुपया से प्रारम्भ करता था, और होम्योपैथिक शैम्पू और साबुन आदि बेचकर रकम सौ के ऊपर भी पहुँचा देता। यह सब बात डॉ. चटर्जी को अच्छी नहीं लगती थी। वे इसे होम्योपैथ के खिलाफ कहते थे; परन्तु लड़का भलीभाँति जानता था, कि वह डिग्री वाला डॉक्टर है, और लुँगी बनियान पर जीवन नहीं

काट सकता। इसका अन्त भी बड़े करुण तरीके से हुआ। लड़के की शादी होते ही वो पिताजी से अलग हो गया।

होम्योपैथ के पुराने डॉक्टरों ने तो जैसे-तैसे दिन काट लिए; पूरी जिन्दगी गुजार दिये डॉक्टरी करते हुए, लेकिन ब्लडप्रेशर मशीन किस बला का नाम है, वे नहीं जान पाए। मरीज का ज्वर तो उन लोगों ने हाथ से ही जाना...थर्मामीटर क्या चीज होती है...छी! पैथालॉजी टेस्ट क्या होती है, इससे भी होम्योपैथ के डाक्टरों को कोई मतलब नहीं था; सो जो धीरे-धीरे होम्योपैथ को गरीबों की पैथी बना दिये। दस रुपये लेकर आओ, और पन्द्रह दिन की दवा ले जाओ। दवाखाने में हैनिमैन साहब का फोटो लग गया हो तो समझिए, होम्यौपैथ डॉक्टर को मोक्ष मिल गया हो।

एक व्यक्ति थे; उनका नाम था राम लोचन। वे रेलवे में नौकरी करते थे। किसी गबन के केस में डिसमिस हो गये, तो मैटेरिया मेडिका खरीद लाए, और रेलवे के खिलाफ हाईकोर्ट में केस कर दिये। मैटेरिया-मेडिका को पढ़ते-पढ़ते डॉक्टर हो गये, और पटना से कोई डॉक्टरी का सर्टिफिकेट भी लाए; फुल फेज डॉक्टर बन गये। बात करने में बहुत निपुण थे, तो मरीज को बतियाकर और मीठी गोली देकर ठीक करने लगे। प्रैक्टिस खूब चली। गरीबों और सहनशीलों के बीच लोकप्रिय हो गये। दो लड़के थे। बड़े लड़के को होम्योपैथ डॉक्टरी पढ़ा दिये। होम्योपैथी की डिग्री, बिहार प्रान्त बाँटने में सबसे ज्यादा अग्रणी था; तो बिना देर किये मुजफ्फपुर भेज दिये। लड़का, राम लोचन के टेबुल के सामने बैठने लगा। समय बदलता जा रहा था। कलकत्ता की कम्पनियों के अलावा दिल्ली की कम्पनियाँ भी अपने लाव-लश्कर के साथ आ गयीं। नये-नये टॉनिक, कफ सिरप, साबुन, शैम्पू, कैप्सूल, शक्तिवर्धक दवाएँ इत्यादि। एलोपैथिक कम्पनियों की तर्ज पर मेडिकल रिप्रजेन्टेटिव रख लिए गये।

जब पहली बार एक दिल्ली वाला मेडिकल रिप्रजेन्टेटिव आया, टाई लगाकर; तो डॉ. रामलोचन कुछ समझ नहीं पाए। जब उसका विजिटिंग कार्ड देखा, तो उसे बड़े लड़के की ओर सरका दिये। मरीज जब थोड़े कम हो गये, तो डॉ. राम लोचन ने उसे बुलाया और उससे हालचाल पूछने लगे। मेडिकल रिप्रजेन्टेटिव ने अपना फोल्डर उन्हें दिखाया, और अपनी कम्पनी और प्रोडक्ट का डिटेल बताया, साथ में मूल्य भी... और उसने एक सादे कागज पर 50% डिसकाउंट लिख दिया; डिसकाउंट मुँह से नहीं बोला। डॉ. राम लोचन, पचास परसेन्ट डिस्काउन्ट देखकर थोड़ा विचलित तो हुए, परन्तु जब उसका मूल्य पचास रुपये पढ़े, तो हिम्मत टूट गयी। मरीजों के सामने बोलने लगे, "बताइये इसमें क्या मिला है? पता नहीं मिला भी है कि नहीं... ऐसा टॉनिक तो हमलोग स्वयं ही तैयार कर लेते हैं। मरीजों की ओर मुखातिब होते हुए बोले- "यह सब पैसा कमाने का उपाय है; हम लोग मरीजों का पैसा बर्बाद नहीं होने दे सकते हैं।" इतना प्रवचन देने लगे कि मेडिकल रिप्रजेन्टेटिव अपने ऐंपल की बोतल वापस अपने बैग में रखते हुए नमस्कार करने लगा, और विजिटिंग कार्ड भी वापस लेने लग। परन्तु डॉ. रामलोचन जी के बड़े लड़के ने कार्ड उससे ले लिया, और मुस्करा दिये। खैर... मेडिकल रिप्रजेन्टेटिव चला गया।

थोड़े समय बाद डॉ. रामलोचन जी ने शहर के बाहर एक जमीन ले लिया; वहाँ पर चार कमरे भी बनवा दिये, और गेट के पास एक छोटा मन्दिर। इस स्थान को वे आश्रम कहते थे। बड़ा लड़का डॉक्टरी पढ़कर निकला, तो उसने शहर में अलग क्लीनिक खोल लिया, और मॉडर्न तरीके से प्रैक्टिस शुरू कर दिया। उसके मरीज अभिजात्य वर्ग के थे। दिन भर में दस बारह मरीज ही देखता, परन्तु डॉ. रामलोचन से कम नहीं कमाता। डॉ. रामलोचन को बड़े लड़के का अघोषित विद्रोह रास नहीं आया। वे चाहते थे, कि वो उनकी क्लीनिक पर ही बैठे; परन्तु शादी के बाद उसकी पत्नी ने

उसको समझा दिया, कि यदि बाबूजी के साथ बैठते रहे, तो जिन्दगी भर भिखारी बने रहोगे। यह बात बड़ा लड़का समझ गया था। इसी बीच डॉ. रामलोचन हाईकोर्ट से केस जीत गये; लेकिन इतने समय में रिटायरमेन्ट की उम्र पार कर चुके थे, सो पूरे समय की तनख्वाह मिल गयी, और साथ में पेन्शन भी। इसी खुशी में डॉ. रामलोचन जी ने अपने आश्रम में हैनिमैन साहब की मूर्ति लगवाने का निर्णय ले लिया, और छोटे लड़के को भी मुजफ्फरपुर से डॉक्टरी कराने का निर्णय ले लिया। पचास हजार रुपया, और छोटे लड़के को साथ लेकर जबलपुर चले गये मूर्ति का ऑर्डर देने। लौटे, तो मुजफ्फरपुर गये, छोटे लड़के का एडमिशन कराने। दोनों काम कराने के बाद, वे शहर भर के डाक्टरों से मिलकर अपने हैनिमैन प्रेम का बखान करने लगे, और हैनिमैन साहब के प्रति समर्पण एवं सेवा को मर्यादित ढंग से निभाने की गाथा भी।

समय बीता; जबलपुर से मूर्ति भी आ गयी। अब हैनिमैन साहब की जयन्ती का इन्तजार था, सो उसी दिन उद्घाटन निश्चित हुआ। साथी मित्रों ने मूर्ति को साफ स्थान पर लगवाने की सलाह दे दी। क्योंकि मूर्ति के टूटने-फूटने का डर था, तो मूर्ति को आश्रम के गेट के दूसरी ओर एक ऊँचा स्थान बनवाकर, उस पर स्थापित कर दी गयी। उसके ठीक बगल में एक और ऊँचे स्थान का निर्माण कराके छोड़ दिया गया; शायद डॉ. रामलोचन जी ने अपने लिए।

डॉ. रामलोचन के एक पुराने सहपाठी मित्र जगन्नाथ गुप्ता जी थे। बाप-दादा का शीशी बोतल का खानदानी व्यापार था, तो जगन्नाथ बाबू भी तीसरी पीढ़ी में दुकान को सँभाल लिए। डॉ. राम लोचन को भी शीशी देते थे। मित्रों का प्रेम व्यवहार बना हुआ था। नकली नूरानी तेल की खबर अखबारों में लगातार आने से जगन्नाथ बाबू बहुत घबड़ा गये। सीधे, डॉ. रामलोचन के पास पहुँचे, और व्यवसाय बदलने की इच्छा कर बैठे। डॉ. रामलोचन को बात समझ में नहीं आयी, और पूछ बैठे- "मित्र, जमा-जमाया व्यापार छोड़ने

की बात कर रहे हो; सोच-समझकर निर्णय लेना। जगन्नाथ बाबू के अन्दर का भय मित्र के सामने आ गया, और मुँह से निकल पड़ा- ''जानते हो डॉ. साहब; नूरानी तेल का कुछ काम हो जाता था।''

डॉ. रामलोचन यह बात सुनकर घबड़ा से गये, और जगन्नाथ को समझाते हुए बोले- ''ध्यान से सुनो मित्र! (जगन्नाथ बाबू आज्ञाकारी शिष्य की भाँति बैठ गये) आप शाम को मेरे पास बैठा करो... तुमको होम्योपैथ के बारे में कुछ समझा दूँगा; छह महीने में तुम काम भर का जान जाओगे। जगन्नाथ बाबू ने हाँ में सिर हिला दिया। अब जगन्नाथ जी रोज शाम को सात बजे दुकान बढ़ाकर, डॉ. रामलोचन की क्लीनिक पर आ जाते।

डॉ. रामलोचन प्रभावशाली व्यक्ति थे। उन्होंने जगन्नाथ गुप्ता का होम्योपैथिक दवा की दुकान का लाइसेन्स भी बनवा दिया। शीशी बोतल की दुकान की जगह, अब होम्योपैथी की दुकान खुल गयी थी। दुकान का नाम, गुप्ता होम्यौपेथिक स्टोर रखा गया। डॉ. रामलोचन मार्गदर्शक और गुरु की भूमिका में जगन्नाथ गुप्ता को दिशा-निर्देश दे रहे थे। डॉ. रामलोचन के निर्देशानुसार सभी डाइल्यूशन और मदर टिंक्चर कलकत्ता की कम्पनियों का मँगाना पड़ा। पूरी दुकान कलकत्ता के माल से भर गयी।

डॉ. रामलोचन, जब कभी शहर घूमने निकलते तो जगन्नाथ गुप्ता की दुकान पर भी अवश्य आते। डॉ. रामलोचन जी के पैर रखते ही, जगन्नाथ बाबू हाथ जोड़कर खड़े हो जाते, और अपनी कुर्सी खाली कर देते थे। जगन्नाथ गुप्ता के इस व्यवहार से एक गुरु-शिष्य परम्परा का प्रारम्भ हो गया था; किन्तु यह रिश्ता बहुत दिनों तक नहीं चला।

एक दिन डॉ. रामलोचन जब गुप्ता होम्योपैथिक स्टोर पर पहुँचे, तो स्तब्ध रह गये। दुकान के सामने, डॉ. जगन्नाथ गुप्ता (बी.ई.एम.एस. पटना) का बोर्ड लग गया था, और उस दिन

जगन्नाथ गुप्ता हाथ जोड़कर खड़े तो हुए, परन्तु अपनी कुर्सी को खाली नहीं किये। जगन्नाथ गुप्ता के इस व्यवहार से डॉ. रामलोचन क्रोध से भर गये और कटाक्ष करते हुए बोले गुप्ता जी! अब आप भी डाक्टर बन ही गये तो सम्मान करना भी भूल गये? अपने पुराने दिनों को याद कीजिए, शान्ति मिलेगी। गुप्ता जी बिना कुछ बोले मुस्कराते भर रहे। आज डॉ. रामलोचन बिना जलपान के ही वापस हो गये।

डॉ. रामलोचन, घर पहुँचकर अपनी पत्नी और दोनों लड़कों को बैठाकर जगन्नाथ, गुप्ता की बात करने लगे, और बोले- "जगन्नाथ, कहने को तो मेरा सहपाठी है, लेकिन इतना एहसान फरामोश निकलेगा, मै नहीं जानता था। मेरे पास रोते हुए आया था। मैंने ही उसे डॉक्टर बना दिया, मेडिकल स्टोर खुलवा दिया; दस-बीस लोगों से परिचय करा दिया। आज आदमी बन गया है, तो सम्मान देना ही भूल गया है, नहीं तो नकली नूरानी तेल के चक्कर में जेल में होता।" डॉ. रामलोचन के बड़े लड़के ने आश्चर्य से पूछा- "तो आपने एक अपराधी को डाक्टर बना दिया?" डॉ. रामलोचन चुप ही रहे।

तभी छोटा लड़का बोल पड़ा- पिताजी! हैनिमैन साहब की जयन्ती का दिन निकट आया गया है, मूर्ति का अनावरण कैसे होगा?" डॉ. रामलोचन बोले- "आज मैं उसी के सन्दर्भ में शहर गया था; आमन्त्रण कार्ड छपने को दे दिया है। अनावरण के लिए डॉ. बनर्जी से भी कह दिया है। बड़ा लड़का बोला- "किसी अधिकारी से अनावरण करवाना चाहिए, क्यों!"

डॉ. राम लोचन बोले- "तो, इससे अच्छा तो सांसद जी से करा लें।" छोटे लड़के और पत्नी ने समर्थन कर दिया। दूसरे दिन, डॉ. रामलोचन अपने साले और छोटे लड़के के साथ सांसद जी के आवास पर पहुँच गये। संयोग से सांसद जी जनसम्पर्क कक्ष में बैठे

थे। डॉ. रामलोचन जी, साले साहब और छोटे लड़के ने सांसद जी का चरण-स्पर्श कर लिया, और आमन्त्रण कार्ड के साथ ही अपनी बात रख दिये। सांसद जी ने भी अपने पी.ए. से डायरी देखने के लिए कह दिया, कि दस अप्रैल की क्या पोजीशन है। आज शुभ समय में डॉ. रामलोचन जी आए थे। सुबह का समय खाली था, सो सांसद जी ने सुबह नौ बजे आने का आमन्त्रण स्वीकार कर लिया।

हैनिमैन जयन्ती और मूर्ति के अनावरण का कार्ड, छोटे लड़के ने पूरे शहर के होम्योपैथिक डॉक्टरों और मेडिकल स्टोरों में बाँट दिया। जो परिचित लोग थे, उनको भी ज़बानी कह दिया; साथ ही दैनिक अखबारों के कार्यालयों पर जाकर आमन्त्रण कार्ड दे आया और विशेष विनती भी, ताकि दस अप्रैल की खबर सभी अखबारों में छप जाए। डॉ. रामलोचन जी के निर्देशानुसार, हैनिमैन साहब के छह बड़े साइज के फोटो को शीशे में फ्रेम करा दिया गया, ताकि सांसद जी एवं पत्रकारों को भेंट दिया जा सके... साथ में एक-एक शॉल भी।

निश्चित दिन से एक दिन पहले ही लगभग सभी तैयारियाँ कर ली गयी थी; बस मिष्ठान्न सुबह लाना था। डॉ. हैनिमन की मूर्ति पहले ही स्थापित कर दी गयी थी। डॉ. रामलोचन जी अपने पूरे परिवार के साथ सुबह आठ बजे ही तैयार हो गये थे। उसके बाद आगन्तुक होम्योपैथिक आत्माएँ पधारने लगीं। गरम जलेबी के साथ सभी लोग मुँह मीठा कर रहे थे; फिर गरमा-गरम चाय और नमकीन... आत्मा तृप्त हो जाती थी। सांसद जी के लिए विशेष रसगुल्ला और दही का प्रबन्ध किया गया था। डॉ. बनर्जी भी अनावरण करने के लिए पधार गये थे; साथ में जगन्नाथ गुप्ता जी भी थे, परन्तु डॉ. रामलोचन जी ने डॉ. बनर्जी को दर्शक दीर्घा में बिठा दिया, और गरम जलेबी से स्वागत किये। थोड़ी देर बाद डॉ. बनर्जी समझ गये, कि अनावरण सांसद जी करेंगे। इधर,साथ में आए गुप्ता जी, सीधे हैनिमैन साहब की मूर्ति के सामने गये, और जमीन

पर साष्टांग लेट गये, और लगभग दस मिनट तक नमन करते रहे। उठे तो उनकी आँखों से आँसू बह रहे थे। यह देख, कुछ लोग उनका हाथ पकड़कर ले गये, और कुर्सी पर बिठा दिया... फिर जलेबी और गरम चाय, नमकीन।

तभी सांसद जी का काफिला आ गया। सभी लोग अगवानी करने के लिए आगे बढ़े, परन्तु डॉ. बनर्जी अपने बुढ़ापे की दुहाई देते हुए अपनी सीट पर खड़े भर ही रहे। तभी गुप्ता जी आगे बढ़े, और सांसद जी का चरण-स्पर्श कर लिए। उसके बाद तो चरणामृत लेने के लिए लाइन लग गयी। सांसद जी जब अन्दर आए, तो डॉ. बनर्जी दिखाई पड़ गये। डॉ. बनर्जी सबसे बुजुर्ग और सम्मानित डॉक्टर थे। बचपन में डॉ बनर्जी ने सांसद जी का कई बार उपचार किया था। सांसद जी उनको बहुत आदर देते थे। सांसद जी डॉ. बनर्जी के पास स्वयं जाकर प्रणाम किये। अपने साथ ही उन्हें लेकर मूर्ति-स्थल पर पहुँच गये। सांसद जी ने डॉ. बनर्जी के सम्मान में अनावरण कार्यक्रम में उन्हें सहभागी बना लिया, और तालियों की गड़गड़ाहट से परिसर गूँजने लगा। उसके बाद डॉ. रामलोचन जी शॉल और हैनिमैन साहब के सभी फोटो क़ो मँगवाए, और सांसद जी को शॉल और फोटो दे दिये, साथ में डॉ. बनर्जी को भी; उसके उपरान्त चारों पत्रकार बन्धुओं को। इसी बीच गुप्ता जी अपनी दुकान का विजिटिंग कार्ड सभी आगन्तुकों को बाँटने में व्यस्त थे। सांसद जी तो सूक्ष्म जलपान के बाद चले गये, परन्तु पत्रकार बन्धुओं ने पूर्ण जलपान किया, और चलते समय दस-दस रसगुल्ला पॉलिथिन में ले लिए, और समाचार को विस्तारपूर्वक छापने के साथ ही फोटो भी संलग्न करने का आश्वासन दे दिया। गुप्ता जी ने सांसद जी के ड्राइवर तक को अपना विजिटिंग कार्ड दे दिया। सभा की समाप्ति के बाद डॉ. रामलोचन जी, अपने पराक्रम का बखान सभी आगन्तुकों से बतिया रहे थे। दस बजे तक लगभग सभी लोग जा चुके थे।

एक दिन डॉ. रामलोचन का छोटा लड़का, गुप्ता होम्यौपैथिक

स्टोर पर कुछ दवा लेने चला गया। वहाँ पर हैनिमन साहब की पाँच फोटो, दुकान में खड़ी करके रखी गयी थीं। उसे समझते देर नहीं लगी, कि ये उसके पिताजी द्वारा अनावरण कार्यक्रम में बाँटी गई फोटो हैं। वह गुप्ता जी से पूछ बैठा- "चाचा, फोटो कहाँ से मँगाए हो?" गुप्ता जी सकपका गये और फोटो के ऊपर एक कपड़ा डाल दिये। खैर, डॉ. रामलोचन का लड़का वापस आ गया और सारा वृत्तान्त पिताजी को बता दिया।

दरअसल हुआ ये था, कि पिछले कार्यक्रम के दौरान ही गुप्ता जी ने सभी लोगों को अपना विजिटिंग कार्ड वितरित कर दिया था, तो सांसद जी का ड्राइवर भी विजिटिंग कार्ड पा गया था, और सांसद जी ने हैनिमैन साहब की फोटो ड्राइवर के मत्थे मढ़ दिया। अब ड्राइवर बेचारा क्या करे? वह फोटो लिए सीधे घर पहुँचा, तो पत्नी ने भी डाँट दिया, और ताना मारते हुए बोल पड़ी- "जो भी अरकश बथुला मिल जाता है, वह सब हमारे घर पर ही लाते हो।" वो हैनिमैन साहब की फोटो लेकर सीधे गुप्ता होम्योहाल की ओर चल पड़ा। तभी रास्ते में एक पत्रकार बन्धु मिल गये, और फोटो देखते हुए बोल पड़े- "कहाँ जा रहे हो ड्राइवर साहब!"

ड्राइवर साहब हँसते हुए बोलने लगे- "यही फोटो नेता जी हमको दे दिए, और पत्नी इसको घर में रखने नहीं दे रही है, तो सोचे कि चलें गुप्ता जी को दे देते हैं।" पत्रकार भी विदा लेने की मुद्रा में बोल पड़ा, "दे दीजिएगा तो हमें भी बता दीजिएगा।"

डॉ. गुप्ता, पहले तो फोटो लेने से इन्कार कर दिये, परन्तु ड्राइवर के अनुनय विनय के बाद पचास रुपये में उसे खरीद लिया; इसी क्रम में बाकी चार फोटो भी आ गये; केवल डॉ. बनर्जी का ही फोटो नहीं आ सका। सो छठवें फोटो की तलाश में एक दिन डॉ. गुप्ता प्रातःकाल ही, डॉ. बनर्जी के आवास पर पहुँच गये और हैनिमैन साहब का फोटो, जो डॉ. बनर्जी ने मुख्य द्वार के ऊपर लगा

रखा था, उसको साष्टांग प्रणाम किये। आज डॉ. गुप्ता को आभास हो रहा था कि हैनिमैन साहब उन्हें होम्यौपैथिक के उत्थान के लिए आशीर्वाद दे रहे हैं।

7

ट्रान्सफर

डॉ. विनय कुमार, एम.डी., चौरी-चौरा सामुदायिक स्वास्थ्य केन्द्र पर पिछले बारह वर्षों से तैनात थे। मूलतः बिहार प्रदेश के रहने वाले थे। जब ज्वाइन किये थे, तो ईमानदार शब्द भी साथ में लगा था; किन्तु बारह वर्षों की घोर डॉक्टरी तपस्या में ईमानदारी शब्द को उन्होंने मिटा दिया था।

डॉ. विनय कुमार, अपनी डॉक्टरी में इतने तल्लीन थे, कि वे इन बारह वर्षों में भी चौरी-चौरा के ऐतिहासिक महत्त्व को नहीं जान पाए... वैसे इसकी आवश्यकता भी नहीं थी।

डॉ. विनय कुमार जिस प्रकार के तपस्वी थे, उसी प्रकार की तपस्या की वे अन्य से भी अपेक्षा करते थे। मेडिकल रिप्रजेन्टेटिव प्रतिदिन लाइन लगाकर खड़े रहते थे; छह महीने तक लगातार कॉल करते रहते थे, तब कहीं जाकर डॉ. विनय कुमार, सिर उठाकर

उनकी ओर देखते थे। उसके दो महीने बाद उससे बिजनेस की बात करते थे। यदि लिफाफा उन्होंने पकड़ लिया, तो समझिए, मेडिकल रिप्रजेन्टेटिव का भाग्य बदल जाता था।

बारह वर्षों में वे किसी एक पैथोलॉजी या अल्ट्रासाउण्ड सेन्टर के होकर नहीं रह पाए। चौरी-चौरा बड़ी जगह है; तहसील है। वे किसी पर पूर्ण विश्वास कभी नहीं करते थे। हॉस्पिटल पर एक बुजुर्ग चीफ फार्मेसिस्ट थे; उनको लोग चीफ साहब कहते थे। डॉ. विनय कुमार चीफ साहब के सबसे निकट थे। चूँकि चीफ साहब सबसे पुराने व्यक्ति थे, इसलिए नौकरी करने की बारीकियाँ अच्छी तरह से जानते थे। चीफ साहब हाइड्रोसिल का ऑपरेशन बहुत अच्छा करते थे। डॉ. विनय कुमार कभी-कभी उन्हें हाइड्रोसिल का केस दे देते थे, ताकि चीफ साहब भी कुछ कमा लें, और इसी बहाने प्रेम भी बना रहे। चीफ साहब को बनारस से आए अभी एक वर्ष ही हुआ था, तभी डॉ. विनय कुमार का ट्रान्सफर दूर जिले के हेडक्वार्टर, राजकीय चिकित्सालय पर हो गया। डॉ. विनय कुमार राजकीय चिकित्सालय की पोस्टिंग से खुश थे। साथी डाक्टरों ने भी बधाई दी। चीफ साहब इस खबर से दुःखी थे।

ठीक एक सप्ताह बाद डॉ. विनय कुमार रिलीव हो गये, और दूसरे दिन नये जिले के राजकीय चिकित्सालय जा पहुँचे। ज्वाइन तो उन्होंने कर लिया, परन्तु निराश भाव से। दो दिन बाद वे चौरी-चौरा आए, अपना कुछ सामान लेने। चीफ साहब ने उनका हँसते हुए स्वागत किया। डॉ. विनय कुमार के बुझे चेहरे को चीफ साहब पढ़ने लगे, और हाथ पकड़कर अपने कमरे में ले गये, जहाँ कोई नहीं था। चीफ साहब हँसते हुए पूछ बैठे, "और डॉ. साहब, क्या हाल है, जिला चिकित्सालय का?"

डॉ. विनय कुमार दुःखी मन से बोले, "क्या बताऊँ चीफ साहब, बिलकुल बेकार जगह; सोचा था कमाने की जगह होगी,

लेकिन वहाँ कुछ नहीं है।'' चीफ साहब पूछ बैठे- 'मतलब?' डॉ. विनय कुमार, समझाने की मुद्रा में बोलने लगे- ''अस्पताल के सामने न तो कोई मेडिकल स्टोर है, न ही पैथालॉजी, और न एक्स-रे अल्ट्रासाउण्ड। वहाँ पर तैनात आँख के डाक्टर तो बेहद ईमानदार हैं... अस्पताल की दवा लिखते हैं; यदि बाहर की दवा लिखते भी हैं तो ब्राण्डेड; और ऑपरेशन भी बिना पैसे के कर देते है।''

चीफ साहब बोल पड़े - ''सर, बहुत ईमानदार मैंने देखे हैं; वे बुद्धिमान हैं; ब्राण्डेड वालों से कॉन्टैक्ट होगा... और पता करिएगा, वो जरूर प्राइवेट प्रेक्टिस करते होंगे।'' डॉ. विनय कुमार, चीफ साहब की भविष्यवाणी से हतप्रभ थे। उन्होंने हाँ में सिर हिला दिया।

फिर चीफ साहब बोले- ''हड्डी वाले तो प्लास्टर आदि से ही अच्छा कमा लेते हैं; यही हाल सर्जन का भी होगा... रह गये आप, तो आपका काम तो मेडिकल स्टोर ओर पैथालॉजी अल्ट्रासाउण्ड से ही होगा।'' इसी मंथन में डॉ. विनय कुमार पूछ बैठे, ''बताइए चीफ साहब, अब मैं क्या करूँ?''

चीफ साहब, ज्ञानी गुरु की मुद्रा में समझाने लगे- ''मेडिकल लगाकर आ जाइए; यहीं चौरी-चौरा में प्राइवेट प्रैक्टिस कीजिए... आपकी यहाँ बनी बनाई फील्ड है, आपको तो कोई भी मेडिकल स्टोर वाला जगह दे देगा।'' डॉ. विनय कुमार शिष्यवत् पूछ बैठे - ''चीफ साहब, सैलरी कैसे निकलेगी?''

चीफ साहब बोल पड़े- ''मैं बनारस में छब्बीस महीने नहीं गया, और घर पर रहकर प्राइवेट प्रैक्टिस करता रहा; और जब मेडिकल भी खत्म हो गया, तो बाबू को 10% देकर पूरी तनख्वाह निकलवा लिए। आप भी एक साल के बाद ट्रान्सफर के लिए ट्राइ कीजिएगा, क्योंकि इतनी जल्दी मंडल बाहर का ट्रान्सफर बैक नहीं होता है... जाइए, एक हफ्ता वहीं रहिए, और मेडिकल लगाकर आ जाइए।''

अब डॉ. विनय कुमार, प्रतिदिन सुबह नौ बजे चौरी-चौरा आ जाते हैं, और शाम को छह बजे जाते हैं। मरीज थोड़े कम हो गये हैं, फिर भी सुकून है। अस्पताल पर नये एम.डी. डॉक्टर आ गये हैं। ठीक एक साल बाद चीफ साहब रिटायर हो गये, और घर पर ही प्रैक्टिस करने लगे। एक दिन चीफ साहब के आवास पर मेरी मुलाकात डॉ. विनय कुमार से हो गयी।

पता चला, चीफ साहब के पास आये थे। एक वर्ष पूरा हो गया था; लखनऊ जाकर सैलरी लेना था, और ट्रान्सफर कराना था।

४

शिक्षक का माहात्म्य

शिक्षक ही भारतवर्ष के निर्माण की धुरी हैं। शिक्षक का बेटा शिक्षक ही बनेगा, इसका निर्धारण तो शिक्षक ही कर देता है। डॉ. कृपालु जी, विश्वविद्यालय में रीडर थे। भाग्यवती पत्नी से दो पुत्र ही थे। वह इण्टर कॉलेज के मास्टर की पुत्री थी। डॉ. कृपालु जी शहर में ही रहकर पढ़े थे। उनके पिताजी भी सरकारी स्कूल में मास्टर थे। डॉ. कृपालु जी, शिक्षित पत्नी को कभी घरेलू गृहणी से ऊपर नहीं देख पाए, नहीं तो पत्नी भी मास्टर हो ही जाती।

डॉ. कृपालु जी, शहर के हिन्दी साहित्यकारों में मूर्धन्य माने जाते थे। बहुत से छात्र उनके निर्देशन में पी.एच.डी. कर चुके थे, और कुछ कर रहे थे। संयोग से मैं जिस स्कूल में पढ़ता था, उसमें ही डॉ. कृपालु जी का छोटा लड़का भी पढ़ता था। पढ़ने में तो कुछ खास नहीं था, लेकिन वाचाल बहुत था। सभी शिक्षक उसको बहुत

सम्मान देते थे; देते भी क्यों न... हिन्दी प्रवक्ता, बाबू टी.पी. सिंह तो डॉ. कृपालु के निर्देशन में ही पी.एच.डी. कर रहे थे।

डॉ. कृपालु का बड़ा बेटा, जिसका नाम बुद्धिसागर था, वह तो बाबू टी.पी. सिंह की छत्रछाया में ही इण्टर पास किया था। स्कूल के धुरन्धर लोफर की लाज रखते हुए, बाबू टी.पी. सिंह ने उसे इण्टर प्रथम श्रेणी में पास करा दिया, शिष्य धर्म निभाते हुए। यानी कि बाबू टी.पी. सिंह, आधी लड़ाई जीत चुके थे; अब आधी लड़ाई छोटे बेटे विद्यासागर को लेकर थी। छोटा बेटा एक शरीफ और आज्ञाकारी विद्यार्थी था। बाबू टी.पी. सिंह उसे अपने बेटे जैसा आदर देते थे।

हमारे स्कूल में, वर्ष में एक बार वार्षिक प्रतियोगिताएँ होती थीं; उसमें विभिन्न स्कूलों के बच्चे भी भाग लेते थे। अलग-अलग अध्यापकों की नियुक्ति होती थी। कला-प्रतियोगिता के लिए कलाप्रवक्ता, अंग्रेजी वाद-विवाद के लिए अंग्रेजी प्रवक्ता, हिन्दी वाद-विवाद के लिए हिन्दी प्रवक्ता इत्यादि।

संयोग से, मैं भी हिन्दी वाद-विवाद प्रतियोगिता के लिए बाबू टी.पी. सिंह के दरबार में हाजिर हुआ। वहाँ विद्यासागर पहले से ही मौजूद था। उसका भाषण लिखवा रहे थे बाबू टी.पी. सिंह। मेरी ओर देखकर बोले, क्या बात है? मैंने कहा- वाद-विवाद में भाग लेना है। ‘‘पक्ष में विद्यासागर सेलेक्ट है; विपक्ष के लिए भाषण लिखकर लाना, तब डिसाइड करूँगा।’’ बहुत कड़े शब्दों में बोले बाबू टी.पी. सिंह। मैंने भी अपने बड़े भइया से एक भाषण लिखवा लिया, और पूरा रट लिया।

फाइनल सेलेक्शन, प्रधानाचार्य जी की उपस्थिति में होना था। मैंने भी खूब ठीक से भाषण दे दिया। फाइनल सेलेक्शन हो गया; पक्ष में विद्यासागर, और विपक्ष में मैं। हमारे शहर में एक प्रथा थी; वो ये, कि हिन्दी वाद-विवाद के निर्णायक मण्डल में विश्वविद्यालय के शिक्षक ही होते थे। विद्यासागर को प्रथम पुरस्कार दिलाने का

अच्छा अवसर बाबू टी.पी. सिंह के पास था, यदि डॉ. कृपालु जी स्वयं निर्णायक मण्डल में बैठ जाते; लेकिन आलोचना से बचने के कारण ऐसा नहीं कर पाए बाबू टी.पी. सिंह जी।

प्रतियोगिता के ठीक पहले, बाबू टी.पी. सिंह जी निर्णायक मण्डल के सदस्यों से विद्यासागर का परिचय करा रहे थे। "डॉ. कृपालु जी का छोटा पुत्र है यह बालक..." और विद्यासागर झुककर चरण स्पर्श करता। सभी सदस्य उसे आशीर्वाद भी देते थे। निर्णायक मण्डल में दो पुरुष ओर दो महिलायें थीं। मैं और मेरे जैसे और प्रतियोगी लड़के-लड़कियाँ यह सब देखकर हैरान थे। सभी ने यह मान लिया था कि विद्यासागर का प्रथम स्थान तो पक्का ही है। विद्यासागर तो उत्साह में चहलकदमी कर रहा था। कभी मंच पर चढ़कर माइक में हैलो-हैलो बोलता, तो कभी नीचे आकर बाबू टी.पी. सिंह से बात करने लगता। विद्यासागर तो जैसे आश्वस्त था, कि प्रथम पुरस्कार उसे ही मिलेगा।

प्रतियोगिता प्रारम्भ हो गयी। तीन प्रतियोगियों के बाद विद्यासागर ने भाषण दिया। उसके ठीक बाद मैंने भी। प्रतियोगिता के बाद परिणाम की प्रतीक्षा में सभी लोग बैठे थे। विद्यासागर अब भी उत्साह से भरा इधर-उधर घूम रहा था। बाबू टी.पी. सिंह तीन लिफाफे लेकर मंच पर चढ़े, और परिणामों की घोषणा करना शुरू किये। पहला लिफाफा खोले तो मेरा नाम। बाबू टी.पी. सिंह थोड़ा लड़खड़ाए। फिर दूसरा और फिर तीसरा। विद्यासागर तीनों ही लिफाफे में से गायब था। बाबू टी.पी. सिंह, सिर लटकाए बोझिल से, मंच से उतरे, और विद्यासागर से बोले, "नम्बर में बेईमानी हुई है।" विद्यासागर तो जैसे मूर्छित होने की मुद्रा में आ गया था।

मैं प्रसन्नतावश, बालक मन, बाबू टी.पी सिंह के चरण-स्पर्श करने पहुँचा, तो मुझे ऐसे घूरने लगे, जैसे कह रहे हों, 'दुर...दुर! पता नहीं कहाँ से यह देसी पिल्ला आ गया... नाक कटा कर रख

दी।' डॉ. कृपालु गुरु जी को क्या जवाब दूँगा; यह विचार बाबू टी.पी. सिंह जी को खाए जा रहा था। उस दिन बाबू टी.पी. सिंह, विद्यासागर को अपने स्कूटर पर बिठाकर डॉ. कृपालु जी के घर छोड़ने गये थे, यह सोचकर, कि क्षमा-याचना भी हो जाएगी; नहीं तो नाम के आगे डॉक्टर लिखने का सपना, सपना ही रह जाएगा।

वहाँ पर जब डॉ. कृपालु को सारी राम कहानी पता चली, तो वे आगबबूला हो गये। थोड़ा पानी पीने के बाद निर्णायक मण्डल के सदस्यों पर चर्चा होने लगी। अन्त में सार यह निकला, कि जो दोनों मैडम लोग थीं, वे दोनों डॉ. कृपालु जी के अपोजिट पार्टी की थीं। अशान्त मन को सान्त्वना मिल जाए, इससे अच्छी बात और क्या हो सकती है। दो दिन बाद स्कूल में बाबू टी.पी. सिंह मिले, तो पूछ बैठे, भाषण किससे लिखवाया था? पिताजी क्या करते हैं? कहाँ रहते हो? बाबू टी.पी. सिंह, निर्णायक मण्डल में मेरी घुसपैठ की समीक्षा करने की कोशिश कर रहे थे। मैंने उत्तर दिया- बड़े भइया ने; रेलवे में नौकरी; रेलवे कालोनी में। इस उत्तर के बाद बाबू टी.पी. सिंह मेरी ओर से ऐसे मुँह फेरे, जैसे कह रहे हों; किसी काम का नहीं। समय बीतता चला गया। इण्टर के बाद मैं आगे की शिक्षा के लिए कानपुर चला गया। कभी-कभार साल दो साल में विद्यासागर से मुलाकात हो जाती थी।

एक दिन रेलवे स्टेशन पर विद्यासागर से मेरी मुलाकात हो गयी। मैं आगे बढ़कर विद्यासागर से पूछ बैठा, "क्यों मित्र, पी.एच.डी. कम्पलीट हो गयी?" विद्यासागर बोला- "मित्र, पी.एच.डी. कम्पलीट होने की चीज थोड़े ही है; एवार्ड होती है; वैसे मैं इस समय कानपुर के एक इण्टर कालेज में ऐज ए लेक्चरर काम कर रहा हूँ; कभी मिला... तुम तो शायद कानपुर में ही रहते हो, है न।" विद्यासागर का व्याख्यान लम्बा होते देख, मैंने पहले ही हाँ में सिर हिला दिया।

बातों ही बातों में विद्यासागर ने मुझे कानपुर का पूरा डिटेल समझा दिया, और साथ में अपने निवास-स्थान पर आने का निमन्त्रण भी दिया। हम दोनों कानपुर आ गये। एक हफ्ते के बाद मैं विद्यासागर के क्वार्टर पर पहुँच गया। मेरी गणना के अनुसार, उस मकान की आयु अस्सी नब्बे साल रही होगी। जर्जर, दो मंजिल का मकान, जिसमें बाहर के कमरों में कुछ युवक जुआ खेल रहे थे। अन्दर, अन्तिम कमरे में विद्यासागर का कमरा था। कमरे के बाहर एक छोटा आँगन था, जिसमें दो फिट व्यास का एक कुआँ था। पूरा मकान खण्डहर की तरह खाली पड़ा था। रात में सम्भवतः विद्यासागर ही रहता था। अपने अनुभव के आधार पर मैंने अनुभव किया, कि विद्यासागर शायद ही इस कमरे का किराया देता होगा।

विद्यासागर कमरे में बैठा था; मुझे देखते ही बोला, "आओ मित्र, आओ बैठो-" (एक बक्से की ओर इशारा करते हुए।) मैं भी बक्श पर बैठ गया। विद्यासागर एक लोहे की फोल्डिंग चारपाई पर आधा लेटा हुआ था। फिर कुछ क्षणों के बाद, लुंगी को खुँटियाते हुए बोला, "इस भवन का इतिहास बहुत ही गौरवशाली है; कभी इसी मकान में महान कवि निराला जी रहते थे।" (कुएँ की ओर इशारा करते हुए) मकड़ी के जालों से पूरा भवन अटा पड़ा था। तिलचट्टे, बिच्छू आदि जीव भी अवश्य ही होंगे... और फिर एक पढ़ा-लिखा आदमी इन जुआरियों के बीच...इसी उधेड़बुन में मैं विद्यासागर से पूछ बैठा - "और मित्र, भोजन का क्या करते हो?" विद्यासागर बोला- "यहीं से थोड़ी दूर पर एक होटल है; वहीं पर मैंने अपना थाली लोटा और गिलास कटोरी रख दिया है; उसी पात्र में मुझे भोजन दे देता है, पूरी शुद्धता के साथ।"

उत्सुकतावश मैं उसके बारे में अधिक से अधिक जानकारी लेने लगा। बातों ही बातों में पता चला, कि कृपालुजी ने अपने जुगाड़ के बल पर प्रबन्धकीय मैनेजमेंट वाले इण्टर कॉलेज में विद्यासागर की नौकरी लगवा दी। वहाँ के प्रधानाचार्य भी कृपालु जी

के शिष्य रहे थे। यह जर्जर खण्डहर भवन भी, प्रबन्धक जी के साढ़ू जी का है। वे दिल्ली में रहते हैं, और बड़े व्यापारी हैं; सो विद्यासागर जैसे युवक को बिना किराये के, देख-रेख के लिए रख लिया है। बिजली भी उस घर में नहीं थी; विद्यासागर को उसकी आवश्यकता भी नहीं थी। शाम को भोजन के बाद, उसी घर के बाहर अपनी फोल्डिंग चारपाई निकालता; मच्छरदानी लगाता, और सो जाता। विद्यासागर ने बातों ही बातों में मुझे बताया कि पिताजी सोचे कि पी.एच.डी. तो हो ही जाएगी, क्यों न समय का सदुपयोग किया जाए... तो मेरी नौकरी यहाँ लग गयी।

इसी बीच एक दिन मैं सुबह आठ बजे उधर से गुजर रहा था, तो सोचा, चलो विद्यासागर से मिल लूँ। उसके कमरे पर पहुँचा तो ताला लगा था। मैं सोचने लगा, कहाँ चला गया विद्यासागर; मुझसे तो कहा था कि नौ बजे तक तो मैं कमरे पर ही रहता हूँ। मैं मंथन करते हुए बाहर निकला, तो देखा कि विद्यासागर, गमछा लपेटे कंधे पर जाँघिया-बनियान रखे, और एक हाथ में पानी भरी बाल्टी और दूसरे हाथ में साबुनदानी लिए मुस्कराते हुए चला आ रहा है। आते ही मुझसे पूछ बैठा, "इतनी सुबह।" मैंने कहा- "इधर से गुजर रहा था...।" मेरे समझने में देर न लगी, कि इसका स्नान सड़क के किनारे लगे नगर निगम के नल पर होता है। अब शौचालय भर बचा था, जिसके बारे में पूछने की हिम्मत फिलहाल मेरे अन्दर नहीं थी।

मैं सोचने लगा, कि आखिर ये क्यों इस तरह जीवन व्यतीत कर रहा है। स्वयं परमानेन्ट प्रवक्ता है, अच्छी तनख्वाह है, कुँवारा है; फिर भी यह दशा। इसके बाद दोबारा मेरी मुलाकात विद्यासागर से कानपुर में नहीं हो पायी। लगभग एक वर्ष बाद गृहनगर में विद्यासागर, अपनी पी.एच.डी. एवार्ड कराने आया है। यू0जी0सी0 का नया नियम आने वाला है; विश्वविद्यालय और महाविद्यालय में प्रवक्ता बनने के लिए नेट और पी.एच.डी. दोनों ही चाहिए। कृपालु जी ने पूरा जोर लगाकर, विद्यासागर की

पी.एच.डी., मात्र छब्बीस महीने में पूरी करा दी। और भाग्य की विडम्बना देखिए; जब सभी ग्रह अनुकूल हो जाएँ, तो राह भी बनती चली जाती है। प्रोफेसर कृपालु जी ने गृहनगर के ही एक माइनॉरटी महाविद्यालय में उसको प्रवक्ता भी बनवा दिया... यू.जी.सी. के नियम को मुँह चिढ़ाते हुए।

इस घटना के छह महीने बाद, एक दिन बाटा के शोरूम में विद्यासागर से मुलाकात हो गयी। विद्यासागर, बाटा का जूता खरीद रहा था... शायद जीवन में प्रथम बार... साथ में उसके पिताजी, डॉ. कृपालु और बाबू टी.पी.सिंह जी भी थे। मैंने सभी को प्रणाम किया। पता चला कि विद्यासागर का विवाह है। जुबानी निमन्त्रण मुझे भी दे दिया गया। चलते-चलते पता चला कि बाबू टी.पी. सिंह जी की पी.एच.डी. अभी पूरी नहीं हुई है; भक्ति में कहीं कमी रह गयी होगी। बाबू टी.पी. सिंह मुझे पहचानकर भी अन्जान बने रहे, परन्तु चलते समय मैं फिर से एक बार उनका चरण-स्पर्श करना नहीं भूला। बाबू टी.पी. सिंह मुझे ऐसे घूरे, जैसे कह रहे हों - मुझे चिढ़ाता है।

विद्यासागर के विवाह में तो मैं नहीं गया, लेकिन छह महीने बाद मार्केट में मुलाकात हो गयी, वो भी पत्नी के साथ। विद्यासागर अपनी पत्नी के लिए सैन्डिल खरीद रहा था; मेरी भी पत्नी सैन्डिल देखने लगी। हम लोग वार्तालाप करने लगे। फिर मैं पूछ बैठा- ''क्यों मित्र, भाभीजी को कहीं घुमाने ले गये थे?'' विद्यासागर बड़े जोर से ठहाका लगाते हुए बोला- ''पहले बच्चे हो जाएँ, फिर तो पूरी जिन्दगी घूमना ही है।''

मैं कभी भी विद्यासागर को मित्र नहीं समझ पाया; भले ही मिलते ही मित्र शब्द से ही सम्बोधन करता था। विद्यासागर की आत्मप्रशंसा से मैं बहुत परेशान रहता था। अहंकार इतना, कि वो कभी मेरी बात भी सुनना नहीं चाहता था। बातों ही बातों में उसने अपने ससुराल की प्रशंसा शुरू कर दी ''हमारे ससुर जी भी एक

महाविद्यालय में प्रवक्ता हैं; एक ही साला है, बड़ा प्रतापी है; बहुत बड़ा ठेकेदार है... पत्नी तीन बहने हैं; ये सबसे बड़ी हैं। दहेज में मुझे कार भी मिली है... मैं उसे लेकर नहीं आया, क्योंकि पिता जी को उसी कार से कहीं जाना था।

पिताजी की महानता को तो तुम...।'' भाषण समाप्त होता, तब तक मेरी पत्नी बाहर आ गयी; मैं नमस्कार करते हुए विदाई ले लिया।

समय बीतता चला गया। विद्यासागर को तीन पुत्रियाँ हो गयीं। विद्यासागर यहीं पर स्टाप मार गया। पुत्र की चाह में, अब और साहस नहीं बचा था। एक दिन बाबू टी.पी. सिंह मिल गये। मैंने इस बार उन्हें नमस्ते बोला, और आगे बढ़ लिया। ''ऐ बालक!'' मैं तुरन्त समझ गया कि बाबू टी.पी. सिंह मुझे बुला रहे हैं। यही उनका तकिया कलाम था, ऐ बालक! मैं उनके पास गया, और विनम्रतापूर्वक उनसे पूछ बैठा- ''गुरूजी क्या हाल है?'' बाबू टी.पी. सिंह, व्यथित और निराशा की मुद्रा में बोले- ''विद्यासागर से मुलाकात होती है?'' मैंने कहा- ''कभी कभार।'' बाबू टी.पी. सिंह बिलखने लगे, ''मुझे तो अब विद्यासागर प्रणाम भी नहीं करता; दोनों बाप-बेटे बड़े ही कृतघ्न हैं; बताओ बेटा, विद्यासागर की पी.एच.डी मात्र छब्बीस महीने में पूरी हो गयी, और मैं आज तक अपनी थीसिस सम्मिट नहीं कर पाया... अब तो मेरा रिटायरमेंट भी अगले साल ही है। डॉ. कृपालु तो अब मुझसे ठीक से बात भी नहीं करते। तुम तो जानते ही हो, कि मैंने इन बाप-बेटों के लिए क्या-क्या नहीं किया; कितनों से बैर लिया, परन्तु क्या मिला; केवल दुत्कार।

मैंने भी उन्हें प्रणाम किया, यह सोचते हुए, कि बेटा तुम भी कम नहीं थे; सबको दुर-दुराते ही रहते थे, और चल दिया। दो साल बाद एक दिन विद्यासागर से मुलाकात हो गयी। उस दिन वह बड़े

प्रेम से गले मिला, और अपने घर ले गया।

डॉ. कृपालु जी बरामदे में ही लेटे हुए थे। जीर्ण-शीर्ण और बीमार लग रहे थे। प्रणाम की औपचारिकता के साथ ही मुझे विद्यासागर सबसे पीछे वाले कमरे में ले गया, और हाल-चाल बताने लगा... एक तरह से व्यथा ज्यादा थी। विद्यासागर बोलने लगा - "ये बुढ़ऊ को देख रहे हो? जानते हो इसने क्या किया? यह मकान, जिसमें तुम बैठे हो, पूरा का पूरा बड़े भाई साहब को लिख दिया, और गाँव वाला मकान मुझे दे दिया है; कहता है कि तुम तो शहर में रहते हो, सबल भी हो, कहीं और भी बनवा सकते हो। बताओ मित्र- ये कौन सी बात हुई? आखिर बड़े भाईसाहब भी गाँव पर प्राइमरी में अध्यापक हैं; पूरी खेती वही देखते हैं; दो लड़के ही हैं... पैसा बहुत है उनके पास...।

तभी विद्यासागर की पत्नी एक ट्रे में लड्डू और पानी लेकर आ गयी, और बोलने लगी- "बताइए भाई साहब, हमारी तो तीन लड़कियाँ ही हैं, तीनों की शहर में पढ़ाई का खर्चा; और फिर शहर का खर्चा कम तो होता नहीं है; यदि पापाजी को यही करना था, तो पहले ही बताए होते, हम लोग पहले ही जमीन खरीद लिए होते... आज तो शहर में जमीन भी खरीदना कितना कठिन काम है।"

मैं गम्भीरता से सुनता रहा; और जहाँ तक मैं जानता हूँ कि विद्यासागर के पूरे जीवन का निर्माण डॉ. कृपालु जी ने ही किया था; और, पैदा करने की बात जहाँ तक है, तो शायद तीन बच्चियों को विद्यासागर ने पैदा किया है। विद्यासागर पुनः बोलने लगा- "पिताजी अच्छी पेन्शन भी पाते हैं, लेकिन पेंशन भी खर्च करना नहीं चाहते हैं... केवल बिजली का बिल और हाउस टैक्स भर देते हैं। मकान का रंग रोगन भी पिछले पाँच वर्षों से मैं ही करा रहा हूँ; और तो और, जो दो किराएदार हैं, उनका किराया भी पिताजी ही लेते हैं।

तभी विद्यासागर की पत्नी चाय लेकर आ गयी और बोली-

"बताइए भाईसाहब, पिताजी की दवा-दारू भी इन्हीं के नाम है, और अन्याय भी हमीं सहें, यह कहाँ की बात हुई। मेरे बड़े जीजा कचहरी में वकील हैं; कह रहे थे कि एक फर्जी रजिस्टर्ड वसीयत करा देते हैं, तब तो मकान मिल ही जाएगा... आप भी कुछ सलाह दीजिए।"

मैं बोला- "भाभी, यह विद्यासागर की सिधाई का परिणाम है; शुरू से ही पिताजी की ही बात करता था; कभी अपनी बात करता ही नहीं था, इसलिए यह नौबत आज आ गयी है। उसकी पत्नी मेरे उत्तर से बहुत संतुष्ट लग रही थी, फिर बोली- वसीयत तो हम करा ही लेते हैं, फिर देखा जाएगा; अपना हाथ थोड़े ही काटकर बैठ जायेंगे; हमारी भी तीन-तीन लड़कियाँ हैं, कहाँ से विवाह करेंगे।"

विद्यासागर की पत्नी गर्म कोयले की तरह लाल होती जा रही थी, और विद्यासागर बिलकुल शांत। किसी तरह मैं दोनों पति-पत्नी से विदा लेकर चल पड़ा।

लीक लीक गाड़ी चले, लीकहिं चले कपूत।

लीक छोड़ ये सब चले शायर सिंह सपूत।।

अर्थात्, जैसे गाड़ी के पीछे के पहिए पहले वाले के पीछे ही चलते हैं, वैसे ही पूर्वजों के व्यवसाय और पराक्रम के पीछे कपूत ही चलते हैं; जो व्यक्ति पुरातन व्यवसाय और मापदण्डों का त्याग कर के स्वयं आगे बढ़ता है, वही सपूत कहलाता है; अर्थात, स्वयं द्वारा नये मापदण्डों को स्थापित करने वाला ही सपूत कहलाता है।

७

संन्यास से पहले का उत्पात

अध्यापकी पेशा सदैव गरिमापूर्ण ही रहा है। अध्यापक स्वयं को ही राष्ट्र निर्माता घोषित करता रहा है। मास्टरी पेशे में कृपणता एक आवश्यक वस्तु है। गरीबी से निकलकर, और समाज के उच्च वर्ग तक पहुँच जाना, यह भारतीय प्रशंसा परम्परा की पहली सीढ़ी है। 'इंग्लैंड में पढ़े-लिखे, परन्तु फिर भी गरीब थे... गरीबी से लड़कर वे आगे बढ़ गये।' महानता को परिभाषित करने का यह भारतीय अन्दाज है।

ऐसी ही गरीबी और विपन्नता के बीच झूलते हुए बाबू त्रिलोक रंजन अपने पिता के इकलौते लड़के थे; बाकी तीन बहनें ही थी। पटवारी की नौकरी में उनकी कार्यकुशलता को देखते हुए उनके पिताजी का नामकरण ही पटवारी लाल हो गया था... असली नाम तो शायद वे स्वयं भी भूल गये थे। किसी को पत्र भी लिखते, तो

नीचे 'आपका पटवारी लाल' ही लिखते थे। पटवारी लाल जी, लिखा-पढ़ी में बहुत तेज व्यक्ति थे और उनके सम्बन्ध भी शहर के उच्च वर्ग से था। बाबू त्रिलोक रंजन की शहर के ही एक इण्टर कॉलेज में प्रवक्ता की नौकरी लग गई। तब प्रबन्धकीय तन्त्र का जमाना था। त्रिलोक रंजन शहर के ही एक इण्टर कालेज में प्रवक्ता हो गये।

पिता से प्राप्त गुणों को त्रिलोक मास्टर साहब ने सँभालकर रखा था। मास्टर त्रिलोक रंजन, सुबह दो शिफ्ट में लड़कों को ट्यूशन पढ़ाते थे, फिर साढ़े नौ बजे स्कूल चले जाते थे। पुनः, शाम को दो शिफ्ट ट्यूशन पढ़ाते; यही कार्यक्रम बन गया था। पटवारी लाल जी लड़के की कर्मठता को देखकर बहुत प्रसन्न रहते थे। पटवारी लाल जी ने तो अपनी खतौनी में इतनी जमीन अपने नाम कर ली थी, कि मास्टर त्रिलोक रंजन यदि पूरा दिन पैदल चलकर उन खेतों को पार करना चाहें तो सम्भव नहीं था। इस बात को पटवारी लाल अपनी पत्नी और बच्चों को रात में बताते थे, जब दारू थोड़ी चढ़ जाती थी।

यही सत्य वे रात में बोलते थे; बाकी तो सुबह से शाम तक केवल झूठ-फरेब में ही दिन व्यतीत होता था। पटवारी लाल जी ने अवकाश प्राप्ति के बाद अपनी अर्जित की हुई भूमि में कई बगीचे लगवाए, और बाकी भूमि को हुण्डा (एक प्रकार से किराये की जमीन, जिसमें वास्तविक किसान वर्ष भर के लिए जमीन को किराए पर लेता है) पर दे दिये। धन तो बरस रहा था। रविवार के दिन पटवारी लाल अपने पुत्र त्रिलोक रंजन को अपनी जायदाद दिखाने अवश्य ले जाते। समय बीता। बगीचों के पेड़ बड़े हो गये, और फल देने लगे, तो उसको भी पटवारी लाल जी पैसे पर देने लगे।

मास्टर त्रिलोक भी चार लड़कियों के बाप बन गये थे। इसी बीच एक अप्रिय घटना हो गई। मास्टर त्रिलोक की पत्नी गुजर गई।

मास्टर साहब के बच्चे अभी छोटे थे, और उसमें भी उनकी एक लड़की अर्द्ध विक्षिप्त थी। पटवारी लाल जी की पत्नी तो अभी जीवित थीं, परन्तु उन्हें स्वयं सहारे की जरूरत थी। समस्या विकट थी। पटवारी लाल जी समझ नहीं पा रहे थे कि क्या करें?

एक दिन पटवारी लाल जी के ममेरे भाई, जगदम्बा भइया आ गये। जगदम्बा भइया पटवारी लाल जी के अन्दर के आदमी थे। पटवारी लाल जी की माता जी, जो कि जगदम्बा जी के रिश्ते में बुआ थीं, उनसे रहा न गया, और अपनी सारी परेशानी सुबक-सुबक कर कहने लगीं। अन्त में सम्पूर्ण वृत्तान्त का भावार्थ यह था, कि हमारे घर में सब कुछ है; धन की कमी नहीं है; बस कमी है तो बस एक नाती की।

बात भी सही थी। लड़कियाँ घर की वारिस नहीं होतीं, सो त्रिलोक बाबू को एक लड़का होना ही चाहिए। इसके लिए एक बहू चाहिए, जिससे आगे का खानदान चल सके। जगदम्बा भइया खेतिहर और समाजिक व्यक्ति थे। समाज के प्रत्येक तबके में उठना बैठना था; सो मास्टर त्रिलोक रंजन के पुनर्विवाह की जिम्मेदारी जगदम्बा भइया को सौंप दी गई। जाते समय पटवारी लाल जी ने जगदम्बा भइया को दो सौ रुपया भी दिया, और चरण-स्पर्श करते हुए बोले, "भइया थोड़ा जल्दी ही रहे; कुआर के बाद लगन है।"

बीस दिन बीत गये। जगदम्बा बाबू के मित्र, मोहम्मद साहब की लड़की की शादी थी; उसी में शरीक होने के लिए जगदम्बा भइया पहुँचे थे, कि बातचीत में पता चला कि उनकी ही बिरादरी की एक लड़की, जिसकी शादी दिल्ली में हुई थी, उसको लड़के वालों ने छोड़ दिया था। संयोग ही देखिए कि लड़की का बाप भी उस दावत में उपस्थित था, और अपनी व्यथा का बखान चार लोगों के बीच में कर रहा था। जगदम्बा भइया उत्सुकतावश उन चार लोगों में शामिल होकर पाँचवें श्रोता बन गये।

वक्ता की व्यथा को देखकर, जगदम्बा भइया को अपना कार्य सिद्ध होता प्रतीत होने लगा; सो उन्होंने उस व्यक्ति को दिलासा देते हुए उसकी व्यथा को हर लेने का आश्वासन भी दे दिया। तभी मोहम्मद साहब भी आ गये, और जगदम्बा भइया की प्रशंसा में दो-चार कसीदे भी पढ़ दिये। निकाह और भोजन सम्पन्न होने के बाद सभी लोग विदा लिए।

एक सप्ताह बाद, मोहम्मद साहब लड़की के बाप को लेकर जगदम्बा भइया के घर पहुँचे। जगदम्बा भइया ने भी जलपान आदि के बाद विवाह का आश्वासन दे दिया, और अमुक दिन पटवारी लाल जी के घर चलने का न्यौता भी। जगदम्बा भइया के भगीरथ प्रयास से विवाह तय हो गया था, या यों समझिए कि प्यासे को कुआँ मिल गया। मास्टर त्रिलोक रंजन भी उमंग से भर गये थे। जीवन के शून्य को जगदम्बा भइया ने भर जो दिया था। मास्टर त्रिलोक से उनकी बच्चियाँ पूछतीं, नई वाली अम्मा कब आएगी? मास्टर त्रिलोक उनको टॉफी देते हुए मुस्कराते, "बेटा जल्दी ही... फिर तुम लोगों को तकलीफ नहीं होगी।" बच्चियाँ अपनी माँ के न होने के दर्द को भूल जातीं, और नई वाली अम्मा के आगमन की खुशी के अतिरेक में चिल्लाने लगतीं। तभी पटवारी लाल जी की पत्नी उन्हें डाँटते हुए चुप करा देती।

कार्तिक मास में विवाह का मुहुर्त तय हो गया... विवाह भी हो गया। जगदम्बा भइया के लिए पटवारी लाल जी ने मटके का कुर्ता सिलवाया था, और पूरे घर के लिए अच्छे-अच्छे कपड़े। मास्टर त्रिलोक रंजन की बच्चियाँ भी बारात जाने की जिद करने लगीं, तो पटवारी लाल जी की पत्नी ने उनको डाँट दिया। बच्चियाँ मुँह बिचकाए बारात जाते हुए देखती भर रह गयीं। खैर, दूसरे दिन मास्टर साहब नई पत्नी लेकर आ गये। यह बात सन 1976 की है। मास्टर साहब की चारों बच्चियाँ अपने नई माँ के पास ही बैठी रहतीं, और मास्टर त्रिलोक रंजन पत्नी का सानिध्य पाने के लिए बच्चियों

को बाहर खेलने के लिए कहते रहते। संयोग ही कहिए कि एक सप्ताह बाद मास्टर त्रिलोक रंजन की पूर्व पत्नी के दो भाई आ गये, और चार दिनों तक वे बच्चियों के साथ ही समय व्यतीत करते रहे, सो मास्टर साहब चार दिनों तक अन्तःपुर में ही पड़े रहे।

पाँचवें दिन जब दोनों साले वापस जाने के लिए निकले, तो मास्टर त्रिलोक रंजन से उनकी भेंट हुई। पटवारी लाल जी अपनी नतिनियों से बहुत स्नेह रखते थे। विवाह के उपरांत मास्टर त्रिलोक रंजन के व्यवहार से पटवारी लाल जी थोड़े असंतुष्ट रहने लगे; क्योंकि मास्टर त्रिलोक रंजन अब ट्यूशन भी पढ़ाना बन्द कर दिए थे। मास्टर जब शाम को स्कूल से लौटते तो, ठोंगे में रबड़ी लाकर पत्नी को चुपके से दे देते थे। इस कृत्य को बच्चियों ने देख लिया था, और पटवारी जी को बता दिया था। चूँकि मास्टर त्रिलोक, पटवारी लाल जी के इकलौते पुत्र थे, इसलिए वे पटवारी लाल जी की मजबूरी बन गये थे। कभी जीवन में वे अपने माँ-बाप के लिए रबड़ी क्या, बूँदी के लड्डू भी नहीं लाये थे।

हाँ, एक बात अवश्य थी, कि पटवारी लाल जी अपनी चारों नतिनियों को बहुत मानते थे। अब तो वे अपने पुत्र के आचरण से बहुत दुःखी थे, और बच्चियों के भविष्य को लेकर चिन्तित भी। इसी बीच मास्टर त्रिलोक रंजन की पत्नी गर्भवती हो गईं। देश में आपात काल लगा हुआ था; क्योंकि आपातकाल में सरकार, सरकारी लोगों की नसबन्दी करा रही थी, सो मास्टर त्रिलोक रंजन जी अपने कार्य की सम्पन्नता पर प्रसन्न भी थे। आपातकाल समाप्त हुआ। नये चुनाव हुए और जनता पार्टी की सरकार आ गयी। देश की व्यवस्था बदल गयी थी। इसी बीच, मास्टर त्रिलोक रंजन जी को पुत्र रत्न प्राप्त हुआ। माँ की श्रद्धा रह गयी... कुल दीपक की आस पूरी हुई।

मास्टर त्रिलोक की पत्नी का दर्जा भी ऊँचा हो गया था। मास्टर त्रिलोक तो बस पत्नी में ही रम गये थे, और उनकी माँ भी दिन भर

बहू का ही हाल-चाल पूछती रहती; शेष चारों बच्चियाँ तो पटवारी लाल जी की धरोहर हो गयी थीं। करते कराते छह वर्ष बीत गये। मास्टर त्रिलोक ने बच्चे का नाम मान्टेसरी स्कूल में लिखवाया, और उसका नाम सबलोक रंजन रखा, क्योंकि वे तो स्वयं तीनों लोक के पुत्र थे; कुछ बाकी न रह जाए, इसलिए पुत्र का नाम सबलोक रंजन उचित था।

छह वर्ष बाद मास्टर साहब की बड़ी बच्ची मैट्रिक पास कर गई थी। पटवारी लाल जी उसका विवाह कर देना चाहते थे। मास्टर त्रिलोक ने भी सहमति दे दी। दो-दो वर्ष के अन्तराल पर पटवारी लाल जी ने दो नतिनियों की शादी कर दी। तीसरी, अर्द्ध विक्षिप्त नतिनी का विवाह एक समस्या थी। मास्टर त्रिलोक का दूसरा दामाद, विपिन, कचहरी में पेशकार था, और चलता पुर्जा आदमी था। वह पटवारी लाल जी के घर से चार किलोमीटर की दूरी पर रहता था; अक्सर ससुराल आ जाता था। विवाह के महीने भर बाद से ही उसे सासू माँ से स्नेह पैदा हो गया था। मास्टर त्रिलोक की उम्र भी अब ढलने लगी थी, परन्तु पत्नी अभी अपने चरम यौवन पर थीं। विपिन के आकर्षण ने रिश्ते को नया रूप दे दिया। विपिन, सासू माँ का चरण-स्पर्श तो करता, परन्तु केवल दिखावे के लिए। मास्टर त्रिलोक भी इस सत्य को जान चुके थे, परन्तु करते भी क्या?

इधर पटवारी लाल जी ने विपिन से अपनी तीसरी नतिनी के विवाह के लिए वर खोजने के लिए कहा, और दहेज भी सबसे अधिक देने की बात की। एक माह बाद पटवारी लाल जी ने विपिन से पुनः पूछा, तो विपिन ने अपने छोटे भाई को ही परोस दिया। पटवारी लाल जी कुछ समझ पाते, उसके पहले ही विपिन बोल बड़ा- "आप जो सचिन के बारे में सुन रखे हैं, वह सब भूल जाएँ; अब वह शराब, सिगरेट, जुआ छोड़ चुका है, और अब रेडीमेड कपड़े की दुकान चला रहा है; उसकी कमाई भी अच्छी हो गयी है... दुकान पर दो आदमी भी रख लिया है।

पटवारी लाल जी का दिल नहीं माना। बात की सत्यता को जानने के लिए, वे एक दिन मार्केट की ओर गये, तो विपिन द्वारा बताए पते पर पहुँचकर स्वयं मुआयना किये। रेडीमेड की दुकान लाइट से जगमगा रही थी। सचिन गल्ले पर बैठा था। संयोग से, दुकान का मालिक किसी काम से बाहर गया था, सो गल्ले पर सचिन बैठता था।

पटवारी लाल जी की शंका दूर हो गई। मास्टर त्रिलोक रंजन जी के व्यवहार और उनकी पत्नी के व्यवहार को देखते हुए उन्होंने नतिनियों की जिम्मेदारी स्वयं ले लिया था। विपिन भी काफी होशियार आदमी था। मास्टर त्रिलोक को तो वह कभी ससुर माना ही नहीं; ससुर के रूप में केवल पटवारी लाल जी ही थे। एक दिन रसगुल्ले से भरी हँड़िया लेकर वह ससुराल पहुँच गया। सासू माँ के चरण स्पर्श करने के साथ ही उनके बगल में बैठ गया, और हँडिया में से एक रसगुल्ला निकालकर सासू माँ के मुँह में डालने लगा। सासू माँ खिलखिलाकर मुँह खोल ही रही थीं, कि मास्टर त्रिलोक रंजन कमरे में आ गये; परन्तु माँ बेटे के रिश्ते को स्वीकारने के अलावा कोई दूसरा चारा नहीं था... सो बाहर निकल गये।

पटवारी लाल जी से विपिन की मुलाकात हो गयी। पटवारी लाल जी ने विपिन से सारी बात बताई, तो विपिन भी गदगद हो गया, और पटवारी लाल जी से बोल पड़ा - देखिए, हमलोग तो सीधे-सादे आदमी हैं; परन्तु सचिन शौकीन लड़का है... वह तो कहिए कि हमारे विश्वास पर वह आपकी नतिनी से शादी कर लेगा, परन्तु आपको भी उसे संतुष्ट करना पड़ेगा।

पटवारी लाल जी ने बात की गम्भीरता को समझने में देर नहीं की, और बोल दिया, "बेटा, धन-दौलत हमको लेकर थोड़े ही जाना है; हमारी नतिनी का कल्याण हो जाए और सुखी घर चली जाए बस। बातो ही बातो में विपिन ने पटवारी लाल जी से पाँच

एकड़ का आम का बगीचा, और दो लाख रुपया नगद माँग लिया, और पटवारी लाल जी इशारों-इशारों में तैयार भी हो गये। पटवारी लाल जी जानते थे, कि दोनों बहनें एक ही घर में रहेंगी, तो एक दूसरे का कष्ट भी हर लेगी। विवाह की तारीख निश्चित हो गयी।

विपिन घर का मालिक था, और सचिन उसी के कहने पर चलता था। रेडीमेड की दुकान पर विपिन ने ही सचिन को रखवाया था। विपिन का आदेश ही सचिन की दिनचर्या थी। खैर, विवाह भी हो गया। पटवारी लाल जी आज जीवन में पहली बार स्वयं को हल्का महसूस कर रहे थे। लगा, जैसे इस जीवन के सभी कार्य पूर्ण हो गये हों। लड़की विदा हो गई। मास्टर त्रिलोक रंजन जी तो पूरे प्रकरण में मूक दर्शक ही बने रहे... हाँ, उनकी पत्नी अवश्य चहक-चहक कर पटवारी लाल जी का हाथ बँटा रही थी।

समय बीता। मास्टर त्रिलोक जी का बेटा इण्टर की परीक्षा देने लगा। पटवारी लाल जी की पत्नी गुजर गई थी, और पटवारी लाल जी चौथी नतिनी की शादी खोज रहे थे। मास्टर त्रिलोक रंजन ने अपनी सारी ऊर्जा, बालक सबलोक रंजन के लिए न्यौछावर कर दिया था। सबलोक रंजन भी मेधावी बालक था। इण्टरमीडिएट की परीक्षा प्रथम श्रेणी में पास हो गया, तो मेडिकल की प्रवेश परीक्षा में सम्मिलित हो गया, और पहले ही प्रयास में एम.बी.बी.एस. में दाखिला भी हो गया। इधर पटवारी लाल जी ने चौथी नतिनी का विवाह भी सम्पन्न कर दिया। विपिन, लगभग प्रतिदिन ही ससुराल आ जाता। मास्टर त्रिलोक रंजन पुनः ट्यूशन पढ़ाना प्रारम्भ कर दिये थे, क्योंकि पत्नी से सम्बन्ध केवल भोजन तक ही था। पत्नी भी मास्टर साहब को अब मजाक में बुढ़ऊ तक कह देती थी। मास्टर त्रिलोक रंजन अपनी बेबसी पर चुप ही रहते। शाम को विपिन आ जाता, और सासू माँ के कमरे में बैठा रहता। कभी-कभार पत्नी के साथ आता, तो रात्रि विश्राम भी कर लेता।

समय बीता। पटवारी लाल जी स्वर्ग सिधार गये, और सबलोक रंजन भी एम.बी.बी.एस. के बाद परास्नातक एम.डी., फिजोयोलॉजी में दाखिला ले लिया। उसी वर्ष मास्टर त्रिलोक रंजन भी रिटायर हो गये। मास्टर त्रिलोक रंजन की एक पुत्री थी, जो सबलोक रंजन से आठ वर्ष छोटी थी; उसका नाम सतरूपा था।

एम.डी. फिजियोलोजी से पास करने के बाद डॉ. सबलोक रंजन शहर के ही मध्य में अपनी क्लीनिक खोल लिए। एक वर्ष बाद डॉ. सबलोक रंजन सरकारी नौकरी भी पा गये। दादा के गुण नाती में भी थे। जुगाड़ से पोस्टिंग एक ऐसे वीरान गाँव में करा लिए, जिसके बारे में लोगों को यह भी पता नहीं था कि यहाँ पर सरकारी अस्पताल भी है। डॉ. सबलोक रंजन, हफ्ते में दो दिन ही अस्पताल जाते। अस्पताल एक किराए के मकान में चलता था। चूँकि गाँव के प्रधान से तारतम्य नहीं बैठ पा रहा था, इसलिए अस्पताल को प्रधान जी के घर ही पर स्थानान्तरित करवा दिया; जिससे प्रधान जी को भी पारितोषिक मिल गया, और डॉ. सबलोक रंजन भी हफ्ते में एक दिन जाने लगे और अपनी क्लीनिक पर समय देने लगे। शहर मे उनकी क्लीनिक के पास ही पटवारी लाल जी द्वारा अर्जित एक भवन भी था।

शहर में एम.डी. (मेडिसिन) की डिमाण्ड अधिक थी, इसलिए डॉ. सबलोक रंजन ने अपनी एम.डी. (फिजियोलाजी) से फिजियोलाजी शब्द मिटवा दिया, और केवल एम.बी.बी.एस., एम.डी. लिखने लगे, जिससे लोग उन्हें जनरल भाषा में एम.डी. डाक्टर ही कहें।

समय बीता। डॉ. सबलोक, कमाने के नये आविष्कारों की खोज करने लगे। एक सजातीय डॉक्टर मित्र ने उन्हें दिल्ली से अल्ट्रासाउण्ड की छह महीने वाली ट्रेनिंग करने का सुझाव दे दिया। यह एक ऐसी ट्रेनिंग थी, जिसको होम्यौपैथ, आयुर्वेद और यूनानी

डॉक्टर भी कर लेते थे, और अल्ट्रासाउण्ड करने लगते। डॉ. सबलोक को यह बात जम गई, और प्रधान जी को सूचित करके दिल्ली निकल गये। लौटकर आए, तो अल्ट्रासाउण्ड सेन्टर भी डाल दिये; नाम था, सुलभ डायनोस्टिक सेन्टर।

इसी बीच, मास्टर त्रिलोक ने पुत्र का विवाह निश्चित कर दिया; एक धनाढ्य प्रतिष्ठित परिवार की लड़की से, जो अति सुन्दर थी। डॉ. सबलोक, इस वैभव के आकर्षण में फँस गये, और विवाह भी हो गया। ससुर जी ने शहर के मध्य में भी एक मकान बनवा रखा था, जिसे उन्होंने अपनी बिटिया को दान दे दिया। डॉ. सबलोक का पूरा सिस्टम ही उसमें शिफ्ट हो गया।

डॉ. सबलोक को, पैसा कमाने का गुण विरासत में मिला था। डॉ. सबलोक गम्भीर और मृदुभाषी व्यक्ति थे। धीमे स्वर में बात करते थे। हँसते तो बस वे कभी-कभार, वो भी इतना ही, कि मूँछों के नीचे से थोड़े दाँत भर दिख जाएँ। क्रोध पर नियन्त्रण तो उनको विरासत में मिला था। मास्टर त्रिलोक की दूसरी पत्नी ने जितना तिरस्कृत उन्हें किया था, उस पर तो व्यक्ति संन्यासी बन जाता; परन्तु त्रिलोक जी न तो जीवन भर कभी क्रोध किये, और न ही संन्यास का विचार लाए।

डॉ. सबलोक जी ने सुलभ डायग्नोस्टिक का कार्ड छपवा लिया, और एक पी.आर.ओ. लड़का रख लिया; और पी.आर.ओ. को कार्ड के साथ एक अल्ट्रासाउण्ड केस पर सौ रुपया कमीशन का न्यौता बँटवाने लगे। पी.आर.ओ को सख्त हिदायत थी, कि वह शहर के डॉक्टरों को नहीं पकड़ेगा। वह ग्रामीण क्षेत्रों में ही भ्रमण करने लगा। दीपावली पर, सभी डॉक्टरों, मेडिकल स्टोरों पर आधा-आधा किलो लड्डू भी बँटवा दिया। डॉक्टरों का कमीशन समय से पहुँचा दिया जाता था। यदि महीने भर में किसी डाक्टर का एक ही केस है, तो भी उसका कमीशन पहुँचा दिया जाता था, और

खाली समय में डॉ. सबलोक, सभी डॉक्टरों से मोबाइल पर कुशल मंगल पूछते रहते।

एक दिन डॉ. सबलोक रंजन अपने सरकारी अस्पताल पहुँचे, तो प्रधान जी मिल गये। प्रधान जी हाथ में एक रसीद लिए हुए थे। डॉ. सबलोक रंजन ने भी अपने बैग के अन्दर से सुलभ डाइग्नोस्टिक का कार्ड निकाल लिया, और प्रधान जी को बीस कार्ड देते हुए पूरा सिस्टम बता गये। प्रधान जी की तलवार मूँछें अब फड़फड़ाने लगी थीं, तभी उन्हें अपनी रसीद का खयाल आया, तो प्रधान जी ने डॉ. सबलोक जी से मन्दिर निर्माण में सहयोग करने को कह दिया। डॉ. सबलोक जी ने भी पाँच सौ की नोट प्रधान जी को देते हुए रसीद काटने से मना कर दिये। बातों ही बातों में प्रधान जी ने उन्हें रविवार को शहर के टाउन हॉल मैदान के प्रधान संघ की बैठक के विषय में अवगत करा दिया। फिर क्या था... डॉ. सबलोक, रविवार को सुबह दस बजे ही दस बोतल ठण्ढा, दस पैकेट नमकीन, और प्लास्टिक के गिलास आदि के साथ टाउन हॉल मैदान पर पहुँच गये, साथ में थी पी.आर. को ले लिया था।

मैदान में, पूर्व परिचित प्रधान जी मिल गये, और डॉ. साहब का सभी प्रधानों से परिचय कराने लगे। पी.आर. ओ., गाड़ी के अन्दर से ठण्ढा और नमकीन निकालकर सभी लोगों को परोसने लगा। इधर प्रधान जी डॉ. सबलोक को प्रधान संघ के अध्यक्ष के पास ले गये, और हँसी ठहाकों के बीच विधिवत् परिचय कराया गया।

सभी लोगों को जलपान कराने के बाद, डॉ. सबलोक जी ने अपने हाथों से सुलभ डाइग्नोस्टिक सेन्टर का कार्ड, सभी प्रधान बन्धुओं को बाँट दिया, और पूर्ण सहयोग की अपेक्षा भी जाहिर कर दिये। इसके बाद सभी प्रधान बन्धुओं को हाथ जोड़कर प्रणाम करते हुए विदा लिए।

डॉ. सबलोक रंजन, धैर्यवान और मृदुभाषी व्यक्ति थे; उन्हें स्वार्थ के बिन्दुओं की विशेष पहचान थी। आज उन्होंने प्रधानों के एक ऐसे समूह में हाथ डाला था, जिसमें शायद ही किसी डॉक्टर ने पैठ बनाने की सोच रखी हो... काम आगे बढ़ गया।

एक दिन प्रधान संघ के अध्यक्ष, दो बी.डी.सी. सदस्यों के साथ आए; साथ में दोनों बी.डी.सी. सदस्यों की गर्भवती पत्नियाँ भी थीं। डॉ. सबलोक रंजन ने मंशा को तुरन्त भाँप लिया, और दुआ-सलाम के तुरन्त बाद दोनों स्त्रियों को पानी पिलवा दिया और बैठने के लिए कह दिया। तभी चाय आ गयी। प्रधान जी, और दोनों बी.डी.सी सदस्य चाय पीने लगे, और डॉ. सबलोक रंजन दोनों स्त्रियों का अल्ट्रासाउण्ड करने अन्दर कमरे में चले गये। आधे घंटे के बाद दोनों स्त्रियाँ बाहर आ गयीं, और डॉ. रंजन भी।

डॉ. सबलोक रंजन, दोनों रिपोर्ट भी साथ मे लेकर आए थे। रिपोर्ट को अच्छा बताते हुए प्रधान जी को सौंप दिया। प्रधान जी ने पाकेट से एक हजार की नोट निकाला ही था, कि डॉ. सबलोक ने उनके हाथ को पकड़ लिया, और क्षमा मुद्रा में फीस लेने से मना कर दिये, और भविष्य में सहयोग बनाए रखने की अपील करते रहे। प्रधान जी किंकर्तव्यविमूढ़, कृतज्ञ मुद्रा में विदा लिए।

समय आगे बढ़ा। प्रधानों का सहयोग बढ़ता गया, और सबलोक रंजन की व्यस्तता भी। अब तो जो प्रधान महीने भर में पाँच केस भेज देता, उसे कमीशन भी पहुँचा दिया जाता था। प्रधानों ने भी दस-बीस केस तक भिजवाना प्रारम्भ कर दिया। यश फैलता गया; व्यस्तता और धन दोनों बढ़ता गया, सो अब हॉस्पिटल खोलने की इच्छा कुलाँचें मारने लगी। जिस स्थान पर उनका सुलभ डाइग्नोसिक सेन्टर था, वह मकान भी बड़ा था, सो उसमें हॉस्पिटल की स्थापना की जा सकती थी।

डॉ. सबलोक, शहर के कुछ घुमक्कड़ सर्जन डाक्टरों से

सम्पर्क साधने लगे। (घुमक्कड़ सर्जन डाक्टर का अर्थ वे डॉक्टर, जो सर्जन की डिग्री रखते हों, परन्तु घूम-घूमकर विभिन्न हॉस्पिटल में ऑपरेशन, एक निश्चित पारिश्रमिक पर करते हों।) डॉ. सबलोक को एक सर्जन, डॉ. करण मिल गये; साथ में पढ़े-लिखे कुछ अन्य डॉक्टरों से सम्पर्क किये, तो नाक, कान, गला विशेषज्ञ भी मिल गये और स्वयं तो वे सभी के बाद थे ही... एम.डी.।

हॉस्पिटल के लिए कई प्रकार की औपचारिकताएँ पूरी करनी पड़ती हैं; जैसे, एक रजिस्टर्ड एम.बी.बी.एस डॉक्टर के नाम से अस्पताल का लाइसेंस प्राप्त किया जा सकता है। डॉ. सबलोक रंजन ने सरकारी नौकरी से त्याग-पत्र दे दिया, और अपने ही नाम से सुलभ हॉस्पिटल का रजिस्ट्रेशन करा लिया। सभी पूर्व परिचित स्रोतों को इस नये प्रतिष्ठान के विषय में अवगत करा दिया गया। डॉ. सबलोक रंजन का प्रबन्धन भी बहुत जोरदार था। शाम को वे सभी डॉ. बन्धुओं और स्टाफ के साथ शराब अवश्य पीते थे... अन्तर थोड़ा सा रखते थे; जैसे एक केबिन में डॉ. बन्धु बैठते, और ठीक बगल वाले केबिन में स्टाफ... थोड़ा सा आड़ चाहिए ही, समय बीता तो वहाँ पर नियुक्त दो महिला दाई भी शाम को शराब पीने लगी थीं।

शराब बहुत काम की चीज होती है। स्टाफ का कार्यकाल दो शिफ़्टों में होता था। पहली शिफ्ट सुबह आठ बजे से शाम पाँच बजे तक, और दूसरी शिफ्ट पाँच बजे से सुबह आठ बजे तक। शाम वाली शिफ्ट में शराब आसानी से मिल जाती, परन्तु दिन के शिफ्ट वाले मारे जाते; क्योंकि डॉ. सबलोक रंजन शराब रात आठ बजे के बाद ही बाँटते थे, और उसके बाद वे घर चले जाते। दिन वाला स्टाफ भी आठ बजे तक रुका रहता। डॉ. सबलोक की एक खासियत थी कि वे कभी भी किसी स्टाफ पर नाराज नहीं होते, और रात में जितने भी स्टाफ उपस्थित होते, वे सभी के लिए भरपूर शराब की व्यवस्था रखते; सो स्टाफ उनका दीवाना था। स्टाफ को प्रसन्न

रखना किसी भी संस्था या संगठन के लिए अपरिहार्य होता है, ये बात वह भली-भाँति जानते थे। उन्होंने डॉक्टर्स बनाम स्टाफ की क्रिकेट टीम भी बना दिया, और रविवार को क्रिकेट मैच का आयोजन भी रख देते थे। कभी-कभार मुर्गे और दारू का भी आयोजन अस्पताल की छत पर रख देते थे, और सभी लोग छत पर दरी बिछाकर एक साथ भोजन करते; इससे समाजवाद स्थापित हो जाता था।

डॉ. सबलोक रंजन की कीर्ति दिन ब दिन बढ़ती ही गयी। देहात क्षेत्र का कोई डॉक्टर, केमिस्ट, ग्राम प्रधान, बी.डी.सी. सदस्य आदि सभी लोग मरीज भेज रहे थे। डॉ. सबलोक भी सभी लोगों को प्रत्येक महीने नियमित पुरस्कृत भी करते रहते। पुरस्कार की राशि भी व्यवसाय के लाभ के अनुसार निर्धारित होती थी।

एक दिन सुलभ हास्पिटल पर हंगामे की स्थिति पैदा हो गयी। हुआ यों कि दो बंगाली डॉक्टर, डॉ. सबलोक के पास उलाहना लेकर आए थे, कि आपका पी.आर.ओ. हमारे कस्बे में जाता है, और सभी मेडिकल स्टोर पर तो मिलता है, परन्तु हमारे पास नहीं आता है। उन बंगाली डाक्टर की यह भी शिकायत थी, कि उनके तीन ऑपरेशन के मरीजों को कस्बे का मेडिकल स्टोर वाला और आपका पी.आर.ओ., बहकाकर आपके पास भेज दिया है, और उसका कमीशन दोनों मिलकर बाँट लिया है।

डॉ. सबलोक, संयोग से हॉस्पिटल पर उपस्थित थे। उन्होंने बात की गम्भीरता को समझते हुए, तुरन्त बाहर आकर उन दो बंगाली डॉक्टरों को अपने चैम्बर में ले आए, और कुशल क्षेम पूछने की मुद्रा में फ्रिज से ठण्ढा पेश कर दिया। बंगाली डॉक्टर भी अपनी उत्तेजना को शान्त करते हुए अपनी सारी बात पुनः बोलने लगे। डॉ. सबलोक, बड़े हृदय के आदमी थे, सो बंगाली डाक्टरों की सभी बातों को अक्षरशः मान लिया, और बंगाली डाक्टरों से उन तीनों

मरीजों का डिटेल माँगा, जो ऑपरेशन करा लिए थे। बंगाली डाक्टरों ने नाम के साथ गाँव का भी पता बता दिया।

डॉ. सबलोक ने महीना पूछा, और पुराना रजिस्टर मँगवा लिया। बंगाली डॉक्टरों की बात सत्य निकली। तीनों मरीजों के नाम सही थे, गाँव भी सही था, और कमीशन भी सबसे अधिक तीस प्रतिशत गया था। डॉ. सबलोक अपनी कुर्सी पर से उठे, और अपने चैम्बर का दरवाजा बन्द कर दिये। बंगाली डॉक्टर कुछ समझ पाते, उसके पहले ही डॉ. सबलोक अपनी कुर्सी पर बैठ गये, और अपने पर्स को निकालकर उसमें से एक एक हजार के आठ नोट निकालकर बंगाली डॉक्टरों की ओर बढ़ाते हुए बोले, कि डॉक्टर साहब जी, आप लोग आपस में समझ लीजिएगा।

दोनों बंगाली डॉक्टर अपनी बत्तीसी बाहर करते हुए बोले - "आप कभी हमारे दवाखाना पर आइए न, आपका बहोत भला होगा; हम लोग आपका सारे चाँदसी से परिचय करा देंगे।" फिर शहर के प्रतिष्ठित डाक्टरों का नाम गिनाते हुए बोले, कि ये लोग भी हम ही लोगों के सर्पोट से यहाँ तक पहुँचे हैं। इसके बाद वे दोनों चले गये। आज डॉ. सबलोक को अपनी गलती का एहसास हो रहा था। आखिर इतना बड़ा सेगमेन्ट कैसे छूट गया? इसी मन्थन में अभी वे पड़े थे, कि कुरी गाँव के प्रधान जी, तीन महिला मरीजों के साथ आ गये।

दूसरे दिन सबलोक रंजन ने अपने सबसे विश्वासपात्र स्टाफ, जिसको उन्होंने मैनेजर का ओहदा दे रखा था, उसको बुलाया। उसका नाम भोले था। भोले का पिछला रिकार्ड बदमाशी लाइन से था, और एक दिन डॉ. सबलोक रंजन ने उसके कमर में खोंसा हुआ कट्टा भी देख लिया था। बस उसी दिन से मन ही मन उसका प्रमोशन कर दिये थे।

भोले को साथ लेकर वे शाम को चार बजे ग्रामीण क्षेत्र के

भ्रमण पर निकले। सबसे पहले वे उन्हीं बंगाली डॉक्टरों के पास पहुँचे, जिनको उन्होंने पिछले दिनों कमीशन दिया था। बंगाली डॉक्टर एक कस्बे में थोड़ी दूर पर प्रैक्टिस करते थे, सो दोनों से एक जगह मुलाकात हो गयी, और कुशल क्षेत्र के बाद माहौल हँसी-ठहाकों में तब्दील हो गया, और फिर डॉ. सबलोक रंजन उन दोनों को भी गाड़ी में बिठाकर अन्य चाँदसी दवाखाना वालों से मिलने निकल पड़े।

दोनों बंगाली डॉक्टर आज बहुत उत्साहित थे; सो सबसे पहले उन्होंने अपने गुरुभाई डॉ. पी.के विश्वास से मिलने का निश्चय किया, ओर वे उनके क्लीनिक पर पहुँच गये। डॉ. पी.के विश्वास ने भी डॉ. सबलोक रंजन और अपने दोनों अनुज चेलों का गर्मजोशी से स्वागत किया। उनकी काली और मोटी औरत भी उनके टेबुल के बगल में बैठी थी। दोनों अनुज डॉक्टरों ने उसका भी चरण स्पर्श किया और वे अन्दर चली गयी।

डॉ. सबलोक रंजन का परिचय कराते हुए, दोनों अनुज बंगाली डॉक्टर, सुलभ हॉस्पिटल का पता बताने लगे। तभी भोले ने ढेर सारे कार्ड, जिन पर सुलभ हॉस्पिटल की विशेषता लिखी थी, और उस कार्ड के पीछे हॉस्पिटल पर पहुँचने का नक्शा बना था, डॉ. पी.के. विश्वास के टेबल पर रख दिया। वैसे तो डॉ. विश्वास की पूरी क्लीनिक विभिन्न हॉस्पिटल के छोटे-बड़े पोस्टरों से अटी पड़ी थी, और टेबुल के किनारे रैक में विभिन्न प्रकार के कार्ड पड़े थे, जो हॉस्पिटल, पैथालॉजी, डाइग्नोस्टिक सेन्टर आदि के थे। देखने से ही पता चलता था कि यह भाई, गुरु की भूमिका में है।

तभी एक लड़का, जो गन्दी बनियान ओर गमछा लपेटे हुए था, एक हाथ में अखबार में रखा केले की पकौड़ी, और प्लास्टिक का कप लिए, और दूसरे हाथ में चाय की केतली लिए आ गया, और सभी लोगों को चाय देने लगा। तभी डॉ. पी0के0 विश्वास ने

डॉ. सबलोक से पानी के लिए पूछा, तो डॉ. सबलोक ने मना कर दिया। डॉ. पी.के. विश्वास की नजर पकौड़ी पर पड़ गयी, और नाराजगी भरे स्वर में लड़के से पूछ बैठे - "चटनी कहाँ है?" लड़के ने उत्तर दिया - "ला रहे हैं।" तभी उस लड़के की छोटी बहन प्लास्टिक की प्लेट में चटनी लेकर आ गयी।

डॉ. सबलोक रंजन ने एहतियात बरतते हुए चाय तो पी लिया, परन्तु बंगाली डॉक्टरों के लाख आग्रह के बावजूद, वे पकौड़ी को हाथ भी नहीं लगाए, और पूरा अखबार, पकौड़ी सहित भोले की ओर सरका दिया। भोले ने तो खींचकर खाया।

डॉ. पी.के. विश्वास ने अब अपने सम्मान में कसीदे पढ़ना प्रारम्भ कर दिया था; जैसे, चाँदसी सभा की वे पिछले बीस वर्षों से अध्यक्षता सँभाल रहे थे, परन्तु इस वर्ष उन्होंने अपने एक चेले को ही अध्यक्षता दे दिया है। डॉ. के इस कथन को सुनने के बाद, डॉ. सबलोक रंजन उत्कण्ठा को रोक नहीं पाए, और पूछ बैठे कि आप लोगों की मीटिंग कब होती है?

डॉ. पी.के. विश्वास बोले - "कभी भी... जब कोई शहर का डॉक्टर हॉस्पिटल खोलता है, या जब चाहता है तो मीटिंग हो जाती है। इसी क्रम में वे एक प्रकरण सुनाने लगे - "डॉ. साहब! (डॉ. सबलोक को दिखाते हुए) यह बेंच देख रहे है? इस पर शहर के लगभग सभी डाक्टर चूतड़ घिस चुके हैं, और सभी ने चाँदसी को सम्मान दिया है; जिसने भी थोड़ा भी इधर-उधर किया, उसका पत्ता साफ।"

इस कथन की व्याख्या समझने के बाद, डॉ. सबलोक रंजन कुर्सी पर से उठ गये, और भोले को कार में से मिठाई का डिब्बा लाने के लिए कहा। भोले, तुरन्त तीन डिब्बा मिठाई लाया, और तीनों बंगाली डॉक्टरों को लाकर दे दिया। इसके बाद मीटिंग की डेट निश्चित करने की बात कहकर डॉ. सबलोक, दोनों अनुज

बंगाली डॉक्टरों के साथ गाड़ी में बैठ गये, और दोनों डॉक्टरों को छोड़ते हुए रात आठ बजे हॉस्पिटल पर आ गये।

सभी डॉ. बन्धु और स्टाफ उन्हीं की प्रतीक्षा कर रहे थे, जैसे भगवान कृष्ण के आगमन की प्रतीक्षा उदास गोपियाँ। भगवान कृष्ण कभी भी वृन्दावन लौटकर नहीं आए, परन्तु डॉ. सबलोक वापस टाइम पर आ गये थे, सो हॉस्पिटल मधुरस की बदबू रूपी गन्ध से भर गया। डॉ. सबलोक रंजन, आज की यात्रा की सफलता का आकलन नहीं कर पा रहे थे। आज उनका अन्तःकरण उन्हें बार-बार धिक्कार रहा था, कि इतना पढ़-लिखकर भी तुम गँवारों से बेइज्जत हो रहे हो; परन्तु दिमाग समझा रहा था, कि मित्र, यह तो सभी कर रहे हैं, और आगे बढ़ने के लिए तो इतने छोटे-छोटे अपमान सहने ही पड़ेंगे। इसी उधेड़बुन में डॉ. सबलोक रंजन आज थोड़ी ज्यादा पी लिए। दारू इस कदर हावी हो गयी, कि वे नशे में स्वयं को गाली दे रहे थे। साथी डॉ. मित्रों ने स्थिति की नजाकत को समझते हुए उन्हें तुरन्त गाड़ी में लादा और उनके घर पहुँचा दिया। पत्नी लाख पूछती रह गयी कि क्या हुआ, परन्तु मित्रों ने बस इतना भर कहा- "थोड़ा ज्यादा हो गया है।"

दूसरे दिन जब डॉ. सबलोक रंजन नहा-धोकर नाश्ते के लिए बैठने जा रहे थे, तभी भोले घर पर ही आ गया। डॉ. सबलोक ने उसके आने का कारण पूछा, तो पता चला कि डॉ. विश्वास एक मरीज के साथ हॉस्पिटल पर आए हुए हैं, इसलिए मैं आपकी गाड़ी लेकर आ गया। डॉ. सबलोक रंजन फटाफट नाश्ता करके भोले के साथ गाड़ी में बैठ गये। डॉ. सबलोक का दिमाग काम करने लगा था। हॉस्पिटल पर पहुँचते ही वे डॉ. विश्वास के साथ चाँदसी डॉक्टरों के मीटिंग की डेट फाइनल करने में लग गये।

हॉस्पिटल में भोले का कद बढ़ने लगा था। एक दिन एक घटना घट गयी। हुआ यों कि एक बुजुर्ग आदमी का पथरी का

ऑपरेशन हुआ। उसको भेजने वाला डॉक्टर अपना कमीशन भी ले जा चुका था। मरीज के परिजनों से पाँच हजार एडवांस जमा कराया गया था। सामान्यतः सुलभ हास्पिटल में ऐसा ही होता था, परन्तु इस केस में अप्रत्याशित घटना घट गयी। उस बुजुर्ग के परिजन पाँच दिनों तक तो आते-जाते रहे। सातवें दिन स्टिच कटता था। उसके बाद पूरा पैसा देकर डिस्चार्ज कराना था; परन्तु छठवें दिन से केवल एक व्यक्ति ही बुजुर्ग के पास आता था, वह भी केवल खाना देने। सातवें दिन उस बुजुर्ग का पूरा बिल बन गया, और उस बुजुर्ग से पेमेन्ट के लिए कहा गया, परन्तु बुजुर्ग बेचारगी बताता रहा। रजिस्टर में दर्ज मोबाइल नम्बर को मिलाया गया, परन्तु टूँ-टूँ की आवाज के साथ फोन कट गया। भोले ने बुजुर्ग मरीज से दूसरा नम्बर माँगा, तो उसने झोले में से एक कागज का टुकड़ा दिया। उस पर एक मोबाइल नम्बर एवं नाम (किशन जी) लिखा था। तहकीकात के बाद पता चला कि यह नम्बर उसके सबसे छोटे बेटे किशन का है, जो कोलाबा मुम्बई में जूस की दुकान चलाता है। तुरन्त किशन जी को फोन लगाया गया। फोन उठ गया। सभी वृत्तान्त सुनने के बाद किशन ने पैसा भेजने में असमर्थता प्रकट कर दिया, और साथ ही यह भी कह दिया कि हमें अपने बाप से कोई मतलब नहीं है, इसलिए कृपा करके मुझे फोन न करें।

अब भोले कुछ समझ नहीं पा रहा था। बात, करते कराते डॉ. सबलोक तक पहुँच गयी। उन्होंने तुरन्त मरीज भेजने वाले डॉक्टर से कॉन्टैक्ट किया। डॉक्टर ने आश्वासन दिया कि कल सुबह मैं मरीज के परिजनों के साथ आऊँगा और पूरा पेमेन्ट हो जाएगा। इस आश्वासन के बाद हॉस्पिटल में व्याप्त तनाव समाप्त हो गया। शाम को पूर्व की भाँति पूरा हॉस्पिटल स्टाफ शराब के नशे में मस्त हो गया। दूसरे दिन जब दिन का कार्य सँभालने वाले स्टाफ ने पाँच नम्बर बेड के मरीज की बात रात वाले स्टाफ से पूछा, तो पूरा हॉस्पिटल सन्न रह गया। पाँच नम्बर बेड वाला बुजुर्ग मरीज गायब

था। पूरे हास्पिटल में अफरा-तफरी मच गयी। हुआ यह था, कि वार्ड की ड्यूटी वाला व्यक्ति सुबह चार बजे सोने चला गया, और तभी बुजुर्ग मरीज टहलता हुआ हॉस्पिटल के बाहर आ गया, और अपने घर चला गया।

दस बजे जब डा0 सबलोक रंजन आए, तो उन्हें पूरी जानकारी दी गयी। वे शान्त रहे, और मरीज भेजने वाले डॉक्टर का इन्तजार करते रहे। शाम को पाँच बज गये तो तब डॉ. सबलोक रंजन ने डॉक्टर को फोन मिलाया, तो उधर से आवाज आयी- "हाँ डॉ. साहब! मरीज तो डिस्चार्ज कराके घर आ गया है; मैं उसके घर गया था, मरीज बिलकुल ठीक है, इसलिए मैं नहीं आया। "डॉ. सबलोक रंजन ने फोन काट दिया।

दूसरे दिन डॉ. सबलोक रंजन ने, भोले से इस विषय पर मन्त्रणा किया, और भोले ने उसके गाँव जाकर पैसा वसूलने का विचार रखा। डॉ. सबलोक रंजन ने हथियार न इस्तेमाल करने की हिदायत के साथ भोले को उसके गाँव जाने की इजाजत दे दिया। भोले, स्टाफ के ही तीन लोगों के साथ डॉ. सबलोक रंजन की गाड़ी में बैठकर तीसरे दिन बुजुर्ग मरीज द्वारा लिखवाए गये पते पर रवाना हो गया। भोले, गाँव पहुँचकर बुजुर्ग का नाम पूछा, तो एक लड़के ने उसको बुजुर्ग के घर पर पहुँचा दिया। बुजुर्ग एक प्लास्टिक की कुर्सी पर बैठकर पेपर पढ़ रहा था। जब भोले ने उसको प्रणाम किया, तो बुजुर्ग अवाक् रह गया। तभी उसका बड़ा लड़का घर के अन्दर से आ गया और भोले पर बरस पड़ा। भोले भी चिल्ला-चिल्लाकर बोलने लगा, कि बिना पैसा दिये हॉस्पिटल से भाग आए हो, पैसा तो हम लेकर ही जाएँगे।

बुजुर्ग भी चिल्लाकर बोला- "तुम लोग टाइम पर टाँका नहीं काटोगे, तो कोई वहाँ मरेगा।" सातवें दिन जब टाँका कटना था तो तुम लोग पैसे के लिए मेरा टाँका नहीं काट रहे थे, तो हम क्या

करते... घर आ गये और सरकारी अस्पताल के कम्पाउण्डर से टाँका कटवा लिए। इस बात पर तो भोले और आगबबूला हो गया, और गाली-गलौच पर उतर आया। फिर क्या था। गाँव इकट्ठा हो गया, और भोले और उसके तीनों गुर्गों की जमकर धुनाई हुई, और गाड़ी का शीशा भी तोड़ दिया गया। भोले और उसके साथियों को जान बचाकर भागना पड़ा। किसी तरह अँधेरा होने पर, भोले स्वयं गाड़ी चलाता हुआ हॉस्पिटल पहुँचा, क्योंकि ड्राइवर का तो शायद हाथ टूट गया था।

डॉ. सबलोक बेसब्री से भोले की प्रतीक्षा कर रहे थे, परन्तु अपनी गाड़ी की दशा को देखते ही स्थिति की नजाकत को समझ गये, और सभी स्टाफ को गाड़ी से लोगों को बाहर लाने का आदेश देने लगे। तभी दो सर्जन डॉक्टर भी आ गये और पूछ बैठे- "गाड़ी को क्या हो गया?"

डॉ. सबलोक रंजन झुँझलाए हुए बोले- "चलिए डाक्टर साहब, अन्दर चलिए; साले दारू पीकर गाड़ी चलाएँगे तो यही होगा।" खैर, डॉ. सबलोक रंजन ने स्वयं ही अपने हाथों से सभी की मरहम-पट्टी किया; टाँका भी मारना पड़ा; वह भी डॉ. सबलोक ने स्वयं ही किया, क्योंकि घटना की गम्भीरता को स्वयं तक ही सीमित रखना था।

इस घटना के बाद डॉ सबलोक रंजन ने एक बदलाव कर दिया। अब डॉक्टर का कमीशन मरीज के डिस्चार्ज के बाद दिया जाने लगा। सबसे अधिक चोट भोले को आयी थी। इसी सन्दर्भ में भोले की पत्नी डॉ. सबलोक रंजन के घर भी गयी थी, और डॉ. सबलोक रंजन ने उसकी खुशामदी में पाँच हजार रुपया भी दिया था।

दस दिनों के बाद भोले अस्पताल पर वापस आ गया था। डॉ. सबलोक, भोले के वापस आ जाने से थोड़े निश्चिंत लग रहे थे,

इसलिए चाँदसी डॉक्टरों (बंगाली डॉक्टरों) की लिस्ट तैयार करने लगे थे। निश्चित दिन वे स्वयं ही भोले को साथ लेकर डॉ. पी0के0 विश्वास के पास गये। वहाँ पर पता चला कि डॉ. पी0के0 विश्वास की पत्नी भी डॉक्टर हैं, और अबॉर्शन और डी.एन. सी का केस खूब करती हैं। उनकी कमांड डॉ. पी.के. विश्वास से अधिक है।

डॉ. सबलोक रंजन, डॉ. पी.के. विश्वास को गाड़ी में साथ लेकर तमाम बंगाली डॉक्टरों से मिलने निकल पड़े। मिलते-मिलाते शाम हो गयी, तो डॉ. पी.के. विश्वास को वापस उनके घर छोड़ते हुए सुलभ हॉस्पिटल वापस लौट आए; हाँ, चलते समय डॉ. पी.के. विश्वास, पत्नी द्वारा बनाई हुई मछली की पकौड़ी देते हुए, शेष बचे निमन्त्रण पत्र को अपने पास रख लिए, इस आश्वासन के साथ कि मीटिंग के दिन सब लोग पहुँचेगा।

निश्चित दिन मीटिंग प्रारम्भ हुई। सभी बंगाली डॉक्टर इकटठे होने लगे। डॉ. सबलोक रंजन ने नाश्ते में रसगुल्ला, नमकीन और ठण्डा रखवाया था, सो बंगाली डॉक्टर नाश्ता पाकर स्थिर हो जाते थे। उसके बाद भोजन का कार्यक्रम था। उन्होंने स्टेनलेस स्टील की थालियाँ और कटोरियाँ मँगवाया था। बंगाली डॉक्टरों को थाली और दो कटोरी दे दी गयी। उनको उसी में भोजन करना था, और वे उसको साथ ले भी जा सकते थे। सो बंगाली डाक्टर उसी थाली में भोजन किये, और स्वयं थाली, कटोरी साफ करके अपने मोटर साइकिल की डिक्की में रखते चले गये। सब कुछ ठीक-ठाक चल रहा था, परन्तु एक बुजुर्ग बंगाली डॉक्टर थोड़े नाराजगी भरे लहजे में डॉ. सबलोक रंजन को उलाहना देने लगे, कि डॉ. साहब आपने गिलास बकाया लगा दिया है।

डॉ. सबलोक रंजन, अपनी घनी मूछों के नीचे से बस दो दाँत ही दिखा पाए थे, कि भोले तुरन्त बोल पड़ा- ''डॉ. साहब, गिलास भी आया था...।'' सो सभी बंगाली डाक्टरों को एक-एक गिलास

भी दे दिया गया। सभा समाप्त हो गयी। डॉ. सबलोक रंजन की एक सगी बहन भी थी, जिसका नाम सतरूपा था, और वो डॉ. सबलोक रंजन से आठ वर्ष छोटी थी। उनके पिताजी सतरूपा के विवाह के लिए एक एम.एम.बी.एस अन्तिम वर्ष के छात्र से बात चला चुके थे। सो डॉ. सबलोक रंजन के प्रयास से सतरूपा का विवाह भी हो गया। डॉ. सतरूपा के पति का नाम डॉ. राज किशोर था।

विवाह के बाद डॉ. राजकिशोर को डॉ. सबलोक रंजन का सान्निध्य मिल गया था, और डॉ. सबलोक रंजन भी डॉ. राज किशोर में भविष्य की संभावनाओं को देखने लगे थे। डॉ. राज किशोर का इन्टर्नशिप प्रारम्भ हो गया था। हॉस्पिटल से छुटटी मिलने के बाद वह सुलभ हॉस्पिटल आ जाता था। डॉ. सबलोक रंजन भी उसे हॉस्पिटल में व्याप्त अच्छाइयों, बुराइयों नामक दोनों पहलुओं को समझाते। डॉक्टरी पेशे में किस विभाग का कितना महत्त्व होता है, इस तथ्य को भी वे भली-भाँति समझाते थे। डॉ. राज किशोर भी आदर्श विद्यार्थी की भाँति डॉ. सबलोक रंजन को साष्टांग प्रणाम करता, और लगभग नित्य आशीर्वाद लेता।

प्रथम वर्ष तो डॉ. राजकिशोर, पोस्ट ग्रेजुएट परीक्षा में अच्छा अंक नहीं ला सका, सो अच्छी ब्रांच भी नहीं मिल पायी। सबलोक रंजन के समझाने पर उसने दूसरे वर्ष पुनः पी.जी. परीक्षा देने का निश्चय कर लिया। डॉ. सबलोक रंजन उसे जनरल सर्जरी में एडमिशन दिलवाना चाहते थे, सो दूसरे वर्ष डॉ. राजकिशोर ने जनरल सर्जरी ब्रान्च उठा लिया। डॉ. सबलोक रंजन, जनरल सर्जन के महात्म्य को भंली-भाँति समझते थे। मोटा पैसा वही कमाता है, और उसी के द्वारा कोई हास्पिटल, दौड़ सकता है। ईश्वर ने डॉ. सबलोक को वरदान दे ही दिया था।

डॉ. राजकिशोर अपनी पत्नी सतरूपा को भी साथ ही लेकर मेडिकल कॉलेज चले गये थे। पी.जी. हॉस्टल में अधिकांश लोग

पत्नी सहित रहते थे; कुछ एक लोगों के पास तो बच्चे भी थे। डॉ. राजकिशोर का पी.जी. कोर्स तीन वर्ष का था; सो तीसरे वर्ष जब डॉ. राजकिशोर, रक्षाबन्धन में पत्नी समेत घर आए तो डॉ. सबलोक रंजन ने बहन से राखी बँधवाई और नयी कार गिफ्ट कर दिया। समय बलवान होता है।

वर्ष भर बाद, डॉ. राजकिशोर सुलभ हॉस्पिटल के परमानेन्ट सर्जन हो गये थे। पुराने सर्जन बन्धु भी आते-जाते रहते थे, परन्तु प्रमुखता डॉ. राजकिशोर को ही दी जाती थी। व्यापार में कभी भी किसी को हमेशा के लिए खारिज नहीं किया जाता है; इस बात को डॉ. सबलोक रंजन भलि-भाँति समझते थे... सो सभी पुराने सम्बन्धों को जीवित रखना था।

डॉ. राजकिशोर ने भी सुलभ हॉस्टिपल में पूरा पैर जमा लिया था। मरीजों से तो वे अब स्वयं ही पैसा तय करने लगे थे। इस बात से डॉ. सबलोक रंजन थोड़े नाराज भी रहने लगे थे, परन्तु करते भी क्या; जीजा जो ठहरा... संकट मे भी काम आएगा... सो, मूकदर्शक बने रहे।

धनवर्षा प्रारम्भ हो चुकी थी। शाम के जलसे में डॉ. राजकिशोर भी सम्मिलित होने लगे। डॉ. राजकिशोर के ऊपर डॉक्टरी का नशा सवार हो गया था। डॉ. सबलोक रंजन, एक साल पहले थाइलैण्ड अकेले ही कांफ्रेंस में गये थे; ये बात डॉ. राजकिशोर को स्टाफ से मालूम चली तो थाईलैण्ड में कान्फ्रेंस के महात्म्य को समझने के लिए साथ गये डॉ. बन्धुओं से सम्पर्क साधा, तो पता चला कि थाइलैण्ड में पटाया एक शहर है, जहाँ सेक्स फ्री है... हर उम्र का माल है, मौज ही मौज है मित्र; साथ में दारू सिगरेट और...।

डॉ. राजकिशोर ने भी मेडिकल रिप्रजेंटेटिव बन्धुओं से थाइलैण्ड के कॉन्फ्रेंस के लिए जुगाड़ लगाना प्रारम्भ कर दिया। बात बन भी गयी, और पासपोर्ट बनवा लिए गये। डॉ. राजकिशोर के

मन में बात घर कर गयी थी। इसी क्रम में अपने मोहल्ले के बिल्डिंग मैटेरियल की दुकान वाले मेवालाल ने डॉ. राजकिशोर की उत्तेजना को दुगुना कर दिया। एक दिन डॉ. राजकिशोर, एक पुराना पेमेन्ट देने मेवालाल की दुकान पर चले गये। मेवालाल, डॉ. राज किशोर का बचपन का मित्र भी था, परन्तु आगे चलकर दोनों मित्रों की राह अलग हो गयी। अभी डॉ. राजकिशोर मित्र की दुकान पर बैठे ही थे, कि ए.सी.सी सीमेन्ट का डीलर आ गया, और मेवालाल उससे हँसते हुए पूछ बैठा- "क्यों भाई, इस साल कहाँ ले चल रहे हो?" डीलर हँसते हुए बोला, क्या अभी पटाया का बुखार उतरा नहीं है; भाभीजी से शिकायत करनी पड़ेगी।

मेवालाल ने डीलर को कुर्सी पर बिठाते हुए चाय का ऑर्डर दे दिया। मेवालाल, डॉ. राजकिशोर का परिचय डीलर से करा ही रहा था कि चाय आ गयी। चाय की चुस्कियों के बीच मेवालाल ने पटाया शहर का बखान प्रारम्भ किया। "डॉ. साहब! पटाया में वैरायटी की भरमार है; आप तो जानते ही हैं कि दुकानदार भाई कितने चालाक होते हैं; पटाया भी तीन दिन के भीतर ही सब कुछ छान मारा।"

पहले दिन हमलोगों को होटल के नीचे एक हॉल में ले जाया गया; उस हॉल के बीच में एक पारदर्शी शीशा लगा हुआ था। शीशे के उस पार लड़कियाँ खड़ी थीं, और सबके दाम की चिप्पी उनके शरीर पर लगी थी। हॉल में सभी प्रकार का पेय भी फ्री में था। हमारे भाई लोग लड़की छाँटने में देरी नहीं किये। सभी लड़कियाँ बुक हो गयीं। फिर क्या था, हंगामा हो गया। बाकी दुकानदार भाई लोग धरने पर बैठ गये। तभी ए.सी.सी कम्पनी का अधिकारी, जो साथ गया था, उसने तुरन्त सभी दुकानदार भाइयों के लिए और लड़कियों का इन्तजाम करवाया, तब जाकर हंगामा समाप्त हुआ हा...हा... हा।

डॉ. राजकिशोर अपने ओहदे को ध्यान में रखकर केवल मुस्कराकर रह गये, परन्तु पटाया की उत्कण्ठा हिलोरें मारने लगी थी, सो थोड़ी देर और बैठने का निश्चय कर लिया। मेवालाल पुनः प्रारम्भ हो गया- "जानते हैं डाक्टर साहब; वहाँ हर तरह की व्यवस्था है; यदि आपको बाहर से लड़की लानी है, तो भी आप ला सकते हैं... बस होटल वाला, चार्ज अलग से लेगा।

डॉ. राजकिशोर ने अपने मोबाइल को स्विच आफ कर दिया था। मेवालाल, डीलर की ओर देखकर बोला- "बन्धु, अन्तिम दिन तुम लोगों ने प्रोग्राम गड़बड़ रख दिया था... कौन जंगली जीव जन्तु देखने गया था, सारा मूड खराब हो गया था।"

दरअसल, अन्तिम दिन कम्पनी ने एक सफारी पार्क, सैर-सपाटा के लिए निर्धारित कर रखा था। पटाया के महात्म्य से अवगत होने के बाद डॉ. राजकिशोर ने अपने मोबाइल को ऑन कर दिया और मेवालाल से विदा ले लिए। अभी तक डॉ. राजकिशोर एक बिटिया के बाप बन चुके थे। सतरूपा के लिए तो वह पति परमेश्वर ही थे। छह महीने बाद सिप्ला कम्पनी ने डॉ. राजकिशोर के लिए थाइलैण्ड में कॉन्फ्रेंस का टिकट बुक करा दिया था। यह बात जब डॉ. सबलोक रंजन को पता लगी, तो उनका क्रोध चरम पर पहुँच गया, परन्तु करते भी क्या? पत्नी से भी नहीं कह सकते थे, और डॉ. राजकिशोर से भी नहीं; हाँ सतरूपा बहन को समझाया जा सकता था, सो डॉ. सबलोक रंजन एक दिन सुबह ही सतरूपा से मिलने पहुँच गये, और सतरूपा को समझाते हुए यह कह दिया कि राजकिशोर को बाहर अकेले जाने की आवश्यकता नहीं है; अभी तो प्रैक्टिस पर ध्यान लगाने की जरूरत है... और बिना राजकिशोर से मिले ही वापस चल दिये।

शाम को जब डॉ. राजकिशोर हॉस्पिटल पर पहुँचे, तो कुछ उखड़े-उखड़े से थे। डॉ. बन्धुओं ने पूछा, तो कुछ नहीं बोले, और

उस दिन शराब पीने के बाद बोले- ''साले अपने आपको समझते क्या हैं... हमारे घर में आग लगाते हैं, अपना घर सँभाले।'' अभी डॉ. राजकिशोर प्रारम्भ ही हुए थे, कि डॉ. सबलोक रंजन मामले की नजाकत को समझते हुए एक ही पैग के बाद उठकर घर चल दिये।

दो-चार दिन तक तो माहौल तनावपूर्ण बना रहा, परन्तु अन्य डॉ. बन्धुओं के समझाने के बाद, डॉ. सबलोक रंजन सरेंडर की मुद्रा में आ गये, और स्थिति पूर्व की भाँति हो गयी। करते-कराते वह दिन भी आ गया, जिसका डॉ. राजकिशोर को बेसब्री से इन्तजार था। डॉ. राजकिशोर ने इन्तजाम कर रखा था। दस सेट तो अन्डर गारमेन्ट खरीद कर लाए थे, और भरपूर कैश भी रख लिया था; साथ में चेक-बुक, ए.टी.एम. कार्ड इत्यादि। मिले मौके को पूरी तरह से साधना था। सतरूपा ने भी अपने हाथ से बने कुछ व्यन्जन उनके बैग में रख दिया था।

बैंकाक एयरपोर्ट पर उतरते ही वहाँ कम्पनी की गाड़ी लगी थी। डॉ. राजकिशोर गाड़ी से सीधे पटाया चले गये। बैंकाक शहर तो उन्होंने खिड़की के शीशे से भी नहीं झाँका। पटाया पहुँचने पर, होटल में इण्डिया के विभिन्न शहरों से आए और भी डॉक्टर मित्रों से मुलाकात हो गयी। जिस दिन डॉ. राजकिशोर पहुँचे, उसी दिन से वे पटाया-आनन्द की खोज में लग गये। संयोग से एक डॉक्टर मित्र मिल गया, जो चौथी बार पटाया कॉन्फ्रेंस में आया था। वह भी सर्जन था, और पटाया शहर के चप्पे-चप्पे से वाकिफ था; सो उस डॉक्टर मित्र ने डॉ. राजकिशोर को भटकने ही नहीं दिया, और गुरु की भूमिका में मार्गदर्शन करता रहा।

उस सर्जन मित्र ने अपना परिचय कुछ इस तरह बताया था - ''पार्टनर, मैं तो छह महीना कमाता हूँ, फिर पंद्रह दिन मौज-मस्ती; वह भी अकेले... पत्नी और बच्चे घर पर ही मस्त रहते हैं। गोहाटी में मेरा हॉस्पिटल है; हॉस्पिटल का नाम मैंने अपने ही नाम पर रखा

है, विपुल हॉस्पिटल। तो डॉ. विपुल, डॉ. राजकिशोर से कुछ यों घुल-मिल गये, कि उन्होंने देश-विदेश के कई ठिकानों का खुलासा कर दिया; जिसमें लास वेगास, यूक्रेन, बीजिंग आदि आदि।

डॉ. राजकिशोर को आज लग रहा था कि गृहस्थ आश्रम के जिस तीर्थ को वह सर्वोच्च स्थान दे रहे थे, वह तो प्रारम्भ है। ज्ञानी पुरुष मिल जाए तो ज्ञान बढ़ता ही जाता है। डॉ. विपुल ने डॉ. राजकिशोर को पटाया के उन गुप्त ठिकानों से परिचय कराया, जिसका वर्णन तक किसी ने नहीं किया था। एक 'बार तो ऐसा था, जहाँ शराब का पैसा ही नहीं लगता था; वहाँ नग्न लड़कियां शराब परोसती थीं, और आप उनके साथ नृत्य भी कर सकते थे। आप गाना भी स्वयं की पसन्द, का और अपनी भाषा में डिमाण्ड कर सकते थे... बस लड़की के सेवन का दाम लगता था... अर्थात फुल नाइट आनन्द। इसी बीच डॉ. विपुल, यूक्रेन का कोई दिलचस्प किस्सा परोस देते तो डॉ. राजकिशोर उन्हे निहारते ही रह जाते थे। अन्तिम दिन डा. विपुल ने डा. राज किशोर को सलाह दिया कि बीवी और बच्चों के लिए कुछ परचेजिंग अवश्य करनी चाहिए, इससे दाम्पत्य जीवन निर्मल बना रहता है।

वापसी में डॉ. विपुल और राजकिशोर कलकत्ता तक तो साथ ही आए, उसके बाद अपने - अपने मूल गन्तव्य की ओर चल दिये। लौटने के बाद डॉ. राजकिशोर लगभग प्रतिदिन ही डॉ. विपुल से फोन पर बात अवश्य करते। डॉ. राजकिशोर इस नगीने को किसी भी हाल में खोना नहीं चाहते थे।

डॉ. राजकिशोर से डॉ. बन्धुओं ने कॉन्फ्रेंस का हाल पूछना प्रारम्भ ही किया था कि डॉ. विपुल का फोन आ गया, और बीजिंग में कॉन्फ्रेंस की चर्चा में व्यस्त हो गये। दूसरे दिन से ही डॉ. राजकिशोर, मेडिकल रिप्रेजेंटेटिव लड़कों से बीजिंग कॉन्फ्रेंस की चर्चा में व्यस्त हो गये।

डॉ. विपुल, जिस कम्पनी के खर्च पर बीजिंग जा रहे थे, उन्होंने उस कम्पनी का नाम डॉ. राजकिशोर को बता दिया था। डॉ. राजकिशोर उसी कम्पनी से सम्पर्क करने लगे। बात भी बन गयी, और दोनों डाक्टर बन्धु बीजिंग से लौट भी आए।

इस कॉन्फ्रेंस के बाद हॉस्पिटल के सभी डॉक्टर बन्धु इस सोच में पड़ गये कि आखिर यह नया लड़का इतनी जल्दी-जल्दी विदेश टूर कर ले रहा है, और हम लोग अभी भी गोवा दिल्ली और काठमाण्डू में ही व्यस्त हैं। यह सभी लोगों के लिए एक विचारणीय प्रश्न था। डॉ. सबलोक रंजन भी अपने बहनोई के इस पराक्रम से हतप्रभ थे, और इस प्रश्न के हल में लग गये।

डॉ. विपुल के फोन कॉल रहस्य बन गये थे; क्योंकि दिन में डॉ. राजकिशोर एक बार तो किसी कॉन्फ्रेंस की चर्चा अपने मोबाइल पर अवश्य ही करते थे और आगामी कॉन्फ्रेंस के विषय में पूछताछ करते। इस बात को पूरा स्टाफ जान गया था कि कोई जादूगर है, जिसने डॉ. राजकिशोर को अपने मोहपाश में फाँस रखा है। इस तथ्य को जानने के लिए सर्वप्रथम डॉ. सबलोक रंजन ने सतरूपा से सम्पर्क साधा, तो पता चला कि अब तो डॉ. राजकिशोर, सतरूपा को कुछ खास ही प्रसन्न रखने लगे थे; जैसे - बीजिंग से आए, तो चीन की, नक्काशी वाली तीन जोड़ी जूती सतरूपा के लिए लाए थे; बच्चो के लिए चीन का ढेर सारा चाकलेट लाए थे।

जब डॉ. सबलोक रंजन घर आए, तो उनकी पत्नी ने बताया कि सतरूपा पेट से है। डॉ. सबलोक रंजन समझ गये कि कॉन्फ्रेंस का जोश काम कर रहा है। यह तो खुशी की बात थी। एक दिन डॉ. राजकिशोर अपना मोबाइल डॉ. सबलोक रंजन के चेम्बर में छोड़कर ओ.टी. मे चले गये, तभी डॉ. सबलोक रंजन ने उनका पूरा मोबाइल खंगाल मारा, परन्तु उस कॉन्फ्रेंस वाले जादूगर का कोई पता नहीं चल पाया। सम्भवतः उसका नम्बर डॉ. राज किशोर ने याद कर

लिया था और उसके कॉल डिटेल को डिलीट कर देते थे।

समय बीतता चला गया। डॉ. राजकिशोर, चिकित्सा जगत की पेचीदिगियों में पारंगत होते गये। कॉन्फ्रेंस, मौज-मस्ती के साथ-साथ उन्होंने सतरूपा को भी माडर्न बना दिया था।

सतरूपा के पास एक एक्टिवा गाड़ी थीः साथ में एक कार भी। सतरूपा कार भी चला लेती थी। शराब के नाम पर बीयर से ही संतोष कर लेती थी। किटी पार्टियों में भी शरीक होती थी। सतरूपा ने अपने इस अन्दाज से अपनी भाभी को भी अपने प्रभाव में ले लिया था। डॉ. सबलोक रंजन की पत्नी भी अब घर में डॉ. राजकिशोर और सतरूपा की लाइफ स्टाइल के कसीदे पढ़तीं, और सबलोक को ताने मारती रहतीं।

सतरूपा और डॉ. राजकिशोर में सम्बन्धों का कोई खास मतलब नहीं रह गया था। डॉ. राजकिशोर रात को बारह बजे आते हैं या नहीं आते हैं, इससे सतरूपा को कोई मतलब नहीं था। यही हाल सतरूपा का भी था। सतरूपा के ढेर सारे पुरुष मित्र बन गये थे। डॉ. राजकिशोर और डॉ. सबलोक रंजन दोनों ही लोग धनवर्षा कर रहे थे, परन्तु धन होते हुए भी डॉ. सबलोक रंजन की पत्नी असन्तुष्ट रहती थीं, क्योंकि उनकी ननद जिस अन्दाज में जीवन जी रही थी, उसका आधा भी वह एन्ज्वाय नहीं कर रही थीं; सो अन्त में अपनी जिन्दगी को चार्मिंग बनाने के लिए उन्हें सतरूपा की शरण में जाना पड़ा। दोनों की उम्र में फासला भी कुछ बहुत ज़्यादा नहीं था... बस दस वर्षों का। सतरूपा ने भाभी को ब्यूटी पार्लर में ले जाकर बाल ठीक कराए, फिर दर्जी के पास ले जाकर फिटिंग के ब्लाउज, सलवार सूट, नये जमाने के कराची कुर्ता (जिसमें नितम्ब पूरी तरह दिखता हो) आदि विभिन्न प्रकार की ड्रेस सिलवा दिया। भाभी दिन ब दिन निखरती गयीं, और डॉ. सबलोक बुझते गये।

सतरूपा की, पुरुषों से भी मित्रता हो गयी। डॉ. राज किशोर

भी अपने जीवन को जीवन्त बनाए रखने के लिए कई प्रकार की औषधियों का सेवन करने लगे थे। निरोध तो वे सदैव अपने पर्स में एडवांस रखते थे; पता नहीं कब ...।

सतरूपा और उसकी भाभी भी डॉ. राजकिशोर के समानान्तर चल रही थीं; बस डॉ. सबलोक रंजन ही पिछड़ रहे थे। इसी बीच डॉ. सबलोक रंजन के पिताजी, मास्टर त्रिलोक जी स्वर्गवासी हो गये। डॉ. सबलोक रंजन जी को ही सभी कर्म को सम्पादित करना पड़ा। विपिन, जीजा जी और माता जी अभिभावक की भूमिका में मार्गदर्शक की भाँति बने रहे। ठीक छह महीने बाद डॉ. सबलोक रंजन ने अपने पिता जी के नाम पर एक बड़ा अस्पताल खोलने का निश्चय कर लिया। हॉस्पिटल में डॉ. राजकिशोर भी पार्टनर थे, सो हॉस्पिटल एक वर्ष के भीतर ही बनकर तैयार हो गया।

डॉ. सबलोक रंजन की पत्नी और सतरूपा ने हॉस्पिटल का मैनेजमेन्ट सँभाल लिया था। मेडिकल स्टोर की तो सारी कमाई इन्हीं दोनों के पास रहती थी। भाभीजी, यानी रूपा भाभी तो अब और भी जवान लगने लगी थीं। नित्य जिम जाना, फिटनेस का तरह-तरह का कोर्स करना, ब्यूटी पार्लर जाना; यह सब उनके जीवन के अभिन्न अंग बन गये थे। सतरूपा ने उन्हें बीयर भी चखा दिया था।

डॉ. सबलोक रंजन की दो सन्ताने थीं; एक लड़का और एक लड़की। लड़का बड़ा था और बारहवीं का छात्र था; लड़की भी उससे दो वर्ष छोटी थी, और हाईस्कूल की छात्रा थी। दोनों ही शहर के प्रतिष्ठित अंग्रेजी माध्यम स्कूल में पढ़ते थे। लड़का मेधावी था। लड़कियों को गन्दे मैसेज भेजने के चक्कर में दो बार स्कूल से सस्पेन्ड भी हो चुका था, और नये वर्ष के आगमन की हुल्लड़बाजी के आरोप में थाने में बन्द भी हुआ था, और दरोगा जी के हाथों मार भी खा चुका था; इसके बावजूद डॉ. सबलोक रंजन उसे डॉक्टर ही

बनाना चाहते थे। लड़का अपनी माताजी का दुलारा था,जो कभी उसे पैसे की कमी नहीं होने देती थीं।

लड़की भी भइया और मम्मी के नक्शे-कदम पर चल निकली थी। जो थोड़ी बहुत कमी रह जाती, उसे सतरूपा बुआ सुधार देती थीं। डॉ. सबलोक रंजन जी की माता जी पुश्तैनी मकान में ही रहती थीं। विपिन जीजा भी रिटायर हो गये थे, और एक तरह से वे भी माताजी के साथ ही रह रहे थे। डॉ. सबलोक रंजन जी कई बार, या यों कहिए कि बारम्बार, स्नेह की तलाश में माता जी के पास गये, परन्तु माताजी को तो जैसे विपिन जीजा के सिवाय किसी और में कोई स्नेह ही नहीं था, सो डॉ. सबलोक रंजन व्यथित मन से वापस अपने घर चले आते थे। इधर रूपा का भी माधुर्य समाप्त हो गया था। वह बातों ही बातों में उन्हें तिरस्कृत करती रहती। बच्चे भी रूपा के ही पाले में थे, फिर भी डॉ. सबलोक रंजन बच्चों के भविष्य के लिए चिन्तित थे। लड़के के इण्टरमीडिएट उत्तीर्ण होते ही उसे एक प्राइवेट मेडिकल कॉलेज में दाखिला दिलवा दिया। लड़का वहाँ भी उदंड बना रहा। प्राइवेट कॉलेज में एक खासियत यह होती है, कि यदि कोई विद्यार्थी फेल भी हो जाए, तो उसे कुछ पैसा लेकर पास कर दिया जाता है; सो डॉ. सबलोक रंजन ने उसे तृतीय वर्ष तक पहुँचा दिया था; परन्तु एक दिन बहुत ही बुरी खबर आयी, और पता चला कि लड़के को हॉस्टल से पुलिस पकड़कर ले गयी है, और वो जेल में है।

डॉ. सबलोक रंजन, रूपा को लेकर सीधे अपनी गाड़ी से मेडिकल कॉलेज पहुँचे, तो वहाँ पता चला कि उसके कमरे से स्मैक पकड़ा गया है, और वह नारकोटिक्स ऐक्ट में बन्द हो गया है। डॉ. सबलोक रंजन सीधे थाने गये, और पूरे केस की डिटेल जानने का प्रयास करने लगे। इसी सन्दर्भ में एस.ओ. साहब ने उन्हें बताया कि हम लोग उसे स्टूडेन्ट समझकर थोड़ी रियायत दे दिये; यदि सौ ग्राम से ऊपर क्वान्टिटी दिखा देते, तो जिन्दगी भर जमानत नहीं होती...

हमने तो केवल पचास ग्राम स्मैक ही बरामदगी में दिखाया है।

डॉ. सबलोक रंजन, एक होटल का कमरा बुक करा लिए, और दसरे दिन कोर्ट से उसकी जमानत करा लिए, और लड़के को जेल से लेकर सीधे घर चले आए। लड़का, रास्ते भर अपनी मम्मी को सफाई देता रहा कि यकीन मानिए मम्मी, मुझे फँसाया गया है; और रूपा उसे पुचकारती रही। इस पूरे प्रकरण में डॉ. सबलोक रंजन एक शब्द भी नहीं बोले।

घर पहुँचने के एक हफ्ते बाद लड़के ने पढ़ने से मना कर दिया। डॉ. सबलोक रंजन की लड़की भी इण्टर की परीक्षा उत्तीर्ण करने के बाद फैशन डिजाइनिंग का कोर्स करने की जिद पर अड़ गयी थी, सो डॉ. सबलोक रंजन ने उसका भी दाखिला दिल्ली के एक इंस्टीट्यूट में करा दिया। लड़की ने फैशन डिजाइनिंग में स्नातक भी कर लिया, और तुरन्त किसी कम्पनी में नौकरी भी पा गयी। रूपा भाभी कभी-कभार लड़की के पास अपने लड़के के साथ चली जातीं, और नये डिजाइन के ढेर सारे कपड़े खरीद लातीं। लड़का भी अब अपने बालों की चुटिया बनाने लगा था। डॉ. राजकिशोर के पूछने पर उसने इसे मॉडर्न फैशन बताया था, और डा. राजकिशोर ने बाद में एक बुलेट मोटर साइकिल उसे गिफ्ट कर दिया। फिर क्या बात थी। लड़का, सुबह बालों को पीछे की ओर एक खास हेयरबैंड से बाँध लेता; शरीर पर खुशबू वाले द्रव का छिड़काव कर लेता, और बुलेट मोटर साइकिल से शहर की परिक्रमा पर निकल जाता। उसके बढ़ते खर्चे को देखते हुए उसकी मम्मी, यानि रूपा भाभी ने उसे हॉस्पिटल के ओ.टी. के रखरखाव की जिम्मेदारी दे दी। अब लड़के को किसी चीज की कमी नहीं रह गयी थी।

समय बलवान होता है। सतरूपा के गर्भवती होने का परिणाम यह हुआ, कि लड़का अपने फूफाजी का मित्र बन गया, और दोनों

के बीच उम्र का फासला न के बराबर रह गया; क्योंकि लड़के ने अपनी कई महिला मित्रों का परिचय डॉ. राजकिशोर से करा दिया था, और डॉ. राजकिशोर ने कई महिला मित्रों का रसास्वादन भी कर लिया था, सो मित्रता की चाशनी और गाढ़ी होती गयी।

सतरूपा को गर्भवती हुए आठ महीने पूरे हो गये थे, सो अब सतरूपा पूर्ण रूप से बेड पर थी। अगले ही महीने सतरूपा को पुत्र-रत्न पैदा हुआ, तो उसी बच्चे के कार्यक्रम में डॉ. सबलोक रंजन की लड़की, दिल्ली से अपने पुरुष मित्र के साथ आयी थी। वो लड़का साथ में ही काम करता था।

डॉ. सबलोक रंजन की पत्नी तो उसे देखकर उत्साहित थीं, परन्तु डॉ. सबलोक रंजन के माथे पर बल पड़ गये थे। डॉ. सबलोक रंजन दूरदर्शी व्यक्ति थे, सो उस तूफान के बवन्डर का आकलन कर रहे थे। लड़की का पुरुष मित्र दूसरे धर्म से सम्बन्ध रखता था, सो यह बात और भी अपाच्य थी।

डॉ. सबलोक, पिछले कुछ समय से धर्म परायण हो गये थे; सन्तों की वाणी प्रिय लगने लगी थी; भजन संध्याओं में भी जाने लगे थे... साथ में रूपा को ले जाने के लिए कई बार प्रयास किये, परन्तु रूपा तो ननद और ननदोई के बुखार से पीड़ित थी। रूपा का बस चले तो दूसरा विवाह ही कर ले, परन्तु इतना दुस्साहस जुटा नहीं पा रही थी। डॉ. सबलोक रंजन और रूपा की जीवनशैली अलग अलग मार्गों पर चल पड़ी थी।

समय बीता। तभी एक दिन दिल्ली से खबर आयी कि डॉ. सबलोक रंजन की लड़की ने प्रेम-विवाह कर लिया है, शादी का और उसका कार्यक्रम दिल्ली में ही निश्चित हुआ है। इस समाचार से अवगत होने के बाद डॉ. सबलोक रंजन तो बेहोश जैसे हो गये, परन्तु रूपा भाभी तो ऐसे मुस्कराती रही थीं, जैसे कि वही इस विवाह की संचालिका हों।

डॉ. सबलोक रंजन इस अन्तर धार्मिक विवाह को कत्तई कबूल करने के लिए तैयार नहीं थे, सो रूपा और उनका लड़का, डॉ.राजकिशोर, सतरूपा और बच्चे, सभी निश्चित दिन पर दिल्ली के लिए प्रस्थान कर गये। डॉ. सबलोक रंजन घर पर ही रहे, और अपने पिता जी के फोटो के सामने बैठकर रोते ही रह गये। एकाकी वे पाँच दिन के गुजर गये थे, लेकिन डॉ. सबलोक रंजन के आँसू नहीं सूखे थे। अपनी व्यथा किससे कहें? कितना संघर्ष किये थे, इस आशियाने को खड़ा करने के लिए; अपने बच्चों और पत्नी के लिए उन्होंने क्या नहीं किया... किसी ने सौ रुपया माँगा तो उसे दो सौ रुपया दिये, ताकि किसी को कोई कमी न रह जाए।

व्यक्ति, जीवन में जिन वस्तुओं के पाने की अभिलाषा रखता है, वह सब तो डॉ. सबलोक रंजन ने अर्जित कर लिया था; परन्तु समय ऐसा बदलेगा, इसकी कल्पना भी वे नहीं किये थे। जीवन के रहस्य को समझना मानव के बस में नहीं है, इस तथ्य को डॉ. सबलोक रंजन भी समझ चुके थे, और जीवन में एक विरक्ति सी पैदा हो गयी थी। डॉ. सबलोक रंजन जीवन के निर्धारित लक्ष्य की व्याख्या को पढ़ने का प्रयास करने लगे, और इसी उत्कण्ठा ने उन्हें तीर्थयात्राओं ओर धर्म-गुरुओं से साक्षात्कार के लिए विवश कर दिया। धीरे-धीरे डॉ. सबलोक रंजन, मायावी दुनिया से दूर होते चले गये, और एक धर्मगुरु से दीक्षा ले लिए, और सबकुछ छोड़कर उसी धर्मगुरु के आश्रम में चले गये और अपनी सेवा देने लगे। जीवन, गंगाजल की तरह निर्मल होता चला गया, और बाकी जीवन पश्चाताप की उधेड़बुन में ही व्यतीत हो गया।

10

नोटबन्दी का डाकखाना

गरीब की गरीबी मिटाने के नित नये प्रयोग देश में जारी हैं। गरीबी एक ऐसा पौधा है, जो भारतवर्ष से जाने का नाम ही नहीं लेता है... जैसे गाजर घास। एम.ए. पास आदमी, आठ हजार की नौकरी करने वाला, भला और मेहनती आदमी, जब हरिद्वार घूमने गया, तो वहीं का होकर रह गया, भिखारी के धन्धे में आ गया। रोज की आमदनी ही एक हजार से ऊपर की हो गयी, और साथ में गरीबी का देशव्यापी मेडल। ग़रीबी, केवल गरीबी लेकर नहीं आती; साथ में सहानुभूति और जीने की आजादी भी लाती है।

घटना उस समय की है, जब एक एम.ए. पास व्यक्ति हरिद्वार घूमने गया था, और एक नौजवान व्यक्ति से भिखारी का धन्धा छोड़ने के लिए कह दिया; फिर क्या था... भिखारी ने उसे ज्ञान का पाठ दे दिया। भिखारी ने बातों ही बातों में अपने दिल की बात बयां कर ही दिया और बोला- मित्र, तुम्हारे जज्बात को मैं समझता हूँ; मैं भी ऐसा

ही था; परन्तु जब मैं हरिद्वार आया, तभी ज्ञान प्राप्त हुआ, और मैं भिखारी बन बैठा, और आज, प्रतिदिन हजार दो हजार तो कैश मिल जाता है, और उसके बाद भोजन कपड़ा आदि अलग। परिवार भी साथ में ही रहता है। बच्चे इंग्लिश मीडियम स्कूल में पढ़ते हैं, और पत्नी भी कभी-कभार मेरे साथ ही बैठ जाती है, तो कमाई बढ़ जाती है; मैं तो बी.ए. तक ही पढ़ा हूँ, परन्तु पत्नी तो एम.ए. तक पढ़ी है।

भिखारी ने थोड़ी देर तक चुप्पी साध लिया। थोड़ा शून्य स्थापित हो गया। पुनः बोला- "मित्र! पुराने दिन को याद करने का मन नहीं करता है, परन्तु तुमको देखकर अपनी पिछली जिन्दगी फिर से याद आ गई..." और रुआँसे मुँह से बोला - "मित्र, मैं भी तमाम प्राइवेट प्रतिष्ठानों में भटकने के बाद हरिद्वार आया, और यहीं का होकर रह गया। बहुत शोषण सहना पड़ा; जिसकी भी नौकरी किया, उसी ने शोषण की एक नयी इबारत लिख दिया। खैर, ईश्वर ने सुन लिया और आज जीवन सुखमय हो गया है।"

एम.ए. पास व्यक्ति को बात समझ में आ गयी, और हरिद्वार में ही रहने का निश्चय कर लिया। भिखारी मित्रों ने बहुत सहयोग किया। जैसे बैंक में खाता खुलवा दिया पैन कार्ड, आधार और निर्वाचन कार्ड पहले से ही था। कुछ भिखारियों ने तो इन्कम टैक्स रिटर्न भी भरने की सलाह दे दिया यानि फुली स्टैबलिश रहना चाहिए।

भारत वर्ष में दो प्रकार की अर्थव्यवस्था चल रही है; ऐसा भारत सरकार के वित्त मंत्री कहते हैं- पहली अर्थव्यवस्था सरकार की, और दूसरी अर्थव्यवस्था कालेधन की; जो बड़े व्यापारी और सरकारी लोगों के पास जमा धन था, ऐसा वित्त विशेषज्ञ मानते हैं। परन्तु एक तीसरी अर्थव्यवस्था भी है, जिसको गरीबी अर्थव्यवस्था कहते हैं, जिसमें पटरी व्यवसायी, जैसे सब्जी व्यवसायी, फल व्यवसायी, भिखारी समुदाय, मछली व्यवसायी, मुर्गा व्यवसायी, कच्ची शराब व्यवसायी इत्यादि, जिन्हें प्रारम्भ से ही 'बेचारे लोग' से सम्बोधित किया जाता है; जिन्हें सरकार अपनी मुख्य अर्थव्यवस्था में गिनती भी नहीं है। मेरा

अनुभव कहता है कि भारतवर्ष में जितनी भी चिटफंड कम्पनियाँ चलायी जाती हैं, उनमें जमा धन, इन्हीं पटरी व्यवसायियों का होता है, जिन्हें कम्पनियों के एजेण्ट प्रतिदिन उनके पास जाकर इकट्ठा करते हैं। मुझे हैरानी तब होती है, जब एक सब्जी बेचने वाला, और एक फल वाला, मछली बेचने वाला, प्रतिदिन हजार या उससे अधिक का खाता चलाता है, और हम प्रबुद्ध वर्ग अपने अहंकार में उसे बेचारा कहकर टाल देते हैं। हमारे वित्त विशेषज्ञों को अपनी टाई और सूट-बूट को घर में रखकर, साधारण लिबास में भारत वर्ष के समाज का सर्वेक्षण करना चाहिए, तभी जाकर देश के असली काले धन का पता चल पायेगा।

विगत नौ नवम्बर 2016 को प्रधानमन्त्री जी ने कालेधन की समावर्ती अर्थव्यवस्था को समाप्त करने के लिए पाँच सौ और एक हजार रुपये की मुद्रा को बन्द करने को ऐलान कर दिया। निःसन्देह यह एक साहसिक कदम था। भारतवर्ष की, भ्रष्टाचार से विवश जनता ने इसका स्वागत किया। कुछ वर्ग ने इसका विरोध भी किया। इस घोषणा के बाद उपजे हालात के सजीव वर्णन का प्रयास आगे किया गया है। पाठकों! आशा है आप यथास्थिति से रूबरू हो सकेंगे। सरकार ने बैंक और पोस्ट ऑफिस से चार हजार तक के पुराने पाँच सौ और एक हजार तक के नोट को बदलकर नये नोट या छोटे नोट लेने का प्रावधान कर रखा था, सो जनता की भीड़ उमड़ पड़ी थी।

दिन था ग्यारह नबम्बर 2016। मैं भी सुबह ही पत्नी को लेकर अपने शहर के स्टेट बैंक की मुख्य शाखा पर पहुँच गया; ठीक दस बजे। वहाँ की पंक्ति देखकर पत्नी ने कहा, चलिए कहीं और देखते हैं। मैं शहर के मुख्य डाकघर की ओर चल दिया। पत्नी को अन्दर भेजकर तसल्ली किया कि कैश बँट रहा है नहीं या क्योंकि अब सभी जगह साइकिल स्टैण्ड बना दिया गया है, और कहीं भी दस रुपये से कम का शुल्क नहीं लगता है; सो इस दस रुपये की कुर्बानी भी सोच-समझकर ही देनी थी। पत्नी, पाँच मिनट बाद एक फार्म लेकर बाहर आयी और मुस्कराते हुए बोली- ''पैसा मिल रहा है, आइए लाइन में लगते हैं।''

मैं भी मोटरसाइकिल, स्टैण्ड में जमा करके लाइन में लग गया। तभी मैंने पत्नी से एक और फॉर्म माँगा तो पता चला कि बाहर फोटो स्टेट वाला दो रुपये में फार्म बेच रहा है। एक फार्म तो पत्नी डाकघर से पा गयी थी; शायद महिला होने का लाभ मिल गया होगा। पत्नी भी महिलाओं की लाइन में लग गयी। मैं भी अपने पीछे वाले भाई साहब से स्थान को सुरक्षित रखने की गुजारिश करते हुए बाहर भागा, और दो रुपये देकर एक फार्म लाया और पंक्ति में खड़ा हो गया। पैसा बँट रहा था। हम पत्नी और पति दो अभ्यर्थी के रूप में खड़े थे। हमारे पास डबल अपार्च्यूनिटी थी; हम ज्यादा आशान्वित थे। लोग पैसा पाते ही ऐसे मुस्कराते, जैसे मंगल ग्रह पर भ्रमण का टिकट मिल गया हो। मैं भी अपनी मुस्कराहट का स्वप्न देखने लगा। पत्नी की पंक्ति तो काफी तेज चल रही थी, सो आशा और बढ़ गयी।

मेरे ठीक आगे एक जटा-जूटधारी साधू खड़े थे। बातों ही बातों में मैं उनके बारे में जानने को उत्सुक हो गया। उन्होंने बताया कि मैं अयोध्या से आया हूँ।

सहसा मैं पूछा बैठा - तो यहाँ क्यों आ गये? साधु ने मुस्कराते हुए उत्तर दिया- "साधु का कार्य ही भ्रमण है, और ज्ञान बाँटना और प्राप्त करना है; यदि साधु एक स्थान पर रह जाएगा, तो उसका ज्ञान भी सीमित हो जाएगा।

मैं समझ गया कि बुद्धिमान लोग ऐसे ही बात करते हैं, फिर भी जिज्ञासु मन को थोड़ी देर शान्त करने के बाद मैं पूछ बैठा- "तो अब आप अयोध्या चले जायेंगे?" साधु ने हँसते हुए उत्तर दिया- "मेरे पैर के निचले हिस्से में दर्द है, और सूजन रहता है; इलाज बहुत हुआ, परन्तु कोई लाभ नहीं है, सो नेपाल (वुटचल) जाना है, वहाँ पर कोई वैद्य जी हैं, जो इसका इलाज करते हैं...।" और हँसने लगे। अभी वार्ता चल ही रही थी, कि खिड़की पर कहासुनी होने लगी। पत्नी तीसरे नम्बर पर थी; बड़बड़ाते हुए मेरे पास आयी और बोली कि कैश खत्म हो गया है, अब आधे घंटे में आएगा।

इस वाक्य को सुनते ही मैं तुरन्त वापस चलने के लिए निकल पड़ा, यह कहता हुआ कि ये डाकखाने वाले अब आज पैसा नहीं बाँटेंगे। दिन के एक बज रहे थे।

दूसरे दिन दैनिक अखबार में साधु बाबा का साक्षात्कार सहित फोटो छपा था। मैंने पूरा साक्षात्कार पढ़ा। उसमें उन्होंने कहा था, कि कल मैं पाँच बजे शाम तक मुख्य डाकघर की लाइन में खड़ा था, परन्तु कैश नहीं आया... उसके बाद मैं आश्रम पर चला गया। भोजन नहीं बना था, और ऐसे ही भूखे पेट सो गया।

दूसरे दिन मैं अकेले ही मुख्य डाकघर गया, और लाइन में खड़ा हो गया। पैसा बँट रहा था। आज सभी लाइन पर महिलाओं को पैसा मिल रहा था। एक पुरुष और एक महिला बारी-बारी से पैसा ले रहे थे। कुछ पुरुषार्थी लोग लाइन में से निकलकर, घर से पत्नी, माँ, बहन; जो भी विश्वासी, महिला भेष में मिला, उसे लेकर चले आए और स्वयं इधर-उधर टहलने लगे।

मैंने पीछे घूमकर देखा, तो साधु बाबा पीछे लाइन में खड़े मिले। मुझे देखते ही मुस्कराने लगे। मैं उनके पास चला गया और बोल पड़ा- आपका फोटो आज अखबार में छपा है। साधु बाबा बोल पड़े- "कल तो मैं यहाँ पाँच बजे तक खड़ा रहा, परन्तु कैश नहीं आया; आश्रम पहुँचा तो पता चला कि वहाँ भोजन तीन बजे ही समाप्त हो गया, और शाम का भोजन भी नहीं बना, सो ऐसे खाली पेट ही सो गया...।" कहते हुए जोर से हँस पड़े।

मेरा अन्तर्मन उनके प्रति और सहिष्णु हो गया, और मैंने मन ही मन यह निश्चय कर लिया, कि यदि आज मुझे चार हजार रुपये मिल जाते हैं, तो मैं इन्हें दो हजार तो दे ही दूँगा, जिससे इनका काम चल जाए। तभी पोस्ट ऑफिस कार्यालय का मध्याह्न समय हो गया। जो नौजवान बाबू पैसा बाँट रहा था, वह ठीक एक बजकर पच्चीस मिनट पर ही खिड़की बन्द कर दिया। पता चला कि दो बजे खिड़की खुलेगी। लोग पंक्ति में खड़े रहे। यदि किसी को लघुशंका या प्यास लगी हो, तो

वो अपने आगे-पीछे वाले को बताकर ही जाता था। स्थान को लेकर भय जो व्याप्त हो गया था।

पाठकों। एक घटना आपको मैं बताना भूल गया था। जब पहले दिन मैं लाइन में लगा था, तभी शहर के पुलिस कप्तान पूरे लाव-लश्कर के साथ मुख्य डाकघर आए, धन-वितरण की व्यवस्था देखने। उनके आते ही, वे पुलिसकर्मी, जो खिड़की के बगल में खड़े होकर अनधिकृत रूप से पैसा बदल ले रहे थे, तुरन्त वहाँ से गायब हो गये। कप्तान साहब पब्लिक की ओर गये, तो पब्लिक ने बताया कि फार्म बाहर मिल रहा है, डाकखाने से व्यवस्था नहीं है। इस पर कप्तान साहब ने तुरन्त संज्ञान लिया, और बाहर फोटो स्टेट वाले की दुकान पर दो दरोगाओं को भेजे और स्वयं भी टहलते हुए चले गये। उसके पास से बीस फार्म मिल गये, सो उसके ऊपर अमुक-अमुक धारा लगाते हुए उसका चालान कर दिया गया। मीडियाकर्मी भी बिना गूज (लटटू के नीचे लगने वाली लोहे की कील) के लटटू की तरह इधर-उधर नाच रहे थे। कप्तान साहब के जाते ही, घबड़ाए दुकानदार को दरोगा ने समझाते हुए कहा- "काहे घबड़ा रहे हो; थाने पर आना, वहीं से जमानत हो जाएगा।"

तभी उस दुकानदार की पत्नी भी हाँफते हुए आ गई, और दरोगा जी से अनुनय-विनय करने लगी। भीड़ इकटठा हो गयी थी। इधर डाकखाना कर्मी कप्तान साहब के हड़काने के कारण डाकखाने के अन्दर लाइन के पास ही फॉर्म वितरण का कार्य प्रारम्भ कर दिये। सभी लोग फार्म लेने के लिए टूट पड़े। भारतीय जनमानस की परम्परा ही रही है, लूट सके तो लूट। एक वाकया याद आ रहा है। नेशनल हाइवे पर एक बार मिट्टी के तेल का टैंकर पलट गया। आस-पास के गाँव के लोग बाल्टी व ड्रम लेकर आ गये। पूरा का पूरा परिवार ही मिटटी का तेल लूटने में व्यस्त हो गया। घरों के सारे बर्तन, ड्रम फुल हो गये। प्रतिस्पर्धा का हश्र यह हुआ कि एक महिला ने अपने घर के भीतर रखे मिट्‌टी के डेहरी में ही केरोसिन तेल भर दिया। पूरी डेहरी भर तो गयी, परन्तु थोड़े ही समय बाद डेहरी की मिट्टी गलने लगी, और पूरा घर ही

मिट्टी के तेल से भर गया।

इसी क्रम में एक बड़े स्तन की अधेड़ महिला पर नजर पड़ी, जो व्यवस्था को सुदृढ़ करने में लगे सिपाही की कोहनी से अपने स्तनों को रगड़ते हुए पूछ रही थी कि तीसरी बार लाइन में लग जाऊँ। सिपाही भी इस क्षणिक आनन्द से अभिभूत होकर हँसते हुए कह रहा था- "लग जाइए, लग जाइए।" पाठकों! छोटे-छोटे प्रसंगों के उल्लेख में मूल विषय से भटक जाना पड़ता है, परन्तु मैं पुनः मूल विषय पर आ रहा हूँ। हुआ यों, कि डाकखाने के भवन के दोनों छोर पर पानी की टंकी बनी हुई थी, जिसमें से पानी भी निकल रहा था। हाँ एक बात अवश्य थी, कि तीन टोटियों में से केवल एक में ही पानी आ रहा था। टोंटियों के नीचे जो नालीनुमा निकास द्वार बनाया गया था, वह पानी से भरा हुआ था, और पान की पीक और थूक आदि से पटा पड़ा था, और पानी निकलने की कोई व्यवस्था भी नहीं थी। जनता जनार्दन उसी नल का पानी पी रही थी।

प्यास से व्याकुल मैं भी पानी की खोज में निकल पड़ा। पूरे परिसर को छान मारा, परन्तु मैं उस पानी की टंकी का पानी पीने की हिम्मत नहीं जुटा सका। मैं टंकी के पास खड़ा होकर विचार कर ही रहा था, कि आखिर डाकखाने के कर्मचारी तो इस टंकी का पानी पीते नहीं होंगे। फिर विचार आया कि पता नहीं ये सरकारी आदमी कहाँ तक गिर सकते हैं। अभी इसी उधेड़बुन में लगा था कि डाकखाने का एक कर्मचारी दिखाई पड़ा; वेषभूषा से ही जान पड़ गया। खूँटीनुमा दाढ़ी, टेढ़ी-मेढ़ी चाल, और बोली में कड़वाहट। मैं उसी से थोड़ा गरम होकर पूछ बैठा, "क्यों, तुम लोग भी यही पानी पीते हो?"

डाककर्मी तुरन्त विनम्रतापूर्वक मुझसे बोला- साहब, अन्दर जाइए, वाटर कूलर लगा है।" कहता हुआ दूसरी ओर चला गया। सरकारी आदमी के कथन पर सहसा विश्वास नहीं होता, परन्तु प्यासा मन क्या करता, वाटर कूलर की खोज में भवन के अन्दर भागा। बीच में पहुँचा, तो वाटर कूलर दिख गया। पुरुष शौचालय और महिला

शौचालय के बाहर मध्य में लगा था। वाटर कूलर के पास पहुँचा तो देखा कि उसमें पानी नहीं था, बस पान की कुछ पीकें अवश्य थूकी गयी थीं। पुरुष शौचालय का दरवाजा तो खुला था, किन्तु महिला शौचालय के दरवाजे पर ताला लगा हुआ था।

मेरा क्रोध दुगुना हो गया, और डाक विभाग के सभी कर्मियो के लिए नेक शब्द फूट पड़े- साले, हरामी, कुत्ते...। मेरा प्यासा मन, न मानने का निश्चय कर लिया था, सो मैं परिसर के बाहर आकर उसी डाककर्मी को खोजने लगा। तभी पोस्ट मास्टर जनरल के ऑफिस में जाने का बोर्ड दिख गया। मैं पोस्ट मास्टर जनरल के ऑफिस की ओर मुखातिब हो रहा था, कि एक डाक कर्मी रोकते हुए बोला- कहाँ जा रहे हैं? बड़े साहब नहीं हैं।'' मैंने उससे तुरन्त पूछा, ''ऊपर पीने का पानी है?''

उसने मुझे समझाया- ''ऊपर जाइए; गली में सीधे, फिर बायें वाटर कूलर लगा है। मैं घुसता चला गया, और भवन के मध्य में जाने के बाद मैं शुद्ध जल पा सका। मन शान्त हुआ, तो महिला शौचालय पर लगे ताले पर विचार करने लगा। आखिर महिलाएँ अपने आपको कैसे सँभालती होंगी। इसी उधेड़बुन में नीचे लाइन की ओर भागा। दो बजकर दस मिनट हो रहे थे, परन्तु अभी रुपये नहीं बँट रहे थे। ऑफिस के अन्दर जाकर देखा, तो युवा बाबू खिड़की पर बैठकर अन्दर के स्टाफ का आई.डी. प्रूफ और फार्म के साथ पाँच सौ और हजार का नोट इकट्ठा कर रहा था। करते- कराते उसने ढाई बजे काउण्टर खोल दिया, और रुपया बदलने का कार्यक्रम प्रारम्भ हो गया। मैं यथास्थिति लाइन में लगे लोगों तक पहुँचाने का प्रयास भी करने लगा, क्योंकि वह डाकखाने का बाबू तो अपने लोगों को ही अन्दर से निपटाने में लगा था। मैं मान बैठा था कि यह बेईमान युवा क्लर्क अभी कैश समाप्त करने की बात करेगा; और हुआ भी यही... बीस मिनट के बाद उसने बोल ही दिया कि कैश खत्म हो गया है।

लोगों के सब्र का बाँध टूट चुका था। पब्लिक उससे पूछ रही थी-

"कैश कब आएगा?" इस प्रश्न के उत्तर में वह लोगों को समझाता "देखिए, साहब कैश लेने गए हैं।" पुनः लोग प्रश्न करते - "कब तक बँटेगा?"

युवा बाबू पुनः समझाता - "देखिए समय तो लगेगा; कैश, बैंक में गिना जाएग, फिर यहाँ भी उसका मिलान किया जाएगा; फिर मेरे पास आएगा, तभी बँट पाएगा... इसमें समय तो लगेगा ही।"

मैं समझ गया था कि अब आज की सेवा समाप्त हो गयी है। मैंने पीछे मुड़कर देखा, साधू बाबा अभी भी मुझे देखकर मुस्करा रहे थे। मैंने जो दो हजार रुपया साधू बाबा को देने का सोच रखा था, वह भी मैं नहीं कर पाया और घर की ओर चल दिया, यह सोचते हुए, कि ये साधु लोग ही हैं, जो विषम परिस्थितियों में भी आवेशित नहीं होते... ईश्वर पर अटूट आस्था रखने वाले लोग, दृढ़ निश्चयी और धैर्यवान।

घर की ओर चलने के पहले मैं एक बार पुनः डाकखाने के मुख्य द्वार के सामने अपनी जिज्ञासा को शान्त करने के लिए गया, तो सामने ग्रेनाइट पत्थर के शिला पट्ट पर लिखा था- कठिन परिश्रम का कोई विकल्प नहीं।

रहिमन मीठे बचन से

सुख उपजै चहुँ ओर

वशीकरण एक मन्त्र है

तजि दे बचन कठोर।।

11

मृत्युलोक का सत्य

डॉ. राम स्वरूप विश्वकर्मा, अब एम.बी.बी.एस की पढ़ाई पूरी करने के बाद सरकारी अस्पताल में चिकित्साधिकारी नियुक्त हो गये। सबसे पहली पोस्टिंग एक सुदूर गाँव में हो गयी। अभी विवाहित भी नहीं थे। छोटा भाई जगस्वरूप विश्वकर्मा, आयुर्वेद से डॉक्टरी पढ़ रहा था। डॉ. राम स्वरूप विश्वकर्मा बुद्धिमान व्यक्ति थे, और सदैव नया सीखने के लिए तत्पर रहते थे। संयोग ही था कि जिस प्राथमिक स्वास्थ्य केन्द्र पर डॉ. विश्वकर्मा गये थे, वहाँ पर एक फार्मेसिस्ट पोस्टेड थे, उनका नाम रामजी तिवारी था। तिवारी जी, डॉक्टर साहब ही कहलाते थे, सो डॉ. विश्वकर्मा भी उन्हें डॉक्टर तिवारी ही कहने लगे।

डॉक्टर तिवारी कुशल सर्जन थे। वे हाइड्रोसिल, भगन्दर, बवासीर का ऑपरेशन कर देते थे। यह ज्ञान उन्हें एक सर्जन डॉक्टर से मिला था। अपनी दूसरी पोस्टिंग में ही वे सर्जन साहब के साथ पोस्टेड

थे। सर्जन साहब ने खूब पैसा कमाया और कमवाया, साथ ही साथ रामजी बाबू को डॉक्टर तिवारी बना दिया। बाद में वे रामजी तिवारी से ही ऑपरेशन करवाने लगे, और रामजी तिवारी निपुण सर्जन बन गये। रामजी तिवारी ने भी सर्जन साहब की बहुत सेवा की; यहाँ तक कि ब्राह्मण धर्म भी छोड़ दिया, और सर्जन साहब को प्रसन्न रखने के लिए मांस और शराब तक को आत्मसात् कर लिया। जाते-जाते सर्जन साहब ने उन्हें हिदायत दिया था कि रामजी! हाइड्रोसिल, भगन्दर और बवासीर के आगे मत बढ़ना, नहीं तो फँस जाओगे। परन्तु रामजी तिवारी कभी-कभार हार्निया का ऑपरेशन भी कर देते थे।

डॉ. राम स्वरूप विश्वकर्मा, चिकित्साधिकारी कक्ष में बैठने लगे, परन्तु मरीज उनके पास नहीं पहुँचते थे। तो डॉ. विश्वकर्मा अकेलेपन से निजात पाने के लिए डॉ. तिवारी के पास आकर बैठ जाते थे; वहीं पर वह भी दो-चार मरीज पा जाते थे। एक तरह से डॉ. तिवारी का ही पी.एच.सी. पर होल्ड था। मरीज भी उन्हीं के पास थे। डॉ. तिवारी पर सरकारी नियम कानून बहुत ठीक से जानते थे, और हॉस्पिटल पर ही निवास करते थे। परिवार शहर में रहता था। डॉ. तिवारी की कमाई भी अधिक थी, क्योंकि ऑपरेशन तो करते ही थे, साथ में बाहर की दवा लिखकर उसका कमीशन और साथ में पैथोलॉजी सेन्टर पर जो केस भेजते थे, उसका भी कमीशन। एक्स-रे और अल्ट्रासाउण्ड का तो अलग से मिलता ही था।

डॉ. तिवारी कुशल कर्मचारी कार्यकर्ता थे। जब अस्पताल की दवा लेने जिला अस्पताल के स्टोर पर जाते, तो साथ में स्टोर फार्मासिस्ट के लिए एक अंग्रेजी शराब की बोतल भी ले जाते, और ढेर सारी दवा लेकर आते, जिससे वे खूब कमाते थे। सरकारी गाड़ी का ड्राइवर भी खुशी-खुशी उनकी दवा सरकारी गाड़ी से अस्पताल तक पहुँचा देता था, क्योंकि डॉ. तिवारी उसे भी सौ रुपया दे देते थे।

डॉ. राम स्वरूप विश्वकर्मा, एक कुशल शिकारी विद्यार्थी की तरह डॉ. तिवारी से सीख रहे थे। डॉ. तिवारी वास्तव में सच्चे सरकारी

कर्मचारी थे। वे गाँव-देहात के मरीजों का कम पैसे में इलाज कर रहे थे। सरकारी अस्पताल और सरकारी दवाओं का जिस कुशलता से इस्तेमाल कर रहे थे वो काबिले तारीफ था।

एक बार जब अस्पताल पर कोई डॉक्टर पोस्ट नहीं था, तो सी.एम.ओ. साहब का दौरा हो गया। अस्पताल के अन्दर आठ मरीज एडमिट थे, और डॉ. तिवारी पूरे जी-जान से अस्पताल में मरीजों की सेवा में लगे थे। सी.एम.ओ. साहब यह देखकर बहुत प्रसन्न हुए थे और डॉ. तिवारी की पीठ थपथपाये थे; साथ में आश्वासन भी दिये थे कि मेरा सहयोग हमेशा बना रहेगा।

यह खबर आग की तरह पूरे इलाके में फैल गयी। चारों ओर इस प्रकरण की चर्चा हो रही थी। सी.एम.ओ. साहब के ड्राइवर ने ऑफिस में भी इस बात की चर्चा कर दी। फिर क्या था... डिप्टी सी.एम.ओ. चन्द्र जी के मुँह से निकल गया, इसका मतलब तिवारी बहुत कमा रहा है।

समय बीतता गया। सी.एम.ओ. साहब ठीक एक वर्ष बाद अवकाश प्राप्त हो गये। डिप्टी सी.एम.ओ. डॉ. चन्द्र चार्ज ले लिए, और सीधे डॉ. तिवारी के अस्पताल पर पहुँच गये, और सीधे चिकित्साधिकारी कक्ष में पहुँच गये। वहाँ पर कुर्सी खाली पड़ी थी। पूछने पर पता चला कि डॉ. विश्वकर्मा आज नहीं आए हैं। डिप्टी सी.एम.ओ., डॉ. चन्द्र ने तुरन्त डॉ. विश्वकर्मा को फोन मिलाया और पूछने लगे - "डॉ. साहब आप कहाँ हैं?"

डॉ. विश्वकर्मा ने उत्तर दिया - "सर, यहीं अस्पताल पर... मरीज देख रहा हूँ।" डॉ. चन्द्र, मेडिकल कॉलेज वाली भाषा पर उतर आए और बोले - "बेटा, बाप से उड़ते हो; मैं तुम्हारे अस्पताल पर ही हूँ।" डॉ. विश्वकर्मा काँपते हुए फोन काट दिये, और मोटर साइकिल से सीधे अस्पताल की ओर भागे।

इधर डॉ. चन्द्र, तिवारी फार्मासिस्ट की क्लास लेना प्रारम्भ कर

दिए थे, और समझाने की मुद्रा में बोल रहे थे- "देखो, कमाना अच्छी बात है; सभी लोग कमा रहे हैं, तुम भी कमाओ, हमें कोई ऐतराज नहीं है; लेकिन मिल बाँटकर, समझे!" तिवारी फार्मासिस्ट बस, जी सर ही बोल रहे थे। पुनः चन्द्र बोले - "तुम्हीं बताओ तिवारी, जिले के किस प्राथमिक स्वास्थ्य केन्द्र पर कोई रात्रि निवास करता है; परन्तु तुम करते हो, इसका मतलब तुम्हारा कोई बड़ा स्वार्थ है।

तिवारी फार्मेसिस्ट अपनी सफाई में बोले- "नहीं सर; यहाँ चूँकि क्वार्टर बना हुआ है, इसलिए रुक जाते हैं; रोज आना-जाना मेरे लिए कठिन काम है... मैं मोटरसाइकिल नहीं चला पाता। "डॉ. चन्द्र इस बात पर भड़क उठे, और आदेश देते हुए बोले - "कल शाम को आवास पर आना।" और बाहर निकल आए। तभी डॉ. राम स्वरूप विश्वकर्मा भी अस्पताल पहुँच गये। डॉ. विश्वकर्मा, डॉ. चन्द्र के पास काँपते हुए पहुँचकर नमस्कार किये ही थे कि डॉ. चन्द्र भभक पड़े - "क्यों डॉ. साहब, आप हम ही को पढ़ा रहे हैं? तिवारी अस्पताल सँभाल रहा है, और तुम फरार हो; सीखो उस तिवारी फार्मासिस्ट से।"

डॉ. विश्वकर्मा क्षमा याचना मुद्रा में बोले- "सर गलती हो गयी।" डॉ. चन्द्र बोले- कल ऑफिस में आना, कहकर गाड़ी में बैठ गये। अब क्षेत्र के गणमान्य लोग तिवारी फार्मासिस्ट की आलोचना बतियाने लगे। अब हल्ला हो गया, कि डॉ. तिवारी की कमाई का हल्ला लखनऊ तक हो गया है, तभी लखनऊ की टीम चेकिंग में आयी थी, और साहब ने तिवारी जी को बहुत भला-बुरा कहा है।

उसी गाँव के प्रधान जी ने लोगों को समझाने का प्रयास किया कि- "ऐसी कोई बात नहीं है। सी.एम.ओ. साहब अस्पताल का दौरा करने आए थे...," परन्तु एक युवा नेता, प्रधान जी की बात काटते हुए बोला कि तिवारी, शहर में दो-दो मकान बनवा लिए हैं, और दो लड़कों को इन्जीनियरिंग पढ़ा रहे हैं, का तनख्वाह से? तभी एक बुजुर्ग बोले- "कुछ भी कहो, तिवारी जी इस क्षेत्र के लिए भगवान हैं। हम तो चौदह साल से देख रहे हैं कि एक भी डॉक्टर यहाँ कभी

परमानेन्ट नहीं रहा; यही तिवारी कम्पाउण्डर रात - बिरात हम लोगों की सेवा करते हैं। हमारा नाती रात में छत से गिर गया था; यही तिवारी डॉक्टर ने उसका टाँका मारा था... भला उस रात में हम कहाँ जाते? हमारा नाती आज नौकरी कर रहा है।

इस बात के समर्थन में कई हाथ उठ चुके थे, और कई लोगों ने अपने हाइड्रोसिल, बवासीर भगन्दर के कष्ट निवारण के लिए किये गये परमार्थ का बखान भी कर दिया, सो डॉ. तिवारी की साख बची रही। दूसरे दिन डॉ. राम स्वरूप अपने साथी डॉक्टरों से सलाह मशविरा करने के बाद सुबह दस बजे ही सी.एम.ओ. ऑफिस पहुँच गये, और सी.एम.ओ. साहब के स्टेनो भागीरथ जी के पास अपनी अर्जी पेश कर दिया। भागीरथ बाबू सी.एम.ओ. साहब के कमरे में गये और बाहर आकर डॉ. विश्वकर्मा को अन्दर भेज दिया।

गुडमॉर्निंग की औपचारिकता के बाद डॉ. चन्द्र ने बोलना प्रारम्भ किया- "तुम अभी नये हो; तुम्हारी पोस्टिंग भी ज्यादा दूर नहीं है, फिर भी तुम अस्पताल नहीं जाते हो... जानते हो? उस अस्पताल पर आने के लिए मेरे पास तीन अप्लीकेशन पड़े हैं, लेकिन में तुम्हें हटाना नहीं चाहता हूँ; सीखो, कुछ करो, समझें! बाहर भागीरथ से मिल लेना।"

डॉ.विश्वकर्मा चुप ही रहे, और बाहर आकर भागीरथ के पास बैठ गये। तभी एक डॉक्टर साहब, जिनकी पोस्टिंग भी डॉ. राम स्वरूप विश्वकर्मा के साथ ही हुई थी, मुँह लटकाए सी.एम.ओ. साहब के कमरे से बाहर आकर भागीरथ बाबू के पास बैठ गये। पता चला कि कल उनके भी अस्पताल का दौरा हुआ था, और वे भी गैरहाजिर थे, सो आज पेशी थी। परन्तु गलती कर बैठे; सीधे साहब के कमरे में चले गये, तो सी.एम.ओ. साहब बिगड़ गये और प्रॉपर चैनल से आने के लिए कह दिया था।

स्टेनो, बाबू भागीरथ, डॉक्टर साहब को बैठने के लिए कहते हुए साहब के कमरे में गये, और वापस भी आ गये, हाथ में एक पर्ची लिए हुए। दो मिनट मौन रहने के बाद उन्होंने मुँह गिराए डॉक्टर साहब को,

साहब के कमरे में प्रवेश करा दिया, और हाथ की पर्ची डॉ. विश्वकर्मा को देते हुए पूछ बैठे, "डाक्टर साहब, तैयार होकर हैं न ?"

पर्ची पर पाँच लिखा था। डॉ. विश्वकर्मा को समझते देर नहीं लगी कि इसका मतलब पाँच हजार होता है; क्योंकि पोस्टिंग के समय भी इसी तरह की पर्ची मिली थी, जिस पर दस लिखा था। डॉ. विश्वकर्मा, तुरन्त पाँच-पाँच सौ के दस नोट निकालकर भागीरथ बाबू के हाथों में दे दिये और विदा लेने की मुद्रा में आ गये, परन्तु भागीरथ ने टोक दिया और समझाया - "डाक्टर साहब, कम से कम साहब को धन्यवाद तो कहकर जाइए।"

इस बार डॉ. विश्वकर्मा सीधे सी.एम.ओ. साहब के कमरे में दाखिल हो गये, और चार बार थैंक्यू कहते हुए बाहर निकल आए। सी.एम.ओ. साहब ने भी हाथ उठाकर जवाब दे दिया था, जैसे भगवान कह रहे हों- आयुष्मान भव। डॉ. विश्वकर्मा आज अस्पताल नहीं गये और सीधे घर चले गए। इधर अस्पताल पर डॉ. तिवारी के पास बहुत भीड़ थी। संयोग से एक हाइड्रोसिल का आपेरशन भी आ गया था, सो वार्ड ब्वाय मोलई भी व्यस्त था। शाम को सी.एम.ओ. साहब के आवास पर भेंट मुलाकात करने जाना था, सो बड़े लड़के को घर से बुला लिया था। बड़ा लड़का घर पर ही रहता था; उसकी पत्नी अवश्य ही ए.एन.एम में लग गयी थी। बड़े लड़के का नाम आदर्श था। आदर्श ठीक पाँच बजे अस्पताल पर पहुँच गया। डॉ. तिवारी भी लगभग खाली हो गये। बस हाइड्रोसिल वाला मरीज बेड पर लेटा था, और उसे रात भर रुकने की सलाह भी दे रहे थे। वार्ड ब्वाय मोलई को पूरी रात्रि भर का दिशा-निर्देश देने के बाद डॉ. तिवारी छह बजे अस्पताल से चल दिये।

रास्ते में उन्होंने पहले सी.एम.ओ. साहब से मिलने का निश्चय किया, सो एक किलो खोवा की बर्फी खरीद लिए, साथ में दो किलो सेब, दो दर्जन केला भी। ठीक आठ बजे डॉ. तिवारी, सी.एम.ओ. आवास पहुँच गये। आदर्श, मोटर साइकिल लेकर गेट के बाहर ही

खड़ा रहा। सी.एम.ओ. साहब के घर के अन्दर से एक लड़का निकला और डॉ. तिवारी को मुख्य द्वार के बगल में से गलियारे के पीछे ले गया, जहाँ एक ऑफिस नुमा कमरा था, उसी में बिठा दिया। थोड़े अन्तराल के बाद वही लड़का, मिठाई और पानी लाकर रख गया। डॉ. तिवारी, फल और मिठाई को अभी तक अपने हाथों में ही थामे रहे। पहले विचार आया कि इसी लड़के को सौंप दें, परन्तु फिर विचार आया कि नहीं, सी.एम.ओ. साहब के हाथों में ही देना उचित होगा।

थोड़ी देर बाद सी.एम.ओ. साहब कमरे में दाखिल हुए; हाथ में चाय का कप लिए, और बोले - "पानी पीजिए तिवारी जी!" डॉ. तिवारी कुर्सी से खड़े होकर बैठ गये और मिठाई हाथ मे ले लिए। सी.एम.ओ. डॉ. चन्द्र, मजाकिया लहजे में पुनः बोले - "क्यों, तो घर रुकेंगे न!

डॉ. तिवारी ने हाँ में सिर हिलाया।

डॉ. चन्द्र, अट्टहास करते हुए बोले - "हाँ, हाँ, कभी-कभी घर पर भी रुक जाया कीजिए, कमाना तो जीवन भर है; अभी आपकी उमर ही क्या है, घर-परिवार भी देखना चाहिए। "तभी लड़का एक ट्रे में चाय लेकर आ गया, और तिवारी जी ने फल और मिठाई उसके हाथ में सौंप दिया, फिर स्थिर होकर बोले- "साहब, हमारे लिए क्या आदेश है?"

डॉ. चन्द्र, चाय की चुस्की लेते हुए बोले- "देखिए तिवारी जी! हमें कोई आपत्ति नहीं है; आप कमाइए, लेकिन हल्ला मत कीजिए। चारों ओर हल्ला है कि तिवारी फार्मासिस्ट बहुत कमा रहा है... मेरे पास तुम्हारे जानने वाले खड़े हैं पैसा लेकर, लेकिन मैंने सबको रोक रखा है; मैं किसी का अहित नहीं चाहता...सभी लोग प्रसन्न रहें।"

तिवारी जी, डॉ. चन्द्र को पढ़ने का प्रयत्न तो कर रहे थे, परन्तु अभी राह नहीं पकड़ पा रहे थे। बाहर आदर्श, हो रहे विलम्ब के तनाव में पान मसाला का पाउच पे पाउच फाड़े जा रहा था। तिवारी जी साहस

बटोरकर बोले- "आप तो जानते ही हैं कि सरकारी अस्पताल पर मरीज कितना पैसा लेकर आता है; जो थोड़ी बहुत कमाई होती है, उसमें भी तीन हिस्सा लगता है... पहले सर, डॉक्टर नहीं थे, तो थोड़ा बचता था, अब डॉक्टर भी आ गये हैं।"

सी.एम.ओ. साहब थोड़ा गरम होकर बोले - "तो तुम्हारा मतलब डॉक्टर को हटा दिया जाए?" नहीं सर, मैं तो आपको यथास्थिति से अवगत करा रहा था।" तिवारी जी सफाई देने लगे, और पुनः बोले - सर, डॉ. विश्वकर्मा जी अस्पताल तो हफ्ते में तीन दिन ही आते हैं, लेकिन कमीशन पूरा हफ्ते का चाहिए, वह भी पचास परसेन्ट... आप ही बताइए, काम तो सारा मैं करता हूँ; और तो और स्वीपर मोलई को भी बिगाड़ दिये हैं।"

डॉ. चन्द्र, समझाते हुए बोले - "तिवारी जी, मोलई को हटा देता हूँ, फिर आपका काम आसान हो जाएगा।" इस बात पर तिवारी हाथ जोड़कर खड़े हो गये और बोले - "नहीं साहब, ऐसा मत करिएगा; वही तो एक सहयोगी है।" डॉ. चन्द्र, बात को वापस लेते हुए बोले - "तिवारी जी, सी.एम.ओ. को कुर्सी की भी कीमत देनी पड़ती है; सब आप ही लोग आपस में बाँट लेंगे तो हम लोग क्या करेंगे, बोलिए।"

सी.एम.ओ. डॉ चन्द्र बोले - "तिवारी, पाँच हजार महीने में पहुँचा दीजिए और बने रहिए; जब तक मैं हूँ निश्चिन्त रहिए।" तिवारी जी को रकम कुछ भारी लग रही थी, सो पुनः बोले - "साहब, हमारी पोस्ट का तो खयाल करिए।" अनुनय - विनय की जद्दोजहद में मामला तीन हजार महीना पर तय हो गया। इसके बाद तिवारी जी बाहर आ गये। रास्ते भर डॉ. चन्द्र को कोसते रहे। घर पर भी यही चर्चा होती रही। तिवारी जी की पत्नी भी सी.एम.ओ. को सरापने के अन्दाज में बोली कि आज तक की नौकरी में कोई महीना नहीं बाँधा था; ऐसे कलमुहाँ को कोढ़ फूटे।

दूसरे दिन तिवारी फार्मासिस्ट, आदर्श के साथ अस्पताल पहुँच गये। डॉ. राम स्वरूप विश्वकर्मा भी आए थे। आज विश्वकर्मा जी

अपने कमरे में ही बैठे रहे, और तिवारी फार्मासिस्ट मरीज देखते रहे। इसी बीच एक सर्जरी का केस आ गया और तिवारी जी ने मोलई को बुलाकर औजार गरम करने के लिए कह दिया। दो बजे की ओ.पी.डी. के बाद डॉ. विश्वकर्मा अमूमन चले जाते थे, परन्तु आज रुके रहे; शाम चार बजे जब तिवारी जी ऑपरेशन करके बाहर आए तब तक। आज तिवारी जी कुछ बोल नहीं रहे थे, सो डॉ. विश्वकर्मा अपना हक माँगने का इशारा करने लगे, और कई बार तिवारी जी से कहे... "तो डॉ. साहब चल रहा हूँ।" परन्तु डॉ. तिवारी कुछ नहीं बोले। डॉ. तिवारी भी ठान चुके थे कि अब मैं किसी को कमीशन नहीं दूँगा; जब बड़े साहब को दे ही रहा हूँ तो फिर और किसी को क्यों?

डॉ. विश्वकर्मा इस तथ्य को समझ नहीं पाए, और अपने सहकर्मी मित्रों से सलाह-मशविरा करने लगे। एक मित्र की सलाह उन्हें जम गयी। मित्र ने उन्हें समझाया, कि तुम डॉ. तिवारी के साथ ऑपरेशन में हाथ बँटाया करो, और उनसे ऑपरेशन सीख लो; फिर अपना स्थानान्तरण किसी दूसरे अस्पताल पर करा लेना, और जमकर कमाना... झूठे ही परेशान हो, मौका है भुना लो।

डॉ. विश्वकर्मा को बात समझ में आ गयी, और नित्य अस्पताल जाने लगे, और डॉ. तिवारी को गुरु भाई के संबोधन से सम्बोधित करने लगे। इस गुरु सम्बोधन का सकारात्मक प्रभाव पड़ा, और डॉ. तिवारी ऑपरेशन के समय डॉ. विश्वकर्मा को साथ रखने लगे। धीरे-धीरे डॉ. विश्वकर्मा को दृष्टि ज्ञान तो ठीक से हो गया, परन्तु प्रयोगात्मक ज्ञान से वंचित रहे; सो उन्होंने मोलई को प्रसन्न करना प्रारम्भ कर दिया। मोलई भी ठोस आदमी था। एक बार एक गरीब आदमी हाइड्रोसिल लेकर आ गया। उसके पास मात्र चार सौ रुपये थे। मोलई उसे लेकर डॉ. विश्वकर्मा के पास चले गये। डॉ. विश्वकर्मा उसका ऑपरेशन करने को राजी भी हो गये और ऑपरेशन कर भी दिये। ऑपरेशन सफल रहा। डॉ. विश्वकर्मा का आत्मविश्वास बढ़ गया था। धीरे-धीरे कई हाइड्रोसिल का ऑपरेशन कर दिये, परन्तु एक दिन बवासीर के ऑपरेशन में फँस गये। मरीज का खून ही बन्द नहीं हो रहा था, तो डॉ.

तिवारी की सहायता लेनी पड़ी। डॉ. तिवारी ने दोबारा उस ऑपरेशन को किया, तब जाकर खून बन्द हुआ।

इस घटना के बाद डॉ. विश्वकर्मा का विश्वास थोड़ा डगमगा सा गया था, परन्तु मोलई के उत्साहवर्धन से एक बार वे फिर से ऑपरेशन करने लगे, और बवासीर का ऑपरेशन भी सफलतापूर्वक करने लगे। डॉ. तिवारी को वे अभी भी गुरु भाई ही कहते थे, और अच्छी तरह से जानते थे कि फँसने पर यही गुरु भाई काम आएगा।

करते-कराते आठ महीने व्यतीत हो गये थे, और डॉ. चन्द्र भी अब स्थायी सी.एम.ओ. हो गये थे। डॉ.विश्वकर्मा अब ऑपरेशन का हुनर सीख गये थे, सो अब डॉ. तिवारी के भँवर-जाल से निकल जाना चाहते थे, और अपना स्वयं का साम्राज्य स्थापित कर लेना चाहते थे। यही विचार करके एक दिन वे भागीरथ स्टेनो के घर एक किलो मिठाई के साथ गये।

डॉ. विश्वकर्मा ने अपने स्थानान्तरण की अर्जी भी पेश कर दी। भागीरथ ने पूछा भी कि डॉक्टर साहब, आपके अस्पताल पर तो कमाई भी ठीक है और शहर के करीब भी है, तो आप क्यों स्थानान्तरण चाहते हैं?

इस पर डॉ. विश्वकर्मा ने अपना दुखड़ा कुछ इस प्रकार रोया - "आप तो जानते ही हैं, कि हम लोग अपने स्तर से नीचे नहीं जा सकते हैं; डॉ. तिवारी तो सभी प्रकार के अनैतिक कार्य भी करके पैसा कमा सकते हैं, परन्तु हम लोग ठहरे चिकित्साधिकारी; सो सम्मान के साथ ही जीना पड़ता है। डॉ. तिवारी की कमाई बहुत है। जब से तिवारी फार्मासिस्ट सी.एम.ओ. साहब से मिलकर गया; उसके बाद तो उसने एक धेला भी हिस्सा नहीं दिया; हमसे तो अच्छा वह स्वीपर मोलई है, जो कम से कम रोज पाँच सौ बना लेता है; सो अब मैं इस अपमान को और नहीं सह सकता।" यह वाक्य पूरा करते-करते डॉ. विश्वकर्मा का गला भर आया था और वे अपनी आँखों को मल-मलकर लाल कर लिए थे।

भागीरथ स्टेनो सान्त्वना देते हुए बोले - घबराइये मत; मुझको बताइए आप कहाँ जाना चाहते हैं?''

इस प्रश्न पर डॉ. राम स्वरूप विश्वकर्मा बोले - ''सर आप जहाँ भी उचित समझें।'' भागीरथ स्टेनो ने उनसे दस दिन का समय माँगा, और उसके बाद मिलने के लिए कहा।

दस दिनों तक डॉक्टर विश्वकर्मा ने अस्पताल पर भरपूर समय दिया, और तिवारी फार्मासिस्ट से जितना सीख सकते थे, वह भी सीख लिए। इन दस दिनों में डॉ. विश्वकर्मा अपने पैसे से ही अस्पताल पर चाय मँगाए थे। दस दिन पूरा होते ही भागीरथ स्टेनो का फोन आ गया। डॉ. विश्वकर्मा शाम को पुनः मिठाई के डिब्बे के साथ भागीरथ स्टेनो के घर पहुँच गये थे।

भागीरथ स्टेनो ने डॉ. विश्वकर्मा को बरामदे में बिठाया, और पोस्टिंग की चर्चा में लग गये। समझाते-समझाते एक नये निर्मित सामुदायिक स्वास्थ्य केन्द्र की चर्चा करने लगे, और बताने लगे कि अभी तो उस अस्पताल पर केवल एक डॉक्टर पोस्ट हैं, वे भी जाते नहीं हैं। हालाँकि वह एम.बी.बी.एस. की पोस्ट नहीं है; वहाँ पर केवल स्पेशलिस्ट डॉक्टर ही पोस्ट हो सकते हैं, परन्तु डॉक्टरों की कमी की वजह से उनकी पोस्टिंग एम.डी. डाक्टर वाले जगह पर हो सकती है।

भागीरथ स्टेनो ने कहा- ''डॉ. साहब, आप फोरलेन पकड़ लीजिए; पूरब की ओर जहाँ नौ किमी का बोर्ड लगा है, वहीं से दाहिने हाथ एक खड़न्जा ईंट की रोड उतरी है... उसी पर चार किमी चलने पर रामपुर गाँव है, वहीं पर है; खड़न्जा भी केवल दो किलोमीटर ही है, बाकी पिच है; अगले सत्र में वह भी पिच हो जाएगी।''

भागीरथ स्टेनो अभी बोल रहे ही थे, कि डॉ. राम स्वरूप विश्वकर्मा अपनी उत्सुकता को रोक नहीं सके, और बीच में ही बोल पड़े - यदि कोई एम.डी. आ जाए तो हटना पड़ेगा?

भागीरथ स्टेनो हँसते हुए बोले- ''डाक्टर साहब, जिले में

एम.डी. (मेडिसिन) केवल दो ही हैं; जो जिला अस्पताल में पोस्ट हैं, बाकी सामुदायिक स्वास्थ्य केन्द्रों पर भी एम.डी. की जगह एम.डी. (टी.बी. चेस्ट) से काम चलाया जा रहा है; आप चिन्ता छोड़िए... जब तक मैं हूँ तब तक आप मुझ पर छोड़ दीजिए।

बात डॉ. विश्वकर्मा को समझ में आ रही थी, सो पोस्टिंग का रेट भी पूछ लिए। भागीरथ स्टेनो गम्भीरता के साथ बोले- "सी.एम.ओ. साहब तो बीस पर पिछली पोस्टिंग किये थे; क्योंकि डॉक्टर साहब लखनऊ से हफ्ते में दो-दिन ही आते हैं, परन्तु आपको रोज जाना है, सो थोड़ा कम पर बात हो जाएगी। "डॉ. विश्वकर्मा कितना-कितना पूछते रहे, लेकिन भागीरथ स्टेनो दो दिन बाद बताने के लिए कह दिये। डॉ. विश्वकर्मा वापस लौट आए। दूसरे दिन भागीरथ स्टेनो ने सी.एम.ओ. से बात किया, तो सी.एम.ओ. साहब तुरन्त बोल दिये - कि उस सी.एच.सी. को चलाना है, इसलिए डॉ. विश्वकर्मा को मैं भेज दूँगा। परन्तु एक बात डॉ. चन्द्र को समझ नहीं आ रही थी, कि जब डॉ. विश्वकर्मा, वहाँ तिवारी फार्मासिस्ट के साथ बढ़िया कमा रहा है, तो ट्रान्सफर क्यों चाहता है। सो वे भागीरथ से इसका कारण पूछ बैठे। भागीरथ स्टेनो ने भी डॉ. विश्वकर्मा द्वारा दिये व्याख्यान को हुबहू सी.एम.ओ. साहब के सामने पेश कर दिया। फिर क्या था; सी.एम.ओ., डॉ. चन्द्र ने भागीरथ स्टेनों को दस का रेट दे दिया, और दूसरे दिन तिवारी फार्मासिस्ट के अस्पताल पर पहुँच गये। आज डॉ. विश्वकर्मा नहीं आए थे।

सी.एम.ओ. साहब के साथ भागीरथ स्टेनो भी थे। डॉ तिवारी जी ने चिकित्साधिकारी के कक्ष का ताला खोल दिया, और डॉ. चन्द्र (सी.एम.ओ.) उसी में बैठ गये। मोलई, तुरन्त चाय की दुकान पर गये, और स्वयं मिठाई-पानी लेकर आए, साथ ही साथ स्पेशल चाय का ऑर्डर भी दे दिया। सी.एम.ओ. साहब ने यूजर चार्जेज का रजिस्टर मँगवा लिया, और उसे देखने के बाद तिवारी फार्मेसिस्ट को अपने सामने बैठा लिए और बोले- "क्यों भाई तिवारी जी, अस्पताल ठीक चल रहा है न!"

तिवारी फार्मेसिस्ट, मुस्कराते हुए हाँ में सिर हिला दिये। सी.एम.ओ. साहब पुनः समझाते हुए बोले - "तिवारी जी, आपकी शिकायत फिर से आने लगी है, यह ठीक नहीं है। तिवारी फार्मेसिस्ट कुछ समझ पाते, तब तक सी.एम.ओ. साहब कुर्सी से उठ चुके थे और अपनी गाड़ी की ओर चल दिये थे।" तिवारी जी, भागीरथ स्टेना के पास जाकर कुछ पूछते, उसके पहले ही भागीरथ ने उनको सी.एम.ओ. साहब के आवास पर मिलने का आदेश दे दिया। इसके बाद सी.एम.ओ. साहब चले गये।

दूसरे दिन पुनः आदर्श मोटर-साइकिल से शाम को अस्पताल आया, और डॉ. तिवारी मिठाई, फल के साथ शाम को सी.एम.ओ. साहब के आवास पर पहुँच गये।

आज सी.एम.ओ. साहब उनको अपने बैठक कक्ष में बैठाये और कुशल-क्षेम पूछने के बाद समझाने की मुद्रा में बोले - "डॉ. विश्वकर्मा आए थे; आपकी बहुत शिकायत कर रहे थे, तो मुझे गुस्सा आ गया; मैंने उन्हें बहुत डाँटा है।" थोड़ा विराम लेने के बाद सी.एम.ओ. साहब पुनः बोले - "आप जैसे कर्मठ व्यक्ति के साथ रहकर जब कोई खुश नहीं रह सकता है, तो वह कहीं भी प्रसन्न नहीं रह सकता है।" इन वाक्यों को सुनने के बाद तिवारी फार्मेसिस्ट अपनी मुस्कान को रोक नहीं पा रहे थे, और अपनी प्रशंसा पर मन ही मन गदगद हुए जा रहे थे।

तभी चाय भी आ गयी, और सी.एम.ओ. साहब तिवारी जी को पुरस्कृत करने की मुद्रा में बोले- "मैंने डॉ. विश्वकर्मा को हटाने का निश्चय कर लिया है; अब आप के अस्पताल पर कोई डॉक्टर पोस्ट नहीं होगा। आप कर्मठ आदमी हैं, अस्पताल को ठीक से चलाइए।"

इस वाक्य के बाद सी.एम.ओ. साहब चुप हो गये। तिवारी फार्मेसिस्ट इस प्रवचन के भावार्थ को नहीं समझ पा रहे थे। थोड़ी चुप्पी के बाद सी.एम.ओ. साहब पुनः बोले- "तिवारी जी! अब आप पाँच हजार महीना देंगे समझे!" इस बार सी.एम.ओ साहब की मुद्रा गम्भीर

थी। तिवारी जी, "ठीक है! ठीक है साहब! कहते हुए बाहर चले आए, और आदर्श के साथ घर चले आए।

पत्नी दरवाजा खोलते ही पूछ बैठी- "सिमउवाँ ने का कहा?" डॉ. तिवारी सिर पर हाथ फेरते हुए धड़ाम से कुर्सी पर पसर गये और बोले- "कर्मठ तिवारी जी को अब पाँच हजार महीना देना है।" इस वाक्य को सुनते ही तिवारी जी की पत्नी सी.एम.ओ. साहब से लगाय उनके आगे-पीछे की तीन पीढ़ियों को सरापने लगी, और साथ ही साथ यह भी कह गयी कि - "हे भगवान! इस सी.एम.ओ. का ट्रान्सफर हो जाएगा तो काली माता के मन्दिर पर कढ़ाई चढ़ाऊँगी।"

तिवारी जी थोड़े विश्राम के बाद कुर्सी से उठे, और स्वयं ही गिलास में पानी लेकर पीने लगे तो उनकी पत्नी, उन्हें रोकते हुए दौड़कर गुड़ लेकर आईं, तब तिवारी जी पानी पिये। इसके बाद तिवारी जी अपने कपड़े उतारकर, लुंगी बनियान में स्थिर होते हुए बोले- "अब तो इस दुष्ट ने रेट ही खोल दिया है; अब अपने लिए नहीं, इसके लिए कमाना है।"

दूसरे दिन तिवारी जी पुनः अपने अस्पताल पर जम गये थे। डॉ. रामस्वरूप विश्वकर्मा आज सी.एम.ओ. कार्यालय पहुँच गए। कार्यालय में भागीरथ स्टेनो मिल गये। आज भागीरथ स्टेनो अपनी कुर्सी से उठकर बाहर निकल गये, उनके पीछे-पीछे डॉ. विश्वकर्मा भी चल दिए। डॉ. विश्वकर्मा ने दो स्पेशल चाय का ऑर्डर दे दिया और वहीं बेंच पर बैठ गये।

भागीरथ स्टेनो, डॉ. रामस्वरूप विश्वकर्मा की ओर मुखातिब होते हुए बोले- "साहब पंद्रह की डिमाण्ड कर रहे हैं।" इस बात पर डॉ. विश्वकर्मा कुछ अचम्भित से हो गये और बोले- "सर, आप तो कह रहे थे कि नयी सी.एच.सी. है, कम पर काम हो जाएगा।" भागीरथ स्टेनो बोले, "हाँ कहा तो अवश्य था, परन्तु साहब ने पंद्रह माँग लिया है तो क्या कहा जाए।"

तभी चाय वाला, दो गिलास चाय मेज पर रखते हुए बोला- ''भागीरथ भइया, यह वाला गिलास आपका है।'' पता चला, भागीरथ भइया बिना चीनी की चाय पीते हैं; उन्हें सुगर है... परन्तु मुफ्त की पेप्सी से परहेज नहीं है। डॉ. विश्वकर्मा विनती के भाव से बोले- ''सर कुछ कम करवा दीजिए, बहुत कृपा होगी; आप तो जानते ही हैं कि इधर केवल सेलरी से ही काम चलाना पड़ रहा है।''

भागीरथ स्टेनो, चाय समाप्त करते हुए बोले- ''ठीक है, कल आइए, देखते हैं।'' और दोनों भद्रजन वहाँ से अपने-अपने रास्ते पर चल दिये। घर पहुँचने पर पता चला कि डॉ. विश्वकर्मा का छोटा भाई भी बी.ए.एम.एस. की पढ़ाई पूरी करके घर आ गया है; उसकी भी व्यवस्था बनानी थी। सो दूसरे दिन उसको साथ लेकर डॉ. विश्वकर्मा सी.एम.ओ. कार्यालय पहुँच गये।

इस बार भागीरथ स्टेनो बाहर आकर सीधे फास्ट फूड की दुकान पर रुके थे; पीछे-पीछे दोनों डॉ. बन्धु भी अनुज की भाँति वहाँ पहुँच गए। डॉ. विश्वकर्मा ने औपचारिकतावश भागीरथ स्टेनो से पूछ लिया - ''सर क्या लेंगे?'' भागीरथ स्टेनो अपनी बत्तीसी बाहर निकालते हुए बोले - आज सुबह ही सुबह गैस खत्म हो गया, सो बिना भोजन के ही कार्यालय चला आया।''

डॉ. विश्वकर्मा अब परिपक्व होते जा रहे थे, और भारतीय सरकारी कार्यालयों की कार्यशैली को समझते जा रहे थे, सो दुकानदार को तुरन्त एक पेस्ट्री और तीन कोका कोला का ऑर्डर दे दिये।

भागीरथ भइया पेस्ट्री पर हाथ रखते हुए डॉ. विश्वकर्मा से पूछ भर लिए कि डॉ. साहब, आप लोग भी लें! परन्तु डॉ. विश्वकर्मा ने कह दिया कि हम लोग भोजन करके चले हैं, आप ग्रहण कीजिए।

जलपान के दौरान ही भागीरथ स्टेनो ने डॉ. विश्कर्मा से कह दिया, कि तेरह में साहब ने हाँ कर दिया है। डॉ. राम स्वरूप विश्वकर्मा ने इसे स्वीकारते हुए अपने अनुज डॉ. जगस्वरूप विश्वकर्मा को भी

पेश कर दिया। तभी भागीरथ भइया को, पत्नी द्वारा माँगे गये एक किलो सेब की बात याद आ गयी, तो तुरन्त अपने पाकेट से पर्स निकालने का स्वांग करते हुए उन्होंने डॉ. जगस्वरूप विश्वकर्मा को सेब लाने का आदेश दे दिया। इस बार भी डॉ. रामस्वरूप विश्वकर्मा ने भागीरथ बाबू के हाथों को रोक लिया, और छोटे भाई को सेब लाने के लिए कह दिया। जाते-जाते भागीरथ स्टेनो, थोड़े बड़े और बढ़िया सेब की बात भी समझा दिये।

इसके बाद भागीरथ स्टेनो उस फास्ट फूड की दुकान की खासियत बताने लगे; जैसे कि इस दुकान की रस मलाई और केक बहुत प्रसिद्ध है। सो डॉ. राम स्वरूप विश्वकर्मा ने दोनों ही चीजों का ऑर्डर दे दिया, और भागीरथ बाबू उस पर टूट पड़े। तभी डॉ. राम स्वरूप विश्वकर्मा को अनुज की नौकरी की बात याद आयी, तो वे पुनः बात छेड़ दिये। तब भागीरथ स्टेनो समझाने की मुद्रा में बोले- "डॉ. साहब अब अगले सत्र में बात कीजिएगा, क्योंकि इस वर्ष का तो सलेक्शन हो चुका है।" इतने पर भी डॉ. रामस्वरूप विश्वकर्मा की उत्सुकता शांत नहीं हुई, सो पुनः पूछ बैठे - "सर क्या लगेगा?"

तभी डॉ. जगस्वरूप विश्वकर्मा सेब लिए चले आए, और बड़े भइया के बगल में खड़े हो गये। भागीरथ स्टेनो, रसमलाई को चम्मच से मुँह में डालते हुए बोले- "आप निश्चिंत रहिए; आपका काम होगा; और आपका नहीं होगा तो होगा किसका। पिछले साल दो लाख का रेट चला था, वह भी दो अभ्यर्थी सीधे सी.एम.ओ. साहब से मिलकर खोल दिये थे, नहीं तो मैं तो डेढ़ में बात कर रहा था; लेकिन जब अभ्यर्थी ही नादानी कर बैठेगा तो यही सब होगा। पैसा किसको अच्छा नहीं लगता है, बोलिए डाक्टर साहब!" और भागीरथ स्टेनो मुस्कराने लगे। इस व्याख्यान को सुनने के बाद, डॉ. रामस्वरूप विश्वकर्मा ने तेरह हजार रुपये दे दिया, और गिनने के लिए कहकर दुकानदार का हिसाब देने चले गये।

इसके बाद तीनों लोग सी.एम.ओ. कार्यालय की ओर चल दिये।

सेब की थैली डॉ. जगस्वरूप विश्वकर्मा पकड़े हुए थे। रास्ते में भागीरथ स्टेनो अपने व्यवहार और कर्मठता के कसीदे पढ़ते जा रहे थे जैसे- "आप डॉक्टर साहब यह जानिए, कि मेरे पच्चीस वर्ष के सेवा काल में अट्ठारह साल से तो मैं सी.एम.ओ. का स्टेनो हूँ; सात सी.एम.ओ. मेरे सामने आए और गये, ये आठवें हैं; परन्तु किसी भी अधिकारी ने मेरे सम्मान में कमी नहीं किया, और न ही किसी ने मेरी बात को काटा... और एक बात और जानिए डाक्टर साहब, हमने भी अपनी ईमानदारी में बट्टा नहीं लगने दिया।"

कार्यालय पहुँचने पर डॉ. जगस्वरूप ने सेब की थैली भागीरथ स्टेनो को पकड़ा दिया, और दोनों भाई हाथ जोड़कर विदा ले लिए। अभी मुश्किल से बीस कदम ही चले होंगे कि पीछे से आवाज आयी "डॉ. साहब!" दोनों भाई पीछे मुड़कर देखे तो भागीरथ स्टेनो सेब की थैली लिए चले आ रहे थे।

डॉ. राम स्वरूप विश्वकर्मा पूछ बैठे- "सर बोलिए।" भागीरथ स्टेनो सेब की थैली डॉ. साहब को पकड़ाते हुए बोले- "डॉक्टर साहब, इसे घर पर ही दे दीजिएगा, मैडम का आज व्रत है।" विश्वकर्मा बन्धुओं ने इस कार्य को भी कर दिया।

दो दिनों बाद डॉ. राम स्वरूप विश्वकर्मा ने सामुदायिक स्वास्थ्य केन्द्र नया पार ज्वाइन कर लिया। सी.एम.ओ. साहब ने एक परोपकार किया। उन्होंने डॉ. विश्वकर्मा को ही उस अस्पताल के प्रभारी अधीक्षक का चार्ज दे दिया। डॉ. विश्वकर्मा ने सर्वप्रथम उस गाँव के प्रधान से सम्पर्क साधा, और उन्हें आश्वस्त किया कि अब अस्पताल रोज खुलेगा, और मैं नित्य मिलूँगा, आप लोग सेवा का अवसर दें।

प्रधान जी ने भी पूरे गाँव में इसकी चर्चा कर दिया। अब अस्पताल के फार्मासिस्ट को भी रोज आना पड़ता था, नहीं तो लखनऊ वाले डॉक्टर साहब के साथ ही दो दिन आते थे, उसके बाद इच्छा पर था। फिलहाल, मुख्यालय से दवा मँगाकर पूरा स्टोर फुल कर दिया गया। डॉ. विश्वकर्मा ने कार्य प्रारम्भ कर दिया। सुई दवाई का

पैसा वसूलने का काम फार्मासिस्ट और वार्ड ब्वाय का था... बाद में उसमें हिस्सा लग जाता था।

एक वर्ष व्यतीत हो गये। डॉ. राम स्वरूप विश्वकर्मा, अस्पताल पर जम गये थे। हाइड्रोसिल का ऑपरेशन वह स्वयं करते थे और बवासीर, भगन्दर के लिए डॉ. तिवारी फार्मेसिस्ट को बुलाते थे, क्योंकि प्रारम्भ में वे बवासीर का ऑपरेशन किये परन्तु सफलता नहीं मिल पायी; खून रुकता ही नहीं था। सो तिवारी फार्मेसिस्ट को बुलाकर ही ऑपरेशन कराते; थे सो अन्डरस्टैंडिंग बनी हुई थी। तिवारी फार्मेसिस्ट, मोलई के साथ उन्हीं के मोटरसाइकिल से आते थे... सो मोलई का खर्चा तिवारी जी ही समझते थे।

डॉ. विश्वकर्मा की कीर्ति चारों ओर फैलने लगी। अब अस्पताल के बाहर एक मेडिकल स्टोर भी खुल गया था। मेडिकल स्टोर, रामजी ओझा का था। उन्हीं की वहाँ एक बीघा जमीन थी, सो अपनी ही जमीन में दुकान बनवा लिए थे। डॉ. विश्वकर्मा के पर्चे पर ही हजार-दो-हजार की दवा बिक जाती थी, सो रामजी ओझा भी डॉ. विश्वकर्मा के भक्त बन गये थे। नयापार के प्रधान जी भी दो चार दिन के अन्तराल पर अस्पताल पर आ ही जाते थे। अस्पताल पर हो रहे विकास से वे हतप्रभ थे। ओझा जी भी कमा रहे थे। डॉ. साहब, फार्मेसिस्ट, वार्डब्वाय आदि सभी लोग काम में लगे हुए थे। अस्पताल पर मरीजों की भीड़ लगी रहती थी, और सभी लोग अच्छा कमा रहे थे। डॉ. विश्वकर्मा तो हफ्ते में चार दिन रात्रि निवास भी करते थे।

डॉ. रामस्वरूप विश्वकर्मा के प्रताप से यूजर चार्ज की रकम अधिक जाने लगी, तो सी.एम.ओ. चन्द्र जी ने स्थिति को समझने में देर नहीं किया और सीधे नयापार सी.एच.सी अस्पताल पर पहुँच गये। डॉ. विश्वकर्मा मरीजों को ठेलते हुए ओ.पी.डी. रूम से बाहर आए, और सी.एम.ओ. साहब को लेकर नवनिर्मित ओ.टी. कक्ष में चले गये। वहाँ पर केवल दो ही लोग थे, सो सी.एम.ओ. साहब ने हाल-चाल पूछना प्रारम्भ कर दिया- "तो विश्वकर्मा, जम गये हो!"

डॉ. विश्वकर्मा मुस्कराते हुए चुप रहे। सी.एम.ओ. साहब पुनः बोले- "मैंने सोचा है कि क्यों न तुम्हें यहाँ के स्थायी अधीक्षक का चार्ज दे दिया जाए।" डॉ. विश्वकर्मा मुस्कराते रहे। सी.एम.ओ. साहब गरजकर बोले- "तुम्हारा क्या विचार है?" अबकी बार डॉ. विश्वकर्मा बोले- "सर, आपका जो आदेश।" उसके बाद सी.एम.ओ. साहब डॉ.विश्वकर्मा को साथ लेकर अस्पताल के भ्रमण पर निकल गये। सामने पड़े, नये बीस किलोवाट के जेनरेटर को देखते हुए सी.एम.ओ. साहब बोले- "इसको भी चलवाओ।" डॉ. विश्वकर्मा तुरन्त सफाई में बोल पड़े- "सर इसका फण्ड मेरे पास नहीं है।"

सी.एम.ओ. साहब, पूरे अस्पताल का निरीक्षण करने के बाद ओ.टी. कक्ष में लौट आए। वहाँ पर चाय समोसा के साथ दो रसगुल्ला और पानी भी रखा हुआ था। डॉ. विश्वकर्मा के आग्रह पर सी.एम.ओ. साहब ने सभी खाद्य पदार्थों का सेवन किया। चलते-चलते डॉ. विश्वकर्मा ने ओ.टी. कक्ष में डॉ. चन्द्र जी का चरण स्पर्श भी कर लिया। अब सी.एम.ओ. साहब और डॉ. विश्वकर्मा के बीच गुरु-शिष्य रूपी स्नेह पैदा हो गया था।

सी.एम.ओ. साहब की गाड़ी को रवाना करने के बाद जब डॉ. विश्वकर्मा ओ.पी.डी. कक्ष में आए, तो नया पार के प्रधान जी भी बैठे हुए थे। वे अपनी पत्नी के कमर दर्द से परेशान थे, सो डॉ. से सलाह मशविरा करने लगे। तब डॉ. विश्वकर्मा, खिसियाने के अन्दाज में बोल पड़े, "प्रधान जी, आप अकेले आए हैं तो आपका कमर नहीं न देखेंगे, मरीज का न कमर देखा जाएगा।"

प्रधान जी क्षमा मुद्रा में हाथ जोड़कर खड़े हो गये- "ठीक है ठीक है डाक्टर साहब, शाम को पत्नी के साथ आते हैं, रहेगें न?" डॉ. विश्वकर्मा ने हाँ में सिर हिला दिया। शाम को तिवारी फार्मेसिस्ट और मोलई भी आने वाले थे। एक बवासीर का ऑपरेशन था, सो डॉ. विश्वकर्मा हथियार गरम करा रहे थे। तभी प्रधान जी पत्नी समेत आ गये। डॉ. विश्वकर्मा, उनकी पत्नी को बेन्च पर लिटाकर उल्टा और

सीधा दोनों ओर से विधिवत चेक-अप करने लगे। चेक-अप के बाद ब्लड प्रेशर नाप रहे थे कि तिवारी फार्मेसिस्ट और मोलई आ गये। दुआ-सलाम की औपचारिकता के बाद सभी लोग एक ही कमरे में बैठ गये थे। डॉ. विश्वकर्मा, प्रधान जी की पत्नी से कुछ प्रश्न पूछ रहे थे, जैसे महीना नियमित आता है?

पत्नी के पहले प्रधान जी ही बोल उठे- "डॉ. साहब, एक साल पहले ही बन्द हो गया था।" डॉ. विश्वकर्मा बोल पड़े - "तब तो कमजोरी है; आप प्रधान जी, भाभी जी को खिलाते-पिलाते तो हैं नहीं, इसलिए यह सब परेशानी है। और अपने दराज में से निकालकर कैल्शियम और आयरन की दस-दस गोली दे दिये। प्रधान जी सफाई में बोल पड़े, "डॉ. साहब, खाने-पीने में कोई कमी थोड़े ही है; भैंस घर में ही लग रही है, मीट-मुर्गा एक दो दिन के अन्तर पर बनता ही है; अब कोई न खाए पीए तो हम क्या कर सकते हैं।" तभी तिवारी फार्मेसिस्ट बोल पड़े, "डॉ. साहब! इनको एक डेकाडोरावीलीन इंजेक्शन लगवा दीजिए।

प्रधान जी तुरन्त डेकोडोरावीलीन के महात्म्य को समझने का प्रयास करने लगे, तभी डॉ. विश्वकर्मा बोल पड़े- "डॉ. तिवारी जी ठीक कह रहे हैं, परन्तु इसे मार्केट से खरीदना पड़ेगा।" डॉ. तिवारी जी ने एक पर्ची पर डेकाडोरावीलीन इंजेक्शन लिख दिया। प्रधान जी भागे-भागे ओझा जी के दुकान पर गये, और ओझा जी को पर्ची दिखाने लगे। ओझा जी भी कुशल खिलाड़ी थे, सो कल इंजेक्शन मार्केट से मँगवाने के लिए कहते हुए पर्ची रख लिए, क्योंकि यदि प्रधान जी को एक बार में ही डेढ़ सौ का इन्जेक्शन दे दिये, तो पैसा छह महीने बाद ही मिलेगा, सो टाल गये। प्रधान जी पुनः डॉ. विश्वकर्मा के पास लौट आए और सारी व्यथा का बखान कर दिया। दूसरे दिन भी ओझा जी इन्जेक्शन नहीं मँगवाए, और प्रधान जी की पत्नी सरकारी कैल्शियम आयरन की गोली से ही ठीक हो गयीं। इधर डॉ. राम स्वरूप विश्वकर्मा के छोटे भाई जगस्वरूप विश्वकर्मा भी अपने आवास के पास ही एक क्लीनिक खोल लिए और दवा भी अपने पास से ही देने

लगे। सुबह शाम मिलाकर ठीक-ठाक आमदनी हो जाती थी। डॉ. जगस्वरूप की शादी की भी चर्चा होने लगी थी। कई पार्टियाँ भी आ रही थीं, परन्तु बड़े भइया यानी डॉ. रामस्वरूप, सरकारी नौकरी के बाद ही विवाह करना चाहते थे, सो सभी लड़की वालों से एक वर्ष का समय माँग लेते थे।

ठीक दस महीने बाद वे भागीरथ स्टेनो के पास गये, और भाई जगस्वरूप के लिए संविदा पर नियुक्ति की याद दिला दिये। भागीरथ स्टेनो ने भी पूर्व में दिये गये आश्वासन की मर्यादा को रखते हुए डा. जगस्वरुप को संविदा पर भर्ती करवा दिया। डॉ. राम स्वरूप विश्वकर्मा सी.एम.ओ. चन्द्र जी के भी करीबी थे, सो चन्द्र जी सेट हो गये, और पाँच हजार महीने की पेशगी के बाद डॉ. जगस्वरूप को अस्पताल जाने से मुक्ति मिल गयी। डॉ. जगस्वरूप का विवाह भी निश्चित हो गया। दहेज में कार भी मिल गयी, और पत्नी भी नर्सिंग की ट्रेनिंग कर रही थी, सो बात बनती ही जा रही थी।

अब डॉ. जगस्वरूप के क्लीनिक पर मेडिकल रिप्रेजेन्टेटिव भी आने लगे, और डॉ. जगस्वरूप स्वयं की क्लीनिक के लिए खूब मोलभाव करके दवा खरीद लेते। दवा में ठीक पचास-साठ परसेन्ट का मुनाफा मिल जाता था। डॉ. रामस्वरूप विश्वकर्मा भी इस बात से अवगत थे, सो वे डॉ. जगस्वरूप के क्लीनिक से ढेर सारी दवा उसी दहेज वाली मारुति कार में रख लेते और नयापार अस्पताल चले जाते। मरीजों से पैसा लेकर धीरे-धीरे वे स्वयं टॉनिक बेचने लगे। यह लालच इस स्तर तक पहुँच गया कि डॉ. स्वरूप विश्वकर्मा कुर्सी से उछलकर मरीजों का पाकेट भी निहारने का प्रयत्न करने लगे। डॉ. विश्वकर्मा के इस कृत्य से मेडिकल स्टोर वाले ओझा जी भी बहुत नाराज रहने लगे, और इसका परिणाम यह हुआ कि ओझा जी के लड़के ने एक दिन डॉ. विश्वकर्मा की माँ-बहन कर दिया और एक दो झापड़ भी रख दिया।

डॉ. विश्वकर्मा इस बात से बहुत दुःखी थे और स्थानान्तरण करा लेना चाहते थे, परन्तु प्रधान जी और तिवारी फार्मासिस्ट के समझाने

पर गुस्सा थूक दिया। समय बीतता गया। प्रधान जी का, अस्पताल से थोड़ी दूर, यानी लगभग पाँच सौ मीटर दूर सड़क पर ही एक खेत था, उसी में उन्होंने डॉ. विश्वकर्मा को पाँच डिस्मिल जमीन बेंच दिया। डॉ. विश्वकर्मा भी अब नयापार छोड़ना नहीं चाहते थे, और अस्पताल में रहना भी ठीक नहीं था, सो भवन भी बनकर तैयार हो गया। डॉ. विश्वकर्मा के सरकारी सेवा के सात वर्ष व्यतीत हो गये थे, और वे दो पुत्रियों के पिता भी बन गये थे। दोनों बच्चियाँ शहर के अंग्रेजी माध्यम स्कूल में पढ़ती थीं।

अब, डॉ. विश्वकर्मा अपने निजी आवास पर ही सुबह शाम मरीज देखते थे। डॉ. विश्वकर्मा ने दवा का भी एक छोटा सा काउन्टर बनवा दिया था। वहाँ पर प्रधान जी के बड़े लड़के को बैठा दिये थे। टोटल सेल का दस परसेन्ट वे प्रधान जी के लड़के को देते थे, और साथ में सौ रुपया रोजाना के हिसाब से सेलरी। अब तो कभी-कभार प्रधान जी भी काउन्टर पर बैठकर लड़के का हाथ बँटाने लगे थे। डॉ विश्वकर्मा की पत्नी भी हफ्ते में दो चार दिन के लिए नयापार आ जाती थीं, और पति-परमेश्वर की सेवा करती थीं। डॉ. विश्वकर्मा की ससुराल भी एक राजनीतिक परिवार में थी। उनकी पत्नी ललिता जी के चाचा भी एक बार विधायक रह चुके थे। ललिता जी का भाई भी ब्लाक प्रमुख का चुनाव लड़ने की तैयारी कर रहा था, सो ललिता जी की प्रधान जी से भी खूब बनती थी। इसी क्रम में प्रधान जी एक दिन वहाँ के ब्लाक प्रमुख जी को साथ लेकर डॉ. विश्वकर्मा के आवास पर आ गये और ललिता जी ने उनका भरपूर स्वागत किया, और अपना सम्पूर्ण परिचय भी दिया। फिर क्या था, ब्लाक प्रमुख राम ललित जी, डॉ. विश्वकर्मा के आवास पर हर हफ्ते ही पधारने लगे। राम ललित की उम्र अभी पैंतीस वर्ष के आस-पास रही होगी। राम ललित जी थे तो साँवले रंग के, परन्तु झक सफेद कमीज, पैन्ट ही पहनते थे। इत्र के भी शौकीन थे; सो ललिता जी उनके हाव-भाव की दीवानी बन बैठीं। दीवानगी भी ऐसी, कि राम ललित जी के साथ ही वह शहर से नयापार आ जाती थीं, या नयापार से शहर चली जाती थीं, और डॉ. रामस्वरूप

विश्वकर्मा केवल टा-टा करने के अन्दाज में हाथ भर हिलाते रह जाते थे। धीरे-धीरे राम ललित जी ने ललिता भाभी पर पूरा होल्ड बना लिया, और डॉ. रामस्वरूप विश्वकर्मा दोयम दर्जे के नागरिक भर बनकर रह गये।

समय बीतता गया। राम ललित जी के कमर पर अब एक इंग्लिश पिस्टल भी लटकने लगी थी, और ललिता जी उनकी मर्दानगी पर मोहित होती जा रही थीं। डॉ. विश्वकर्मा की प्रैक्टिस परवान चढ़ चुकी थी, और बिलकुल फुर्सत नहीं थी। अब तो राम ललित आते भी थे तो सीधे बिना दुआ-सलाम के ही अन्दर चले जाते थे, और डॉ. विश्वकर्मा उधर निगाह भी नहीं उठाते थे। पाठकों! यों मानिए कि इस रिश्ते के समक्ष वे समर्पण कर चुके थे। इसी बीच सी.एम.ओ., डॉ चन्द्र रिटायर हो गये। इस बात से सबसे अधिक तिवारी फार्मेसिस्ट प्रसन्न हुए। विदाई समारोह में पूरा स्टाफ एकत्रित हुआ, क्योंकि विदाई समारोह के खर्च के लिए पूरे स्टाफ से चन्दा लिया गया था। इस कार्य के अग्रणी मुखिया भागीरथ स्टेनो थे। सभा के दिन सी.एम.ओ. जी भी सज-धज कर आए हुए थे। आज भी वे सरकारी गाड़ी से ही आए थे। सभी भद्रजनों ने खूब छक कर खाया। जिसे सुगर की बीमारी थी, वो भी रसगुल्ले पे रसगुल्ला और सॉफ्ट ड्रिंक्स का भरपूर आनन्द उठा रहा था। जिसे ब्लडप्रेशर था, वो भी व्यंजनों को गपकने में व्यस्त था। शायद ही सभी लोगों ने सी.एम.ओ. चन्द्र को आज नमस्कार किया हो। प्रारम्भ में औपचारिकता में थोड़ी भाषणबाजी भी हुई; उसे तो शायद ही किसी ने सुना, और अन्त में जब सी.एम.ओ. डॉ. चन्द्र, कुर्सी से सम्बोधन के लिए उठे, तो सभी लोग वहाँ से खिसक लिए और भोजन पर टूट पड़े।

दो घण्टे के बाद पूरा प्रांगण सूना हो गया, तो डॉ. चन्द्र को घर जाने की चिन्ता सताने लगी। भागीरथ स्टेनो से ड्राइवर और सरकारी गाड़ी के विषय में पूछा, तो पता चला कि डाइवर तो गाड़ी खड़ी करके घर चला गया है। इस जानकारी के बाद तो डॉ. चन्द्र के माथे पर बल पड़ गये। तभी भागीरथ स्टेनो ने डॉ. चन्द्र को आश्वासन दे दिया कि

आप को मैं अपनी मोपेड से घर छोड़ दूँगा। डॉ. चन्द्र अब तुरन्त घर जाना चाहते थे, क्योंकि पद छोड़ते ही ऐसी तस्वीर बदलेगी, ऐसी कल्पना वे नहीं किये थे। भागीरथ स्टेनो, डॉ. चन्द्र से यह कहते हुए चले गये कि साहब आप यहीं रुकिए, मैं अभी आ रहा हूँ। और डॉ. चन्द्र, कार्यालय के बाहर आकर चाय की दुकान पर बैठ गये।

परमार्थ की समीक्षा कैसे किया जाए, यही बात डॉ. चन्द्र समझने का प्रयत्न कर रहे थे। अपने कार्यालय में बिताए गये एक-एक पल की वे समीक्षा कर रहे थे । उन सभी व्यक्तियों की समीक्षा कर रहे थे जो उन्हें प्रतिदिन सलाम ठोंकते थे, परन्तु आज एक भी नहीं थे। स्वयं द्वारा सभी परमार्थ को एक मनीषी की भाँति याद कर रहे थे,परन्तु उस परमार्थ के एवज में लिए गये रकम और दी गयी प्रताड़ना-यातना की वे समीक्षा नहीं कर पा रहे थे। वे पूरी तरह स्वार्थी हो चुके थे, क्योंकि उनको केवल अपना परमार्थ ही याद आ रहा था, और आज का तिरस्कार। इसी उधेड़बुन में वे कुर्सी पर बैठे थे, तभी चाय वाला उनसे विनम्रतापूर्वक कुर्सी खाली करने का आग्रह करने लगा। डॉ. चन्द्र ने उसकी ओर घूरकर देखा, और यही सोचने लगे, कि क्यों राम जतन तुम भी बदल गये। तभी भागीरथ स्टेनो आ गये, और दूर से ही चिल्लाकर बोले - ''आइए साहब, आपको घर छोड़ देता हूँ।''

भागीरथ स्टेनो और डॉ. चन्द्र साथ-साथ चल दिये। घर पहुँचने पर डॉ. चन्द्र, भागीरथ स्टेनो से एक कप चाय पीने का आग्रह करते रह गये, किन्तु भागीरथ स्टेनो अपने मोपेड पर से नहीं उतरे; और तो और, चलते-चलते यह भी कह दिये कि नए सी.एम.ओ. के कार्यभार सँभालने के पहले सरकारी आवास खाली कर दीजिएगा। डॉ. चन्द्र, अर्द्धविक्षिप्त से अपने घर के अन्दर चले गये।

इधर ब्लाक- प्रमुख राम ललित और ललिता जी का प्रेम परवान चढ़ने लगा। इस रिश्ते का राजनीतिक लाभ भी बहुत था। डॉ. विश्वकर्मा को राजनीतिक संरक्षण प्राप्त हो गया था। अब हॉस्पिटल पर निर्भीक होकर प्रैक्टिस करते थे, और पैसा दोनों हाथ से बटोर रहे थे।

इसी बीच उनके कुछ मित्र, पोस्ट ग्रेजुएट (पी.जी.) डिप्लोमा करने का विचार करने लगे। नियम के अनुसार सात वर्ष की नौकरी के बाद विभाग द्वारा आरक्षित सीट पर पी.जी. डिप्लोमा किया जा सकता था, सो डॉ. राम स्वरूप विश्वकर्मा ने भी फार्म भरने का निश्चय कर लिया। इसी क्रम मे फार्म को प्रमाणित कराने के लिए वे नये सी.एम.ओ., डॉ. सागर के कमरे में सीधे प्रवेश कर गये, और सी.एम.ओ. साहब के सामने फार्म रख दिये; फिर क्या था, डॉ. सागर ने उन्हें ठीक से डाँट पिलाई, और प्रॉपर चैनल से आने के लिए कह दिया। डॉ. विश्वकर्मा मुँह लटकाए घर चले आए। घर आकर भागीरथ स्टेनो को फोन मिलाए और सारी बात विस्तार से बताए, तो भागीरथ स्टेनो यह कहते हुए कि नये साहब बहुत कड़े मिजाज के हैं, फिर भी, आपका काम होगा, कल शाम को आइए। कहते हुए फोन रख दिये। दूसरे दिन शाम को चार बजे प्रधान जी के लड़के की मोटरसाइकिल पर बैठकर डॉ. विश्वकर्मा सी.एम.ओ. कार्यालय पहुँच गये। सी.एम.ओ. साहब के कमरे पर ताला लगा हुआ था। कार्यालय भी लगभग सूना हो गया था। सभी लोग घर जा चुके थे, या जाने की तैयारी कर रहे थे। सो डॉ. विश्वकर्मा भागीरथ स्टेनो को फोन मिलाए, परन्तु उनका फोन स्विच ऑफ था। डॉ. विश्वकर्मा समझ गये कि भागीरथ भइया, साहब के पास हैं, सो बाहर ही राम जतन की दुकान पर जाकर बैठ गये। राम जतन भी अन्तिम खेप की चाय बना रहा था। दो जगह चाय भी आ गयी। अब शाम के छह बज गये थे। तभी भागीरथ स्टेनो कार्यालय के पीछे वाले रास्ते से आते दिखाई पड़े। डॉ. विश्वकर्मा ने दौड़कर भागीरथ भइया को प्रणाम किया। भागीरथ स्टेनो बिना देर किये बोले - फार्म दीजिए। फार्म लेने के बाद भागीरथ भइया पुनः बोले - "चौदह सौ दीजिए।" डॉ. विश्वकर्मा अवाक से देखते रह गये, तो भागीरथ स्टेनो बोले- "क्या सोच रहे हैं? आप से कहा था न, कि नये साहब बहुत कड़क हैं।" डॉ. विश्वकर्मा बोले- "सर, इस काम का पैसा लगेगा?" भागीरथ स्टेनो खिसियाने के अन्दाज में बोले- "तो आप ही करा लीजिए।" डॉ. विश्वकर्मा, अपने पर्स से चौदह सौ रुपया निकालकर

भागीरथ स्टेनो को दे दिये। क्रोध तो बहुत आ रहा था, परन्तु सरकारी नौकरी के कायदे-कानून को आत्मसात करना ही पड़ता है। दस मिनट बाद भागीरथ स्टेनो उसी कार्यालय के पिछवाड़े से आते हुए दिखाई दे गये। डॉ. विश्वकर्मा का काम हो गया था। फार्म, डॉ. विश्वकर्मा को देते हुए भागीरथ स्टेनो बोले - "ई साहब बिलकुल हाथ रखने नहीं दे रहे हैं; तीस लाख देकर आए हैं, दो साल रिटायरमेन्ट है। आप समझ गये डा. साहब? डॉ. साहब अकेले ही रहते हैं; परिवार साथ नहीं रखते हैं; पश्चिम से आए हैं।

डॉ. विश्वकर्मा समझ गये, कि नये साहब दो साल में इस जिले को चूस ही लेंग; सो हॉस्पिटल पर आकर कमाने में लग गये। छह महीने बाद डॉ. विश्वकर्मा को चर्म एवं गुप्त रोग में विशेषज्ञता हासिल करने के लिए परास्नातक डिप्लोमा में प्रवेश मिल गया, परन्तु दाखिला गृह जनपद में नहीं मिला, सो दूर जनपद के मेडिकल कॉलेज में प्रवेश लेना पड़ा ।

डॉ. रामस्वरूप विश्वकर्मा के मेडिकल कॉलेज जाने के बाद, राम ललित जी ही उनके घर के अभिभावक बन बैठे। ललिता जी को अपनी गाड़ी में बिठाकर वे बच्चों के स्कूल पैरेन्ट्स मीटिंग में भी जाने लगे। डॉ. विश्वकर्मा की दोनों बच्चियाँ अब बड़ी हो गयी थीं। एक वर्ष बीत गया। इस दरम्यान डॉ. विश्वकर्मा जब भी घर आते, तो सीधे नयापार आवास पर चले जाते, और मरीज देखने लगते। उन्हें डर था कि उनके पुराने मरीज कहीं और न बहक जाएँ। साथ ही मरीजों को आश्वासन भी देते, कि अब मेरे लौटने में अधिक समय नहीं बचा है।

उसी समय राम ललित जी विधायकी का चुनाव लड़ने का विचार करने लगे, और पार्टी से टिकट के जुगाड़ में लगे हुए थे। काफी प्रयास के बाद उन्हें टिकट मिल भी गया। चुनाव के समय डॉ. रामस्वरूप विश्वकर्मा तो मेडिकल कॉलेज में पढ़ाई कर रहे थे, परन्तु ललिता जी ने राम ललित जी के चुनाव के संचालन का प्रभार ले रखा था। ललिता जी ने राम ललित जी को आर्थिक सहायता भी दिया था। चुनाव बहुत

जोरदार ढंग से लड़ा गया, परन्तु राम ललित जी चुनाव थोड़े ही मतों से हार गये। इस बात से राम ललित जी थोड़े विचलित अवश्य थे, परन्तु ललिता जी के जोश में कोई कमी नहीं थी। वे जोरदार ढंग से कहती थीं कि ''रामललित जी; आपके हार में भी जीत है; यह आपका पहला चुनाव है... अगले में आपको ही जीतना है।''

इस वाक्य को सुनने के बाद तो राम ललित ऐसे आत्म-विभोर हो जाते, कि इच्छा करती कि इस प्रेरणादायी माँ की गोद में सो जायें। इसके बाद राम ललित जी, ललिता जी के साथ अन्दर शयनकक्ष में चले जाते थे। समय व्यतीत होता गया। डा. रामस्वरूप विश्वकर्मा, वापस नयापार अस्पताल पर आ गये और प्रैक्टिस में जुट गये। ठीक एक वर्ष बाद डॉ. विश्वकर्मा लेवल तीन में प्रमोट हो गये। इससे ललिता जी भी उत्साहित थीं।

एक दिन रामललित जी ने डॉ. विश्वकर्मा और ललिता जी के सामने जिला अस्पताल में नियुक्ति का प्रस्ताव रखा, तो डॉ. विश्वकर्मा ने हामी भर दिया, और उत्सुकतावश यह भी पूछ बैठे, कि क्या लगेगा?

इस बात पर रामललित भड़क गये और बोले- ''हमसे कोई पैसा लेगा।'' डॉ. विश्वकर्मा मुस्कराकर बोले- ''तो नेता जी, करा दीजिए न पोस्टिंग।'' डॉ. विश्वकर्मा की पत्नी भी भीतर चली गयीं चाय बनाने। इसी क्रम में डॉ. विश्वकर्मा की पोस्टिंग जिला मुख्यालय पर हो गयी, और डॉ. विश्वकर्मा मन लगाकर काम करने लगे। सुशील, अठारह साल का हो गया था। उसी के साथ मोटर साइकिल पर पीछे बैठकर जिला अस्पताल जाते थे, और शाम को उसी के साथ नयापार वापस आ जाते थे।

प्रधान जी के लड़के का नाम सुशील था; और जैसा नाम था वैसा ही व्यवहार में भी था। सुशील, सुबह डॉ. विश्वकर्मा को लेकर जिला अस्पताल ठीक आठ बजे पहुँच जाता, और दो बजे वह वापस आता। इसी क्रम में डॉ. विश्वकर्मा कभी-कभी अपने शहर वाले आवास भी

चले जाते थे, जहाँ उनकी दोनों पुत्रियाँ और जगस्वरूप का परिवार रहता था। जब कभी डॉ. विश्वकर्मा की इमरजेन्सी ड्यूटी लग जाती, तो सुशील उन्हें छोड़ने और लेने भी जाता था। पोस्टमार्टम ड्यूटी में तो सुशील साथ ही जाता और साथ ही आता, क्योंकि वहाँ पर दो घंटे में काम हो जाता था। पोस्टमार्टम हाउस के फार्मासिस्ट साहब बहुत तेज आदमी थे; वे सारा काम स्वयं निबटा देते थे; डॉ. विश्वकर्मा को केवल रिपोर्ट लिखना होता था।

डॉ. विश्वकर्मा के साथी डॉक्टरों ने सलाह दिया कि इस लड़के को क्यों बिठाये रहते हो, इससे कुछ काम लिया करो। डॉ. जगस्वरूप से सलाह मशविरा करके एक फ्रेंचाइजी कम्पनी की दवा भी आ गयी, और सुशील काम पर लग गया। अब सुशील, जिला अस्पताल के सामने की दवा के दुकानों पर सुबह दवा रखवा देता, और डॉ. विश्वकर्मा उसे लिख देते, और मरीज को दवा खरीदकर दिखाने के लिए भी कह देते; और मरीज, दवा लाकर कमरे के दरवाजे पर बैठे सुशील को दिखा देते। कारोबार चल निकला। कभी-कभी कोई दुकानदार दवा बदल देता, तो सुशील तुरन्त उसके पास पहुँच जाता और उसे हड़काने लगता; इसी क्रम में सुशील एक बार पिट भी गया।

डॉ. विश्वकर्मा भी इस मुद्दे पर चुप ही रहे, और सुशील को उस दुकानदार के पास न जाने की हिदायत भर दे दिये। इस कारोबार में सुशील को टोटल कलेक्शन का दस प्रतिशत मिलता था, जो काफी बड़ी रकम हो जाती थी। सुशील, अब डॉ. विश्वकर्मा की लड़कियों को कभी-कभार अपनी मोटरसाइकिल से स्कूल भी छोड़ आता था। डॉ. विश्वकर्मा की बड़ी लड़की की इण्टर की बोर्ड परीक्षा थी। उसका सेन्टर घर से थोड़ी दूरी पर था, सो उसे परीक्षा केन्द्र पर पहुँचाने और वापस लाने की जिम्मेदारी भी सुशील को दे दिया गया था। अब सुशील, लौटते समय लड़की के साथ आइसक्रीम भी खाता था, और पैसा भी स्वयं ही देता था। दोनों में माधुर्य बढ़ता जा रहा था।

सुशील, इतना सुशील था कि वह ललिता जी का पैर भी दबाता

था, साथ में उनके कपड़े भी धो देता था। ललिता जी सुशील से बहुत प्रसन्न रहती थीं; यों समझिए कि डॉ. विश्वकर्मा का पूरा परिवार ही सुशील पर फिदा था। बोर्ड परीक्षा के बाद, डॉ. विश्वकर्मा की दोनों पुत्रियाँ नयापार, अपनी माताजी के पास आ गयी थीं। सुशील, अब पूरे परिवार में घुल-मिल गया था। डॉ. विश्वकर्मा की बड़ी लड़की स्नेहलता और सुशील का प्रेम बढ़ता ही जा रहा था। अब सुशील, जब डॉ. विश्वकर्मा के साथ वापस लौटता, तो स्नेहलता और उसकी छोटी बहन के लिए चॉकलेट आदि लेकर ही आता, और उसे छुपाकर दोनों बहनों को दे देता था। अन्तरंगता बढ़ती जा रही थी।

डॉ. विश्वकर्मा को सुशील का घर के अन्दर आना-जाना अच्छा तो नहीं लगता था, परन्तु ललिता जी से विरोध करने का साहस नहीं था। सुशील को लाए तो डॉ. विश्वकर्मा ही थे, परन्तु अब दुलरुआ वह ललिता जी का बन गया था। इसी क्रम में तीन वर्ष का समय व्यतीत हो गया।

रामललित पहली बार विधायक बन गये। रामललित जी का रुतबा अब और बढ़ गया था, क्योंकि वे सत्तारूढ़ पार्टी से विधायक चुने गये थे । डॉ. विश्वकर्मा भी ठीक एक वर्ष बाद लेवल चार के अधिकारी बन गये थे, सो सी.एम.ओ. बनने की उत्कण्ठा जोर पकड़ने लगी। ललिता जी भी रामललित जी की एक तरह से प्रवक्ता बन गयी थीं, सो डॉ. विश्वकर्मा ने अपनी अर्जी ललिता जी के दरबार में पेश कर दिया।

स्नेहलता भी बी.एस.सी. में अन्तिम वर्ष की छात्रा थी, और सुशील भी नया पार के पास ही एक प्रबन्धकीय महाविद्यालय से बी.ए. अन्तिम वर्ष की परीक्षा दे रहा था। सुशील और स्नेहलता का माधुर्य इतना अधिक बढ़ गया था, कि वे मन ही मन विवाह का निश्चय कर लिए। ललिता जी भी इस माधुर्य प्रेम से अनभिज्ञ नहीं थीं, सो समय को देखते हुए चुप ही रहीं, क्योंकि सुशील से उन्हें कोई परहेज नहीं था। ललिता जी भली-भाँति जानती थीं कि उनकी केवल दो लड़कियाँ

भर ही हैं, सो बुढ़ापे के लिए एक लाठी का सहारा तो चाहिए ही; इसलिए ललिता जी सुशील और स्नेहलता के बीच पनप रहे प्रेम में रोड़ा बनना नहीं चाहती थीं।

डॉ. विश्वकर्मा, कभी भी सुशील और स्नेहलता के बीच चल रहे प्रेम-प्रसंग पर ध्यान नहीं दिये। वे हमेशा अपनी प्रैक्टिस, पैसा और प्रमोशन के विषय में ही व्यस्त रहते थे। हालाँकि उनके इस धन-अर्जन से उनको कोई विशेष लाभ नहीं था, क्योंकि तिजोरी की चाभी तो ललिता जी ही रखती थीं; डॉ. विश्वकर्मा तो केवल संचय किये हुए बढ़ते धन को देखकर ही प्रसन्न रहते थे। वे कंजूस भी आला दर्जे के थे। लेवल चार तक के सफर में वे कभी चार पहिया गाड़ी खरीदने का विचार भी नहीं लाए... खैर, काम तो चल ही जाता था। डॉ. जगस्वरूप की दहेज वाली गाड़ी, या फिर रामललित जी की स्कार्पियो आदि गाड़ियाँ तो उपलब्ध ही रहती थीं।

समय बीता। ललिता जी ने प्रधान जी के प्रयास से दो एकड़ खेत भी खरीद लिया; अब वे नयापार की काश्तकार भी बन गयी थीं।

इधर डॉ. विश्वकर्मा का रिटायरमेंट मात्र चार साल ही बचा था, सो वे प्रतिदिन अपनी अर्जी ललिता जी के पास लगा देते। खैर, उनकी अर्जी स्वीकार हो गयी, और वे घर से दूर मिर्जापुर जिले के सी.एम.ओ. बन गये। ज्वाइनिंग के समय रामललित जी और ललिता जी भी साथ में गये थे। उसके बाद डॉ. विश्वकर्मा वहाँ अकेले ही रहते थे।

डॉ. विश्वकर्मा पूर्वार्द्ध में सीखे गये दाँव-पेचों का भरपूर इस्तेमाल करना प्रारम्भ कर दिये, और दोनों हाथों से पैसा बटोरने लगे। ललिता जी प्रत्येक दो महीने पर मिर्जापुर आती थीं, और सारा माल पानी साथ में ले जाती थीं। सी.एम.ओ. बनने के ठीक आठवें महीने ललिता जी अकेले ही मिर्जापुर गयीं, और सी.एम.ओ. साहब को उनके होने वाले दामाद के विषय में अवगत करा दीं, साथ ही साथ स्नेहलता बिटिया की इच्छा से भी अवगत करवा दीं। यह सुनना था कि डॉ. विश्वकर्मा का

क्रोध जाग उठा। वैसे तो उन्हें क्रोध आता ही नहीं था, परन्तु आज वे अपना आपा खो बैठे थे।

ललिता जी उन्हें समझाने का प्रयत्न करते हुए बोलने लगीं- "इस रिश्ते से सभी लोग प्रसन्न हैं; सुशील जैसा सज्जन लड़का भला कहाँ मिलेगा? हम लोगों की सेवा के लिए सदैव एक पैर पर खड़ा रहता है। राम ललित जी और प्रधान जी भी मेरे साथ ही आने वाले थे, परन्तु मैंने ही रोक दिया।" डॉ. विश्वकर्मा बोले- "तुम्हारी समझ कहाँ चली गयी है; वह मेरा कंपाउंडर है समझी... मैं चीफ मेडिकल आफिसर हूँ; पूरे जिले में एक ही पोस्ट होती है; वह निरक्षर सुशील मेरा दामाद बनेगा।"

अबकी ललिता जी चुप ही रहीं, और सी.एम.ओ. साहब को दुलारती रहीं। दो दिन तक वे मिर्जापुर, पति के साथ रहीं, और पुनः सरकारी गाड़ी से वापस लौट आयीं। हालाँकि कोई सार्थक निष्कर्ष नहीं निकल पाया था, परन्तु वे आशान्वित अवश्य थीं। नया पार में राम ललित जी और प्रधान जी उन्हीं की प्रतीक्षा कर रहे थे। ललिता जी के व्याख्यान के बाद रामललित जी बोले कि सी.एम.ओ. साहब को वे मनाएँगे और अगले सप्ताह मिर्जापुर जाएँगे।

इस निर्णय के बाद दूसरे सप्ताह, ललिता जी भी साथ में हो लीं, और मिर्जापुर से लौटते समय डॉ. विश्वकर्मा को भी साथ लेती आयीं। डॉ. विश्वकर्मा ने मूक समर्थन दे दिया था। रामललित जी का स्वयं जाने का अर्थ ही था, आत्म समर्पण। रामललित जी ने प्रधान जी को भी बुलाकर विवाह की तारीख निश्चित कर दिया।

डॉ. विश्वकर्मा तो कुण्ठा से इतना भर गये थे, कि वे सुशील और अपनी स्नेहलता बिटिया का चेहरा भी नहीं देखे, और सिर नीचे किये रहे। डॉ. विश्वकर्मा, तीन दिन तक नयापार रहे, परन्तु उन्होंने विवाह के विषय में न तो अपनी पत्नी से, और न ही रामललित जी से कोई चर्चा की, और मिर्जापुर वापस लौट आए। इसके ठीक दो महीने बाद, डॉ. विश्वकर्मा, विवाह में ही नयापार वापस आए। विवाह क्या था, एक

रस्म अदायगी भर थी। विदाई में न लड़की के आँसू बहे, न डॉ. विश्वकर्मा के, और न ही ललिता जी के। इंतजाम बहुत बढ़िया था। रामललित जी (विधायक) ने कार्यकर्ताओं की फौज खड़ी कर दिया था। दो दिन बाद स्नेहलता अपने घर चली आयी, और सुशील भी पुरानी दिनचर्या में लग गया।

डॉ. विश्वकर्मा के पास पश्चाताप के सिवा दूसरा विकल्प नहीं बचा था, परन्तु क्या कर सकते थे। इस सुशील रूपी वृक्ष के बीज को उन्होंने ही रोपा था। दोनों पुत्रियों को प्रारम्भ से ही शहर में रखकर अच्छे स्कूल में पढ़ाया, परन्तु उसका परिणाम भी अच्छा नहीं दिख रहा था। इसका एक कारण साफ दिखाई दे रहा था कि डॉ. विश्वकर्मा ने पुत्रियों की शिक्षा और पालन-पोषण में तो कोई कोताही नहीं बरती; लेकिन स्वयं कभी अपने बच्चों को समय नहीं दिया। सो रास्ते बदलते चले गये, और डॉ. विश्वकर्मा को उसका भान भी नहीं हो पाया। उसमें ललिता जी जैसी पत्नी सोने पे सुहागा ही थीं। पैसे की हवस ने डॉ. विश्वकर्मा को व्यावहारिक कर्मक्षेत्र से विरत कर दिया था। बच्चों की परीक्षा के दौरान भी उन्होंने कभी अपनी बच्चियों के लिए समय नहीं निकाला... वहाँ भी सुशील को ही लगा दिया। जीवन में धन हो भी जाए, और उसकी परिणिति इतनी दुःखद हो, तो उस अर्जित धन का भी क्या अर्थ!

अब डॉ. विश्वकर्मा, अपनी दूसरी पुत्री के भविष्य को लेकर चिन्तित थे। उन्होंने छोटे भाई डॉ. जगस्वरूप से सम्पर्क साधा, और छोटी बिटिया रत्ना के विषय में पूरी जानकारी ली, और डॉ. जगस्वरूप को निर्देशित भी किये कि रत्ना की जब छुटटी हो जाए, तो उसे लेकर कुछ दिनों के लिए मिर्जापुर आ जाएँ। रत्ना, इस वर्ष इण्टर की परीक्षा दे रही थी। परीक्षा समाप्त होते ही डॉ. जगस्वरूप, रत्ना और अपनी पत्नी-बच्चों के साथ मिर्जापुर पहुँच गये। डॉ. विश्वकर्मा तो जैसे इन लोगों की बाट ही जोह रहे थे। जगस्वरूप के पहुँचने के पहले ही वे अपने सरकारी बँगले पर पहुँच गये, और ड्राइवर को पैसा देकर सभी के लिए होटल से बढ़िया खाना पैक कराकर लाने का आदेश दे

दिये।

ठीक आधे घण्टे बाद, डॉ. जगस्वरूप, अपनी मारुति गाड़ी से पहुँच गया। आज डॉ. विश्वकर्मा बाहर बरामदे में बैठकर सभी की प्रतीक्षा कर रहे थे। मारुति गाड़ी को देखते ही डॉ. विश्वकर्मा, गेट खोलने के लिए दौड़े और गाड़ी को अन्दर करवाकर रत्ना को अपनी बाँहों में भर लिए, और ऐसे रोए जैसे कोई अबोध बालक। उसके बाद वे जगस्वरूप को भी अपनी बाँहो में भरकर खूब रोए। यह सब दृश्य बाहर ही चल रहा था, सो जगस्वरूप उन्हें बाँहों में भरकर अन्दर ले गये।

जगस्वरूप के दोनों बच्चे भी अवाक से ताऊजी को देख रहे थे। खैर, रत्ना ने उन दोनों को अन्दर ले जाकर फ्रूटी का एक-एक पैकेट दे दिया, और वे उसी में मस्त हो गये। जगस्वरूप की पत्नी, जो सदैव आज्ञाकारी गृहणी रही थीं, वे रसोंई घर में जाकर सभी के लिए पानी लेकर आयीं। थोड़ा माहौल शान्त हुआ तो रत्ना चाय लेकर आ गई; तब तक ड्राइवर खाना भी ला चुका था। आज डॉ. विश्वकर्मा, स्वयं को सुरक्षित महसूस कर रहे थे। अपनेपन का बोध सुरक्षा का बोध करा ही देता है। सभी लोग चुप बैठे थे; किसी को कुछ सूझ नहीं रहा था कि कहाँ से प्रारम्भ करं; तभी डॉ. विश्वकर्मा, चाय की प्याली टेबुल पर रखते हुए रत्ना से पूछ बैठे - "पेपर कैसे हुए हैं?" रत्ना भी चहकते हुए बोली -"बहुत अच्छा।"

डॉ. जगस्वरूप भी स्वयं को रोक नहीं पाए, और बोल पड़े- "भइया, रत्ना का मेडिकल इंट्रेंस भी अगले महीने है, सो मैं इसका एक महीने के क्रैश कोर्स में एडमिशन कराकर आया हूँ।" डॉ. विश्वकर्मा मुस्कराकर रह गये, और जगस्वरूप की पत्नी की ओर मुखातिब होकर बोले - "बेटा, खाना पैक करके रखा है; तुम सभी लोग कपड़े बदलकर फ्रेश हो जाओ।"

थोड़ी देर बाद सभी लोग हँसी-खुशी भोजन कर रहे थे। तभी ललिता जी का फोन आ गया। डॉ. विश्वकर्मा ने फोन उठाया, और

औपचारिकतावश सभी लोगों का एक साथ हालचाल पूछ डाला। इसके बाद वे चुप हो गये और ललिता जी की बातों को सुनते रहे, और हूँ हूँ करते रहे। पूरे वार्तालाप के दौरान उन्होंने जगस्वरूप आदि के पधारने का जिक्र भी नहीं किया। सभी लोग बड़े भइया की मनोदशा को समझ रहे थे, इसलिए किसी ने इसकी चर्चा भी नहीं की। पूरा परिचार चार दिनों तक मिर्जापुर में रहा, और आस-पास के छोटे बड़े तीर्थस्थलों का भ्रमण भी किया। चार दिन बहुत रोमांचक थे। इसी दौरान डॉ. विश्वकर्मा, छोटे भाई जगस्वरूप से रत्ना के विषय में ढेर सारी बात किये, और उसे किसी भी हाल में मेडिकल कॉलेज में दाखिला दिलाने के लिए बोले। जगस्वरूप ने कभी भी अपने बड़े भइया को, नहीं में जवाब नहीं दिया था, सो इस बार भी वे भइया के प्रत्येक शब्द को सुनकर हाँ हाँ ही कह रहे थे। चलते समय, डॉ. विश्वकर्मा ने पूरे परिवार को बाजार ले जाकर ढेर सारे कपड़े और थोड़े बहुत जूते चप्पल सभी के लिए खरीद दिया। पूरे परिवार को विदा करने से पहले, जगस्वरूप को एक लाख रुपये भी दिये, ताकि रत्ना की पढ़ाई-लिखाई सुचारु रूप से चलती रहे।

अब डॉ. विश्वकर्मा को नयापार में कोई आकर्षण नहीं दिखाई दे रहा था। नयापार का खयाल आते ही, डॉ. विश्वकर्मा शिथिल से हो जाते थे। नयापार जाने की इच्छा ही नहीं रह गयी थी। ललिता जी का फोन आता, तो रिसीव करने की इच्छा भी नहीं होती। डॉ. विश्वकर्मा बहुत दुखी रहने लगे थे। स्नेहलता के आगामी जीवन को लेकर भी बहुत सशंक्ति हो गये थे। प्रधान जी और रामललित के प्रति मन घृणा से भर गया था। डॉ. विश्वकर्मा का मानना था कि इन्हीं दोनों ने पहले ललिता को वश में किया, और फिर स्नेहलता को इस अनपढ़ सुशील के मत्थे मढ़ दिया।

डॉ. विश्वकर्मा यही सोच रहे थे कि अब कम से कम रत्ना को तो मैं भटकने से रोक ही लूँ, इसलिए उन्होंने अपना पूरा ध्यान रत्ना पर केन्द्रित कर दिया। सौभाग्य से रत्ना, इण्टर प्रथम श्रेणी में अच्छे अंकों से पास हो गयी और मेडिकल प्रवेश परीक्षा में भी मेरिट में आ गयी

थी, सो डॉ. विश्वकर्मा ने तुरन्त उसका दाखिला मेडिकल कालेज, इलाहाबाद में करा दिया। इलाहाबाद, मिर्जापुर से पास था, सो प्रत्येक शनिवार शाम को स्वयं जाकर उसे मिर्जापुर ले आते, और सोमवार की सुबह ही उसे इलाहाबाद पहुँचा देते। जीवन में पहली बार डॉ. विश्वकर्मा को इस कार्य से अपार आत्मिक संतुष्टि मिल रही थी।

स्नेहलता के विवाह के चार महीने हो गये थे। प्रधान जी, रामललित जी और ललिता जी की बैठकी नित्य नयापार में जम जाती थी। सुशील, सभी लोगों के सेवा भाव में लगा रहता था। इधर चूँकि सुशील की कमाई बन्द हो गयी थी, इसलिए वो पुनः फ्रेंचाइजी वाली दवा, नया पार सरकारी अस्पताल पर लिखवाने लगा। डॉक्टरों से रामललित जी ने स्वयं जाकर सहयोग करने के लिए कह दिया, सो डाक्टरों ने भी दवा लिखना प्रारम्भ कर दिया। ओझा जी की दुकान अब और बड़ी हो गयी थी। उनका लड़का भी डी.एम.एल.टी. का कोर्स करके बगल में पैथालॉजी खोल दिया था। दोनों बाप-बेटा खूब कमा रहे थे। ओझा जी का छोटा लड़का भी एक्स-रे टेक्नीशियन का कोर्स कर रहा था; और सबसे छोटा, दुकान पर ही पिताजी का हाथ बँटाता था।

ओझा जी गाँव के जमींदार आदमी थे, सो ऐंठन नहीं गयी थी। सुशील को कभी-कभी कह देते, कि तू तो बेटा, सी.एम.ओ. का दामाद है, तुझे यह शोभा नही देता है। इस वाक्य को सुनकर सुशील केवल मुस्कराकर रह जाता। इसी तरह जब ओझा जी दवा का पेमेंट देते, तो सुशील से कहते कि बेटा, तुझको क्या कमी है; तू तो, सी.एम.ओ. का दामाद है। इसी तरह सुशील भी कुछ कमाने लगा था।

एक दिन ललिता जी ने डॉ. विश्वकर्मा को फोन किया, और उलाहना देने के अन्दाज में बोलीं- "डॉ. साहब, नयापार की याद नहीं आती है? आज आपको यहाँ आए चार महीने का समय हो गया, कभी फोन भी नहीं करते; कब आ रहे हैं?" डॉ. विश्वकर्मा, हड़बड़ाहट में बोल दिये कि अगले महीने, परन्तु ललिता जी दूसरे ही दिन मिर्जापुर

पहुँच गयीं। दरअसल ललिता जी ने रोड पर एक खेत का सौदा कर लिया था, उसी में कुछ पैसे कम पड़ रहे थे, सो मिर्जापुर, डॉ. साहब के पास पहुँच गयीं। डॉ. विश्वकर्मा अपनी पत्नी को रत्ना बिटिया का हाल चाल बताने का बहुत प्रयास किये, परन्तु ललिता जी को तो बस खेत लिखाने को जोश चढ़ा हुआ था।

दूसरे दिन पाँच लाख रुपये पाने के बाद ललिता जी यह कहते हुए गाड़ी में बैठ गयीं, कि अगली बार आएँगे तो रत्ना बिटिया से मिलने चलेंगे। समय व्यतीत होता रहा। रत्ना, एम.बी.बी.एस के तृतीय वर्ष की छात्रा हो गयी, और उसी वर्ष डॉ. विश्वकर्मा अवकाश प्राप्त कर रहे थे। ललिता जी भी अब डॉ. विश्वकर्मा के नयापार पुनः वापस आने की प्रतीक्षा में व्यग्र थीं। वे चाहती थीं कि डॉ. साहब नयापार आ जाते तो पुनः प्रैक्टिस करते, और सुशील की भी भागादौड़ी बन्द हो जाती; परन्तु डॉ. विश्वकर्मा, अपने पूर्व परिचित इलाहाबाद के सी.एम.ओ. से गुहार लगाकर संविदा पर जिला अस्पताल इलाहाबाद में चिकित्साधिकारी के पद पर अपनी नियुक्ति करा लिए।

अवकाश प्राप्ति के बाद वे नयापार आए थे एक महीने के लिए; परन्तु रात्रि विश्राम एक दिन भी नहीं किये। रात्रि विश्राम के लिए वे अपने पुश्तैनी मकान पर चले जाते थे। डॉ. विश्वकर्मा, स्नेहलता के विवाह के बाद से कुछ पैसा ललिता जी से छुपाकर रखने लगे थे, क्योंकि वे अच्छी तरह से समझ चुके थे, कि उनका गुजारा अब ललिता जी के साथ नहीं हो सकता।

दो वर्ष बाद रत्ना डाक्टर बन गयी, और उसकी नियुक्ति भी सरकारी अस्पताल में हो गयी। रत्ना की बात अपनी बड़ी बहन स्नेहलता से कभी-कभार हो जाती थी, वो भी औपचारिक रूप से। रत्ना तो इन पाँच वर्षों में कभी अपने जीजा जी का नाम भी नहीं ली होगी। वह नयापार भी नहीं जाना चाहती थी। वो अपनी माँ के भविष्य और उसके द्वारा लिए गये निर्णय को सोचकर दुखी हो जाती थी।

सरकारी नौकरी के दौरान ही वो आगे की पढ़ाई के लिए परीक्षा

में पास हो गयी, और रेडियालॉजी से एम.डी. की पढ़ाई के लिए लखनऊ चली आयी। डॉ. विश्वकर्मा भी संविदा की नौकरी छोड़कर लखनऊ ही चले आए, और पुनः संविदा पर नियुक्ति पा गये। अब डॉ. विश्वकर्मा, अपनी रत्ना को छोड़ना नहीं चाहते थे। इसी दौरान रत्ना का विवाह भी एक सहपाठी लड़के से तय हो गया। डॉ. विश्वकर्मा भी इस विवाह से बहुत प्रसन्न थे।

विवाह लखनऊ से ही सम्पन्न होना था, सो ललिता जी, रामललित जी और समधी प्रधान जी के साथ सुशील और स्नेहलता भी आयी थी। रामललित जी पिछला चुनाव हार चुके थे, और अब वे विधायक भी नहीं रहे थे; यही हाल प्रधान जी का भी था।

जगस्वरूप तो तीन दिन पहले परिवार सहित पहुँच चुका था। विश्वकर्मा जी ने बहुत भव्य आयोजन कर रखा था। लड़के पक्ष के लोग भी बहुत संभ्रान्त परिवार से थे, सो भव्यता का बढ़ जाना स्वाभाविक था।

रत्ना ने केवल अपनी दीदी स्नेहलता से ही स्नेह दिखाया; वह अन्य किसी से बात तक नहीं की। सुशील तो एक किनारे, प्रधान जी के साथ कुर्सी पर बैठा रहा। विवाह हो गया। रत्ना की विदाई हो गयी। डॉ. विश्वकर्मा ने दिल खोलकर अपनी बिटिया-दामाद को दिया। लग रहा था कि आज वे अपनी जिन्दगी की कमाई को सार्थक रूप दे रहे हैं।

छह महीने बाद डॉ. विश्वकर्मा नयापार वापस आ गये, अपनी बड़ी बिटिया स्नेहलता का भविष्य सँवारने। डॉ. विश्वकर्मा ने स्वयं को निर्वासित बना लिया था। वे तो बस स्नेहलता को अपने पैरों पर खड़ा देखना चाहते थे, परन्तु इसी चाह को लिए हुए ही डॉ. विश्वकर्मा स्वर्ग सिधार गये।

12

शौच से समाजवाद तक

हम भारतीय, अपनी परम्पराओं के मोह को त्याग नहीं पाते हैं। हम अपने पुरातन रिवाजों को भी छोड़ नहीं पाते हैं। शौच को घर के बाहर त्यागने की परम्परा को भी हम छोड़ने को तैयार नहीं हैं। हम किसी व्यवस्था को तब तक बिगाड़ते हैं, जब तक कि कोई दूसरी व्यवस्था न आ जाए।

सर्वप्रथम जब मोबाइल फोन आया, तो होड़ सी मच गयी थी कि सबसे छोटा मोबाइल सेट किसके पास है। यह प्रतिष्ठा का विषय बन गया था। जिन्हें अपने पास सबसे छोटा मोबाइल सेट होने का भ्रम होता था, वे किसी न किसी बहाने अपने सेट को निकालकर टेबल पर रख ही देते थे, ताकि सभी लोग निहार सकें। प्रतिस्पर्धा में कोई दूसरा भी ऐसा ही कर देता था; जैसे लगता था कि अब यही सामाजिक प्रतिष्ठा रह गयी हो। बी.एस.एन.एल. यानी भारत दूर संचार निगम लिमिटेड का सिम रखना प्रतिष्ठा का विषय बन गया था। इस सिम के

लिए बहुत जुगाड़ लगाना पड़ता था। सरकारी नौकरशाहों के लिए तो बी.एस.एन.एल. का सिम अपरिहार्य हो गया था। वे तभी मोबाइल सेट खरीदते, जब बी.एस.एन.एल. का सिम मिल जाता था, और सेट भी नोकिया कम्पनी का। हालात ये हो गये, कि जिसको देखिए वो मोबाइल कान में लगाये रहता था। सरकारी साहब लोग या बड़े ठेकेदार आदि लोग जब सुबह अपनी चार पहिया गाड़ी में बैठते, तो मोबाइल को झूठ में ही कान में लगाकर पकड़े रहते, जैसे उनका जीवन व्यस्तता से भरा पड़ा है। यह एक फैशन बन गया था। यदि रास्ते में कोई परिचित नमस्कार कर देता, तो मोबाइल कान में लगाए हुए ही ऐसे मुस्कराते और हाथ हिलाते, जैसे कह रहे हों कि भाई, इससे ज्यादा सम्भव नहीं है।

पाठकों! मैं पुनः विषय पर लौटता हूँ। भारतवर्ष में किसी भी वस्तु के इस्तेमाल से व्यवस्था तो चरमरानी तय ही है, क्योंकि भारी जनसंख्या का बोझ शायद यह व्यवस्था सँभाल नहीं पाती है। हमारे सार्वजनिक मूत्रालयों की दुर्दशा देखिए। शायद ही कोई मूत्रालय ऐसा हो, जिसमें आप सुगमता से मूत्र त्याग सकें। या तो मूत्रालय का निकासी छिद्र बन्द होगा, या निकासी की पाइप ही गायब हो जाती है, जिससे पूरा मूत्र सम्पूर्ण वस्त्र को ही भिगो देता है... हद तो तब हो जाती है जब कोई भद्रजन उस मूत्रालय के भीतर शौच कर देता है।

जनता जनार्दन क्या करे? अब लोग मूत्रालय के बाहरी दीवार की आड़ लेकर मूत्र त्याग करने लगे हैं। फिर क्या है... चारों ओर मल-मूत्रीय कीचड़ व्याप्त हो जाता है। भारतवर्ष की एक विशेषता और भी है; सरकारी आदमी की कर्तव्यपरायणता। सफाईकर्मी, प्रत्येक वार्ड और प्रत्येक गाँव में कार्यरत हैं। शहरों में नगरपालिकाएँ और नगर निगम भी हैं, परन्तु सफाई का फण्ड और सफाईकर्मी, कभी भी जनता के हित में कार्य नहीं करते हैं। ब्लीचिंग पाउडर की सप्लाई तो खूब है, परन्तु वह कहाँ इस्तेमाल होता है, ये तो अधिकारी लोग ही जानें।

सबसे अधिक निराशा तो उन लोगों से होती है, जिनको प्रातः

चार से पाँच बजे के बीच शौच करने की आदत है। इस श्रेणी में आने वाले लोग भरसक शौचालय का प्रयोग नहीं करते। इन्हें सदैव स्वच्छ वायु में साफ-सुथरे जगह पर शौच करने में आनन्द की अनुभूति होती है। एक बार रेलवे के महाप्रबन्धक के बँगले के गेट के सामने, कोई व्यक्ति शौच करके चला जाता था। इस समस्या से निजात पाने के लिए साहब की पत्नी ने स्वयं सुबह उठकर अपने लॉन में मार्निंगवॉक करने का निर्णण लिया, परन्तु जब तक वह उठकर लॉन में आतीं, तब तक सज्जन अपना काम करके जा चुके होते थे। ऐसे शौच में प्रवीण लोगों को गैस की बीमारी नहीं होती है। वे बहुत खामोशी से शौच करके चले जाते हैं। महाप्रबंधक की पत्नी ने सभी उपाय कर डाले; यहाँ तक कि बँगले के भीतर बने आउट हाउस वाले चपरासी को गेट के पास ही रात्रि में सुलाया गया, कि कोई आता दिखे तो बताओ; परन्तु शौच करने वाला व्यक्ति ही निपुण निकला।

मैडम सुबह उठकर गेट के पास जातीं, और शौच को देखते ही चपरासी के ऊपर आग-बबूला हो जातीं। चपरासी तो मैडम के इस बर्ताव से बहुत दुखी रहने लगा। चपरासी की पत्नी तो मैडम को प्रसन्न रखने के लिए रात्रि में उनका पैर भी दबाने लगी, परन्तु समस्या तो प्रातः काल में किये शौच की थी। सबसे बड़ी बात यह थी, कि वह व्यक्ति ठीक गेट के सामने ही शौच करता था। एक दिन तो बवाल ही हो गया। मैडम का पालतू पामेरियन कुत्ता बाहर जाकर प्रातःकाल ही उस शौच का रसास्वादन करके मैडम की गोद में बैठ गया। पहले तो मैडम कुछ समझ नहीं पायीं, लेकिन जब शौच की गन्ध उनके शरीर से आने लगी, तब उनका ध्यान अपने प्यारे कुत्ते की ओर गया, और चिल्लाते हुए बाथरूम की ओर भागीं।

आज मैडम पागल सी हो गयी थीं। कुत्ते को भी इतना नहाना पड़ा कि शाम तक खाँसी हो गयी । मैडम ने रेलवे सुरक्षाबल के चीफ साहब की पत्नी को फोन मिलाया, और सारी बात विस्तार से बतायी। दूसरे दिन से महाप्रबन्धक साहब के बँगले पर दो जवानों की चौबीस घण्टे की ड्यूटी लग गयी।

जवानो ने भी खूब कर्तव्य परायणता का पालन किया, और शौच बन्द हो गया। अब शान्ति का माहौल था। सबकुछ ठीक-ठीक ही चल रहा था, कि एक दिन आर.पी.एफ के चीफ साहब की पत्नी का, मैडम के पास फोन आया, कि आज मेरे गेट के सामने किसी ने शौच कर दिया है। अब समस्या विकराल रूप लेने लगी थी। ऐसा ही वाकया और भी साहब लोगों के बँगले के गेट के सामने घटित होने लगा। तब जाकर एक दिन रविवार को ऑफिसर्स क्लब में मीटिंग आयोजित की गयी। कुछ लोगों ने सिविल पुलिस को सूचित करने का सुझाव दिया, परन्तु रेलवे सुरक्षाबल के चीफ साहब सभी लोगों की बात को काटते हुए बोले कि हमारे पास चार हजार सिपाही हैं; हम सिविल पुलिस की सहायता नहीं लेंगे। पूरी कॉलोनी में गश्त बढ़ा दी गयी। इसका परिणाम सार्थक सिद्ध हुआ, और गेट पर शौच बन्द हो गया।

यही स्थिति गाँवों में भी है। सुबह चार बजे शौच करने वाले, आबादी के आस-पास ही शौच करना पसन्द करते हैं, ताकि लोग सुबह अपना सिर फोडें प्रातःकाल के शौच में, स्थान का ध्यान नहीं रखना पड़ता है। प्रातःकाल के शौच में स्वतन्त्रता रहती है; न तो शर्म आती है, और न ही किसी के आने-जाने का भय रहता है। अरहर की लगायी गयी टाल के आड़ में ऐसे लोग अवश्य शौच करते हैं, या गाँव में घुसने वाले मुख्य मार्ग पर, या किसी के साफ सुथरे खलिहान में शौच करने की प्रथा है। ऐसे लोग अपने धार्मिक बड़प्पन में सुबह छह बजे भगवान का भजन अवश्य गाते हैं।

अब तो गाँवों में भी सरकारी पहल से शौचालय बनाए जा रहे हैं। जहाँ शौचालय बन गया है, वहाँ पर उसके द्वार पर ताला लगा दिया गया है, इस आशंका में, कि अधिक इस्तेमाल से इसकी टंकी भर जाएगी। महिलाओं को तो शौचालय में जाने से कुछ ज्यादा ही परहेज है; क्योंकि शाम को सभी घर की औरतें, लड़कियाँ, झुण्ड में शौच करने जाती हैं, और वहाँ पर दिन भर की व्यथा और आनन्द का बँटवारा होता है। यह समय एक प्रकार से आपसी मिलन का भी होता है। इसी दौरान कितने देवरों का विवाह भी तय हो जाता है। इस

आनन्द का बखान भी बहुत था। औरतें शौचघर के अकेलेपन को भी खूब कोसती थीं। एक छोटी सी कोठरी में अकेले बैठकर शौच करना कितना कष्टकारी होता है, इस पर भी उस रात्रि शौच-मिलन कार्यक्रम में प्रकाश डाला जाता था, साथ ही साथ गाँव में हो रहे कार्यों की समीक्षा भी की जाती थी। किस सास ने अपनी किस बहू को प्रताड़ित किया, या कौन-सी लड़की मायके में रहकर घर में आग लगा रही है; इन सभी विषयों पर मन्थन और आगामी निर्णय भी लिए जाते थे, तब जाकर महिलाओं का कब्ज दूर होता था।

सन्तराज ओझा, अपने माता-पिता की संतानों में दूसरे नम्बर पर थे। पिता के सिखाए गुण पुत्र में भी थे। सुबह चार बजे बिस्तर छोड़ देना, इसके बाद शौच, फिर दातून; उसके बाद गुड़ चना का सेवन, उसके बाद थोड़ा दंडबैठक और कुश्ती। स्नान के पहले, भैंस से दूध निकालना। अन्त में भोजन करके विद्यालय जाना। सन्तराज जी प्रखर बुद्धि के छात्र थे। शरीर भी छह फुट का हो गया था। स्नातक अन्तिम वर्ष की परीक्षा देने के साथ ही पूर्वोत्तर रेलवे में नौकरी लग गयी। लेखा-कार्यालय में बाबू बन गये। रेलवे मुख्यालय गोरखपुर से पच्चीस किलोमीटर दूर उनका गाँव था। रेलवे ने ऑफिस टाइम पर एक शटल ट्रेन चला रखी थी, सो ओझा जी उसी पर सुबह साढ़े आठ बजे सवार हो जाते और दस बजे ऑफिस पहुँच जाते।

नौकरी के बाद सब कुछ तो पूर्ववत् चलता रहा, बस कुश्ती छूट गयी। ओझाजी के पिताजी, घर के अन्दर शौचालय बनवाने और उसमें शौच करने के सख्त विरोधी थे। उनका कहना था कि शरीर के ऐसे अवशिष्ट पदार्थ को खेत आदि में ही विसर्जित कर देना चाहिए... सो पिता के विचार पुत्र में भी समाविष्ट हो गये थे।

ओझाजी जल्द ही राजपत्रित अधिकारी बन गये। उन्हें रेलवे का बड़ा बँगला मिल गया। ओझाजी, पूरे परिवार के साथ उसी में रहने आ गये, परन्तु अभी भी बँगले के खेत में ही शौच करते थे। एक बार ओझाजी को बड़ौदा, विभागीय ट्रेनिंग में जाना पड़ा। वहाँ पर भी

ओझाजी ने दूसरे दिन ही एक पाँच लीटर का डालडा का डिब्बा खोज लिया, और उसके ऊपरी किनारों पर दो छेद करके उसमें एक रस्सी बाँध दिये, और उसमें पानी भरकर ट्रेनिंग सेन्टर के पीछे प्रांगण में शौच जाने लगे। उनके इस साहस से, देश के अन्य हिस्सों से आए अधिकारीगण अचम्भित थे, और ओझा जी का मजाक उड़ाने लगे थे; परन्तु ओझाजी ने अपनी ज्ञानमयी भाषा और शौच को, अपनी शैली में परिभाषित करके सभी को शान्त कर दिया था। खुले में शौच के महत्त्व को समझने के बाद भी कोई अधिकारी इस दुस्साहसी कार्य को न कर सका। खैर... ओझाजी अवकाश प्राप्त हो गये। मेरे पिताजी भी ओझाजी के साथ ही अधिकारी थे। दोनों ने शहर में मकान बनवाया लिया था, परन्तु ओझा जी पत्नी के साथ गाँव चले गये थे।

एक दिन मैं, पिताजी को लेकर बैंक गया था। वहीं पर ओझाजी भी मिल गये। उत्साही मित्रों की भांति दोनो लोग मिले, और ओझाजी ने अपने ग्रामीण प्रवास के आनन्द की व्याख्या कर दिया। उनकी इसी व्याख्या से प्रभावित होकर मेरे पिताजी भी माताजी के साथ गाँव चले गये। हाँ, एक बात पिताजी ने अवश्य किया, कि गाँव में प्रवास के पहले ही एक शौचालय बनवा लिया था।

इधर मैं गाँव गया था। अब कोई महुआ नहीं। बिनता। मेरा गाँव थोड़ा उन्नतिशील भी है। गाँव में कम लोग रह रहे हैं; जो रह रहे हैं, वे भी घरों में शौचालय बनवा लिए हैं। हमारे गाँव में एक बड़की बारी (बड़ा बगीचा) था। उस बगीचे में गाँव के सभी लोगों की जमीन और पेड़ थे। सन 1980 ई0 के आस-पास, उधर ही शौच करने जाते, और वहीं पर स्थित एक कुएँ पर हाथ-पैर धोकर, महुआ चुनकर इकट्ठा कर लेते थे। जबसे लोग उधर जाना बन्द किये, महुआ भी चुनने वाला कोई नहीं है। पेड़ तो अभी भी हैं, परन्तु वे लोग नहीं हैं, जो बगीचे के फल को इकट्ठा करें।

मैं एक महान व्यक्ति, श्री बिन्देश्वरी पाठक जी को शत-शत नमन करना चाहूँगा, जिन्होंने भारतवर्ष में सुलभ शौचालय की रूप रेखा

दिया, वरना आज भारतवर्ष में स्थिति बहुत भयावह होती। शहरों में मल-त्याग करना एक बड़ी समस्या है; खासकर महिलाओं के लिए। सुलभ शौचालय ने लोगों को रोजगार दिया, और मल त्याग करने के लिए एक स्वच्छ और सुलभ स्थान दिया, परन्तु अभी भी इनकी संख्या कम ही है... दूसरी बात, ये खासकर शहरों तक ही सीमित है।

सुलभ-शौचालय को और परिमर्जित करके विस्तारित करने की आवश्यकता है, जिससे आम जनमानस और अधिक राहत महसूस करे। अभी भी शहरों में लोगों को मल-त्याग करने के दबाव को सहते हुए दो-तीन किलोमीटर तक चलना पड़ता है। उस असहनीय पीड़ा का बोध सरकार को होना चाहिए।

शहर में तो लोग अपने घरों के शौचालय को दिन-ब-दिन आरामदायक बनाते चले गये। पहले शौचालयों में पंखे लगे; पहले शौचालय एकाकी होते थे; अब स्नानागार के साथ शौचालय बनने लगे हैं। पंखे की जगह अबके शौचालय वातानुकूलित हो गये हैं। सुबह लोग अखबार लेकर शौचालय में जाते थे... अब स्मार्टफोन लेकर।

स्मार्टफोन ने व्यक्ति का जीवन बदल दिया है। हम भारतीय जब किसी वस्तु का इस्तेमालन करना सीख लेते हैं, तो वह वस्तु भी त्राहिमाम्! त्राहिमाम् करने लगती है। इसी क्रम में एक प्रसंग सुनाता हूँ। हमलोग एक समारोह में एकत्रित हुए थे। सभी लोगों के पास स्मार्ट फोन था। सभी लोग अपने-अपने स्मार्ट फोन का बखान बता रहे थे। सभी लोग अपने हाथों में स्मार्टफोन लेकर ऐसे चमका रहे थे, जैसे कि सभी के पास पाँचवी जेनरेशन का फाइटर प्लेन है। इसी क्रम में बम्बई से आए एक सज्जन एक किस्सा बताए, कि प्रारम्भिक दौर में ही वे स्मार्टफोन खरीद लिए थे, और उसे लेकर नित्य शौचालय में जाने लगे। एक दिन शौचालय में बैठते ही स्मार्टफोन हाथ से फिसलकर कमोड में गिर गया। खैर, उन सज्जन ने फोन को हाथ डालकर निकाल लिया। संयोग ये था कि यह वाकया शौच करने के पहले हुआ

था, सो केवल पानी में ही भीगा था। बाहर लाकर उसको धूप में सुखाए, परन्तु वह काम नहीं किया। मैकेनिक को दिखाया। उसने उसे ठीक तो कर दिया, परन्तु उसका स्क्रीन थोड़ा धुँधला हो गया। किसी तरह एक साल चला। उसके बाद हाथ में लिए स्मार्टफोन को दिखाते हुए बोले, कि यह फोन भी उसी कमोड में गिरा था; वह भी शौच करने के बाद, उठते समय। इसके बाद उन्होंने विस्तार से समझाना प्रारम्भ किया। इसको खरीदे अभी चार दिन ही हुए थे, और यह कमोड में गिर गया। अब समझ में नहीं आ रहा था कि क्या करूँ । यदि फ्लश चला दूँ, तो यह अन्दर जाकर फँस जाएगा। फिर साहस करके मैंने हाथ से इसे बाहर निकाला, और उँगलियों से इसके छिद्रों को बन्द करके पानी से खूब धोया। उसके बाद ब्लोअर के सामने रखा दिया, और उसके बाद यह फोन ठीक हो गया; और आज तीन साल हो गये हैं कोई कमी नहीं है इसमें।

इसके बाद सभी भद्रजन उनका स्मार्टफोन हाथ में लेकर उसका अध्ययन करने लगे। मैंने दूर से ही उनके स्मार्टफोन को नमस्कार कर लिया। लोगों ने मेरी ओर घूरकर देखा तो मैंने उत्तर दिया कि शौच स्नान से तृप्त इस महान कम्पनी के महान स्मार्टफोन को शत शत नमन।

हमारे प्रधानमंत्री जी की प्रबल इच्छा है कि भारतवर्ष स्वच्छ हो। हमारे राजनेता इसमें भी राजनीति करते हैं। खुलभ शौचालयों की स्थिति दिन ब दिन खराब होती जा रही है। चूँकि सुलभ शौचालय भी ठेकेदारी व्यवस्था के अधीन हैं, सो राजनेता का करीबी व्यक्ति ही ठेका लेता है; उसके बाद उसे केवल उस सुलभ शौचालय की कमाई से मतलब रहता है; जनता का हित का तो उसे तनिक भी भान नहीं रहता है। कई सुलभ शौचालय तो इस दशा में हैं, कि आपका वहाँ पैर रखने का भी मन नहीं करेगा। वे सभी जानते हैं कि मलत्याग एक ऐसी ज़रूरत है कि आदमी को मजबूरन ही सही, आना ही पड़ेगा। सो सुलभ शौचालय के रखरखाव और सफाई की बात बेमानी ही है। राजनेताओं के संरक्षण ने ही व्यवस्था के ध्वस्तीकरण का काम किया

है। सरकारी विभागों के अधिकारी और कर्मचारी यदि अपनी नैतिकता को आत्मसात कर लें, तभी इन व्यवस्थाओं का सुचारु संचलन हो सकता है।

बेबस जनता क्या करे? देश के बड़े-बड़े महानायकों ने प्रचार के माध्यमों से खुले में शौच के नकारात्मक प्रभाव को खूब उजागर किया, और जनता से खुले में शौच न करने की सिफारिश भी करते रहे, परन्तु कभी स्वयं घटनास्थल पर जाकर खुले में शौच के आनन्द के अतिरेक को आत्मसात करने का प्रयास नहीं किया। यदि वे स्वयं उन खुले में शौचकर्म वाली जनता से मिलते या स्वयं उनके साथ बैठकर शौच करते तो शायद जनता उनकी बात समझ पाती; या यदि वे साथ में शौच करते, तो हो सकता है कि वे भी खुले में शौच करने के आनन्द को आत्मसात कर लेते... इससे खुले में शौच करने वालों के समाज का दायरा और बढ़ जाता।

यदि प्रबुद्ध वर्ग, और समाज के कुछ अन्य लोग भी खुले में शौच को स्वीकार लें, तो भविष्य में एक नया समाज पैदा होगा। लार्ड डलहौजी ने जब रेलवे की शुरूआत करवाई, तो उन्होंने कभी नहीं सोचा होगा कि उनके द्वारा बिछवाए गये रेलवे ट्रैक भारतीय जनता के लिए सुलभ शौचालय का कार्य करेंगे। भारतीय जनमानस तो गागर में सागर खोजने के लिए प्रसिद्ध ही है, सो रेलवे ट्रैक (लाइन) शौच करने के लिए सबसे सुलभ साधन के रूप में विकसित हो गये। कुछ लोग रेलवे लाइनों पर बैठकर शौच करने में महारत हासिल कर लेते हैं, और कुछ लोग रेल पटरियों के बीच में बैठकर शौच करना मुनासिब समझते हैं। एक विशाल जनसंख्या आज भी भारतीय रेल द्वारा प्रदत्त इस सुविधा से आनन्दित एवं प्रफुल्लित है।

गाँवों में दिन की बैठकी में विभिन्न लोग अपने शौच और रेलगाड़ी दर्शन का खूब वर्णन करते हैं। देवकी भइया इसी संदर्भ में एक संस्मरण सुनाए, और सभी को हिदायत भी दिये, कि जब भी रेल लाइन पर बैठो, दोनों ओर देखते रहो, नहीं तो दुर्घटना घट सकती है।

एक बार वे स्वयं सुबह चार बजे शौच कर रहे थे; तभी एक ट्रेन उनके पास आ गयी। उस दिन ट्रेन के ड्राइवर ने भोंपू नहीं बजाया था। देवकी को जब पटरी में झनझनाहट महसूस हुई, तो कूदकर दूर हटे। इसी क्रम में बोतल का पानी गिर गया, सो पटरी पर पड़े पत्थरों से ही शौच साफ करके घर आना पड़ा। उस दिन देवकी भइया की जान बच गई; वे ईश्वर को इसी का धन्यवाद दे रहे थे।

देवकी भइया, एक प्रकार से गाँव के अलार्म घड़ी भी थे, क्योंकि जिसको सुबह पाँच बजे की लोकल ट्रेन से जाना होता था वो देवकी भइया से कहकर सोने जाता, क्योंकि देवकी भइया सुबह चार बजे शौच के लिए रेल पटरी पर जाते, और चार बजे वाली पार्सल के जाने के बाद ही वापस लौटते; और पार्सल के जाने के बाद ही दूसरी ओर से पाँच बजे वाली लोकल आती... सो देवकी भइया जब बतला देते, कि पार्सल चली गयी, तो लोग घर से निकलते।

वास्तव में, भारतीय रेल के विस्तार को शौच चरागाह कहा जा सकता है। भारतीय रेल आरामदायक यात्रा के साथ ही, खुले शौच की यह सुविधा निःशुल्क प्रदान करती है। इस खुले शौच चरागाह ने कई जानवरों को भी जीवन प्रदान किया है। कुत्ते और सूअर जैसे जानवर अब जीवन का आधा समय रेल लाइनों पर ही गुजारते हैं। देवकी भइया का लड़का, जब पॉलीटेक्निक पास करके दो विभागों में नौकरी पाया; पहला रेलवे में पी.डब्ल्यू आई (इस पद पर आसीन व्यक्ति रेलवे लाइनों का निरीक्षण एक विशेष ट्राली पर बैठकर करता है, जिसे चार व्यक्ति बारी-बारी से ढकेलते हैं) की, और दूसरी नौकरी परमाणु बिजली घर में। तभी उनके विवाह के लिए रेलवे के एक अधिकारी आ गये, और उन्होंने ही देवकी भइया के लड़के माधो को रेल ज्वाइन करने के लिए कह दिया, और पी.डब्ल्यू. आई. साहब के वैभव का बखान भी खूब ठीक से कर दिया; जैसे... पी.डब्ल्यू. आई. को कभी भी आदमी जन की कमी नहीं होती। ट्राली ढकेलने वाले आदमी भी पी.डब्ल्यू.आई. साहब के बँगले के पास ही रहते हैं। रेल का प्रत्येक पी.डब्ल्यू.आई एक गाय अवश्य पालता है, और उसके बँगले के खेत

में भरपूर सब्जी का उत्पादन भी होता हैं, और यदि पी.डब्ल्यू. आई. साहब व्यवहार कुशल हैं तो और भी सुविधा पा जाते हैं... जैसे, रात में चरण-दाब, उपले पाथना इत्यादि। कुछ मिला-जुलाकर तात्पर्य यह था कि पी.डब्ल्यू.आई. की नौकरी राजा की नौकरी होती है; सो देवकी भइया ने माधो को रेलवे ज्वाइन करा दिया, और विवाह भी उन्हीं रेल अधिकारी की बिटिया से कर दिया।

प्रारम्भ में तो वे नयी, सुन्दर पत्नी को पाकर बाकी किसी बात पर ध्यान नहीं देते थे, परन्तु एक बच्ची के पिता बनने के बाद नित्य अपनी पत्नी से अपने रेल अधिकारी ससुर की आलोचना करते रहते। कारण ये था कि उन्हीं के कहने पर वे पी.डब्ल्यू. आई. की नौकरी ज्वाइन किये थे। रेलवे लाइन के निरीक्षण के समय कभी-कभी तो ऐसा लगता था कि पेट का सारा खाना बाहर आ जाएगा। पूरे समय मुँह पर रूमाल लगाए रहते थे। उनके कार्यस्थल के बीच कुछ गाँव ऐसे पड़ते थे, जहाँ का प्रत्येक व्यक्ति रेलवे लाइन पर ही शौच करता था। माधो को तो प्रतिदिन उसी ट्रैक पर बैठकर शौच करते हुए व्यक्तियों को अपनी ट्राली रोककर हटाना पड़ता था। लोग ढीठ थे... ट्राली देखकर भी नहीं उठते थे; सो माधो का कई बार गाँव वालों से विवाद भी हो चुका था।

माधो, जब भी कभी पत्नी के साथ रेल-यात्रा पर जाते, तो उनकी पत्नी शयनयान में देर सबेरे तक सोती रहती। इस बात को माधो समझ नहीं पाते थे, क्योंकि घर पर तो वे पाँच बजे ही उठ जाती थीं। एक दिन माधो अपनी पत्नी से यात्रा पर सवेरे देर तक सोते रहने का कारण पूछ बैठे, तो पत्नी ने टका सा जवाब दे दिया कि क्या हम सबको शौच करते हुए निहारने का ठेका ले रखे हैं?

माधो इस जवाब से हतप्रभ रह गये। तब उन्हें याद आया कि यह तो रेल-पुत्री है; इसका तो अनुभव पुराना है। अब, जब माधो गाँव जाते, तो अपने पिता श्री देवकी जी से भी ठीक से बात नहीं करते, क्योंकि इस कष्ट के आधे जिम्मेदार अपने पिता जी को मानते थे। दूसरा कारण यह था, कि देवकी भइया भी रेलवे लाइन पर ही शौच करते थे।

माधो अपने कष्ट को किससे कहें? बस माता जी ही उनका कष्ट समझ सकती थीं, सो सारी पीड़ा उन्हीं से कहते, और वे सान्त्वना देतीं, कि जल्द ही तुम्हारा प्रमोशन हो जाएगा, तो कष्ट मिट जाएगा।

इसी सान्त्वना के साथ माधो वापस अपने कार्य-स्थल पर आ जाते। समय बीता। माधो पदोन्नति पा गये, तब जाकर अपने पिता जी के पास पुनः बैठना प्रारम्भ किये। पाठक मित्रों! इस प्रकार से खुले शौच प्रणाली के प्रारूपों का वर्णन किया गया है; वह अभी भी पूर्ण नहीं है।

आजकल सुगर की बीमारी और थायराइड की बीमारी लगभग प्रत्येक घर में व्याप्त हो गयी है। डॉक्टर बन्धु भी सुबह टहलने के लिए अवश्य कहते हैं। खुले में शौच करने वाले लोग तो शौच के दबाव के कारण ही आधा-एक किलोमीटर तक का भ्रमण सुबह-शाम कर ही लेते हैं, जिससे यह वर्ग इन दोनों बीमारियों से भी दूर रहता है।

खुले में शौच को प्रोत्साहित करने की आवश्यकता है, क्योंकि एक दिन राष्ट्रीय समाचार में दिल्ली वासियों का मर्माहत कर देने वाला समाचार था। समाचार यह था कि कुछ यात्री जहाजों के इकट्ठे मल-मूत्र को आकाश से ही नीचे गिरा दिया जा रहा है... वह मल-मूत्र पूरे दिल्ली वासियों के ऊपर छिड़काव के रूप में फैल जा रहा है। इसका अर्थ तो यह हुआ कि छतों पर कोई भी वस्तु को न फैलाएँ। इस कृत्य की शिकायत लेकर दिल्ली के नागरिक सरकार के पास गये, परन्तु यह छिड़काव नहीं रुका। इसके बाद धरना प्रदर्शन भी करना पड़ा, तब जाकर शिक्षित समाज में व्याप्त यह कृत्य रुका।

खुले में शौच के परमानन्द का बखान भी खूब होता है। गैस, कब्ज, सुगर, थायराइड; जैसी न जाने कितनी बीमारियाँ खुले में शौच करने वालों के पास नहीं फटकती हैं। भारत सरकार आज खुले में शौच की मनाही में ही करोड़ों रुपया खर्च कर रही है; बड़े-बड़े महानायक, नायक, राजनेता लोग खुले में शौच के दुर्गुण समझा रहे हैं, क्योंकि उन्हें स्वयं भी इस खुले में शौच के परमानन्द की अनुभूति

नहीं हैं। उन्हें स्वयं इस भारी जन समुदाय के साथ प्रातःकाल इस महान नित्य कर्म में सम्मिलित होना चाहिए, जिससे वे इसके यथार्थ को जान सकें। ऐसा करने से खुले में शौचकर्म समाज को ताकत मिलेगी, इनका उत्साहवर्धन होगा और यह समाज वृहद रूप ले लेगा। निःसन्देह, यह समाज कन्याकुमारी से कश्मीर तक और अरुणाचल से गुजरात तक अर्थात सम्पूर्ण भारतवर्ष में फैल जाएगा। इस समाज में न तो जाति का भेद होगा न तो धर्म का। यह समाज जाति और धर्म से ऊपर उठकर भारतवर्ष को एक नयी दिशा प्रदान करेगा।

भारत-वर्ष की राजनीति बदल जाएगी। इस, खुले में शौचकर्म समाज-वर्ग के विस्तार मात्र से ही राजनीतिज्ञ इस समाज की प्रतिष्ठा में कसीदे पढ़ने लगेंगे। तब जातीय गणना या धार्मिक भावनाओं को भड़काकर चुनाव नहीं लड़ा जाएगा। खुले में शौच कर्म समाज वर्ग के उत्थान के साथ ही भारतवर्ष में व्याप्त छुआछूत, ऊँच-नीच की भावना का पतन हो जाएगा; इसके बाद एक सर्वसमाज का विकास होगा, और भारत-वर्ष प्रगति के पथ पर चल पड़ेगा।

www.ingramcontent.com/pod-product-compliance
Lightning Source LLC
LaVergne TN
LVHW100325181026
850499LV00039B/986
* 9 7 8 9 3 8 6 0 2 7 7 5 7 *